保镖

王震海———著

———著

中国言实出版社

图书在版编目（CIP）数据

保镖 / 王震海著 . -- 北京：中国言实出版社，
2021.6
ISBN 978 - 7 - 5171 - 3334 - 6

Ⅰ . ①保… Ⅱ . ①王… Ⅲ . ①长篇小说－中国－当代
Ⅳ . ① I247.5

中国版本图书馆 CIP 数据核字（2021）第 125825 号

出 版 人　王昕朋
责任编辑　李昌鹏
责任校对　张国旗

出版发行　**中国言实出版社**
　　　　　地　　址：北京市朝阳区北苑路 180 号加利大厦 5 号楼 105 室
　　　　　邮　　编：100101
　　　　　编辑部：北京市海淀区花园路 6 号院 B 座 6 层
　　　　　邮　　编：100088
　　　　　电　　话：64924853（总编室）　64924716（发行部）
　　　　　网　　址：www.zgyscbs.cn
　　　　　E-mail：zgyscbs@263.net
经　　销　新华书店
印　　刷　北京温林源印刷有限公司
版　　次　2021 年 7 月第 1 版　　2021 年 7 月第 1 次印刷
规　　格　880 毫米 × 1230 毫米　1/32　10.25 印张
字　　数　204 千字
定　　价　58.00 元　　ISBN 978 - 7 - 5171 - 3334 - 6

目 录
CONTENTS

我想赌一把

　　我妻子是美国人眼中的东方美人。她颧骨有点高，小小的鼻子圆圆的脸，还有两只可爱的眯眯眼。她现在是我的前妻了。在我们离婚后，还没有彻底凉的一段时间里，她要求我跟她一起去一趟美国。

　　之前，我们夫妻去过两次美国，一次是夏威夷，在檀香山和可爱岛度过了两周美好时光，转年我们又去了风景如画的加州，沿太平洋东海岸蹚了一天海水，还去了比弗利山庄看了好莱坞，最后我待在拉斯维加斯希尔顿赌场，输掉25000美金后我们才回来。但这次不行，她把我踢出公司后，紧接着把我从家里也踢了出来，我身上拮据，想叫她一人自由行去美国。她说美国总有枪击案，有点怕。她这次去是要给我们刚上初二的女儿选中学。虽然女儿托福成绩考得不甚理想，只考了59分，口语也结结巴巴笨嘴拙舌，但却被视频里的面试官相中了。说来有意思，与女儿同时面试的另一个同学，英语口语流利，还给面试官弹了一曲古筝《八面埋伏》，音律铿锵、沉郁、悠扬，弄得面试官心有戚戚。而我们孩子，笨嘴拙舌，面试官提问，她虽听不懂，却用手比画做了弥补，竟然把面试官逗得哈哈大笑。我是净身出户，房产财产全给了孩子妈，要不是为了给孩子选学校，在经济最拮据时，我是无论如何也不会答应跟前妻去美国的。这次我还是选择上两次去美国的那家旅行社，但这次我图便宜，报的是"夕阳红"金牌旅行团。我跟旅行社导游杨洋已经很熟，他直言告诉我，"夕阳红"团的团餐不好，个别地方住宿条件很差，甚至没有暖气和空调，而且当地也没有导游跟着讲解和导览。我当然没告诉杨洋我的现状，以及我和孩子妈去美国的真实目的。

果然，这次全陪还是杨洋，行程是东海岸的纽约、华盛顿、大西洋城、费城、巴尔的摩和宾州首府哈里斯堡。在去机场的路上，我和前妻再次敲定，一到美国就见机行事，尽快脱团，先把孩子的学校选定。我前妻还有一个目的，就是要在圣诞前夜去曼哈顿第五大道扫打折货，但我明确告诉她，这也是次要的。

我们准时在首都机场T2航站楼集合，而我们团的七对儿老年夫妇早就到齐，正在候机大厅里照相。他们身着白T恤外罩红羽绒服，下身白裤子和白鞋，头上一人一顶红色鸭舌帽，俨然有点鹤发童颜的感觉，这时他们正一字排开，杨洋兴致勃勃地给他们按快门照相。我问杨洋，我们怎么没有这身行头？杨洋嘎嘎坏笑，有，你们穿吗？那女的是谁？夹在"童颜"间有一只白天鹅——女孩头顶白礼帽，身穿白羽绒服、红裤子，脚踏一双红色运动鞋，身边停靠两只大号瑞诺瓦旅行箱。我媳妇，杨洋说。全陪还能带媳妇？我问。许你们"夕阳红"，不许我俩"朝阳红"？我说那是两码事，等我们"夕阳红"完了，才轮到你们"红"。

　　飞机穿过云霄就开始平稳直飞。窗外一片寂静，日头始终与我视线平行，云层在我们脚下。其实晴空万里也怪没意思，就像生活没了乌云，不打雷不下雨，日子就过得没有咸淡味儿。在空气稀薄，没有白云，日光直射的情形下，坐在我前面的杨洋怕媳妇晒着很快就把遮阳板拉了下来，我也把遮阳板拉下来，不过坐在我外侧的前妻，一上飞机就戴上眼罩，脖子套在环形睡枕中，好像睡着似的。前两次美国行，我迷上喝威士忌，在美国买威士忌付美金，好像不贵，但换算成人民币跟国内价格差不多，就不舍得买了。去美国的飞机上供应威士忌，但你得舍脸向空姐要。前妻告诉我，跟她们要威士忌先得微笑，然后做出恳求状叫她们 Please，Please，否则她们不会给。我如法炮制，跟浓眉大眼的空姐说了好几声 Please，结果多要了好几杯威士忌和果汁饮料，我把它们兑在一起，酒精饮料加冰块的味道好极了。我被前妻推醒时已经错过三顿饭，她说已经飞到夏威夷上空了。我说胡说，飞机压根不会打夏威夷上空经过。她把我推醒的目的是为了换座，没了海洋，她想看外面的风景，我让她坐在里面，我去上厕所。

　　杨洋和他媳妇亲昵一路，要么抱，要么搂，要么靠，后半程杨洋媳妇一直枕在杨洋腿上睡觉。他俩至少小我和前妻十多岁，任何亲昵举止都不为过，再长十岁或许他们就不会这样了，谁知道他们七年之痒的下场是比我们好，还是比我们惨？其他坐在四周的老人们也互相照顾有加，时不时给对方盖上毛毯或递来水杯。我一度感慨，一对儿夫妻相濡以沫一起走进"夕阳红"真是不易，鹤发童颜，红衫白裤又有啥不好看？

　　飞机从白天飞进黑夜，又从黑夜飞进黎明。最后一顿早餐刚吃完，飞机就开始徐徐下降，直至平稳落在纽约肯尼迪国际机场。一路平安无事。飞机着陆那刻，老人们都很兴奋，我和媳妇已是三上美国，心情波澜不惊。大家陆续走下飞机，结伴走进航站楼，然后排队等着过海关安检。杨洋和媳妇排在最前面，轮到他俩过海关安检时，遇到了麻烦，杨洋媳妇被海关人员询问之后被带进一间屋子。待到我和前妻过海关时，终于知道是啥原因了——我俩也被带进那间屋子，没过多久进来两个女海关，女海关单刀直入问她俩是否怀孕，是否要把孩子生在美国？我们当然否认，杨洋媳妇英语很好，我前妻英语也不错，她俩应对自如，即便这样，女海关还是让她俩脱掉外套，然后戴上一次性蓝色胶皮手套，隔着内衣分别摸她俩的肚子。就在我和杨洋无可奈何之时，外面传来骚动声，几个海关人员团团围住"夕阳红"里的一位老人。杨洋见状马上出去，遇见几个五大三粗的海关警察问老人话，老人语言不通，杨洋上前翻译，这时几个警察的手已经扶在腰间的枪把上。原来事情是这样，这位老人过安检时，安检系统反复报警，可海关人员就是查不出原因，待杨洋翻译后才知道，原来老人胯下带着一只尿潴留手术后的尿袋。如此，海关警察将老人带去卫生间，核查无误后才将我们放行。等出了海关我们取行李时又出现了意外，所有人的行李都从传送带上取下，唯有杨洋两口子的两只瑞诺瓦大箱子，足足等了一个钟头不见出来。常出门在外的杨洋意识到行李被人偷了。杨洋媳妇说，两只瑞诺瓦箱子是在日本买的，一只八九千人民币，而且丢的不光是箱子，还有很多给孩子买的新衣服。大家苦苦等了两个钟头，杨洋夫妇才悻悻地对箱子确实被偷的事实认倒霉。

过了中午，我们草草在一家中餐馆吃了午餐，旋即入住郊外一家酒店，这家酒店甚至还不如国内的快捷酒店，竟然真的没有暖气和空调。对于我和前妻，反正最多住一宿就跟杨洋提出自由行，不会再住没有暖气和空调的酒店。美国东海岸的冬天奇冷无比，尤其圣诞节前后，就像国内三九隆冬时节。杨洋夫妇住在我和前妻隔壁，不一会儿我就听见杨洋的房门被"夕阳红"老人砸开，老人们嫌冷，指杨洋抗议。的确，我们中年人待在屋里都冻得瑟瑟发抖，何况年逾古稀的老人。但这是没有办法的事，杨洋带着合同，合同上明确写着入住酒店没有暖气和空调，而且不含早餐。不含早餐老人们倒没提出异议，大家都带着电热水壶和十天的方便面，但没有暖气，连澡都洗不了，洗了准会冻感冒，大家怨言颇多。大概折腾一个小时，老人们才陆续散去，我和前妻为倒时差赶紧蜷进被里眯糊一觉。没过多久，我们房门就被砸响，杨洋叫大家下楼集合，准备第一站行程——联合国总部大厦。

我媳妇迷迷糊糊说不去了，杨洋说不行，得集体行动，不能单独留你俩在酒店。我和前妻商量，看来咱俩不能一下脱队，至少得跟行程走一两天再说。前妻翻箱找衣服，因为冷，她把自己从里到外重新裹实一番，我俩最后登车，车就直奔联合国总部大厦。中巴开了好半天才开进曼哈顿城区，拐了几条大道，联合国总部大厦就矗立在我们眼前，跟电视新闻里播的一样，联合国总部大厦恢宏、气派、漂亮，大厦下面全世界几百个国家的国旗迎风招展。几个老人找到中国国旗，拼命呼喊大家来看，然后站在国旗下面拍照留念，车只停留几分钟，杨洋就喊大家上车，有老人问能进大厦里面看吗？杨洋说可以，但咱们的团费没有包括内部参观的费用。老人们只得遗憾，然后上车奔向第五大道。

我和前妻上车坐在最后一排，她一直蜷缩着身子，像个虾米，刚才她连车都没有下，她一直想让我跟杨洋说，或者不说，干脆开溜了事。我觉得无论说还是溜，时机都还不成熟，杨洋夫妇因为丢箱子，还处在怒火攻心、焦躁不安阶段。我跟前妻说，他俩还在为丢箱子的事上火，等明天情绪平稳点，见机行事再说，兴许结果会好一点。前妻没说啥，蜷在车座上睡大觉，至于外面风景她可看可不看，全世界我们一起走过十七八个国家，这点风景对她来说没有吸引力。她现在想的事，是待会儿在第五大道奢侈品商店如何疯狂扫货。

很快，车便停在曼哈顿中央公园一侧的大道上，这会儿工夫，我前妻来了精神，我们被杨洋带到中央公园里转了一圈，然后杨洋一边用手指一边对大家说，右前方那条大道就是第五大道，大家可以逛逛街购购物，三个小时后必须赶回这里集合，再晚时代广场周围就要封路，咱们可就出不去了。前妻对我说，这是个好机会，等扫完货你回来，我先走。我说那哪成，一会儿天就黑了，你可是要去四五百公里外的匹兹堡，灰狗大巴在哪儿坐、晚上有没有，你都不知道，不如明天一大早起床再走也不迟。我和前妻一边走上第五大道，一边商量。老人们多半留在中央公园里溜达，他们可能可能并不想购物。杨洋夫妇叫住我和前妻，他俩对第五大道再熟悉不过，杨洋媳妇给我前妻讲哪家奢侈品店打折力度大。这会儿，两个女人为赶时间使劲往前冲，我和杨洋紧随其后，一边走，杨洋一边给我指帝国大厦、原先双子塔的位置和洛克菲勒大厦、大都会艺术博物馆、著名的百老汇和时代广场……

女人遇见衣服、包包、鞋子、化妆品和首饰绝不手软，杨洋媳妇除给自己买衣服外，还买了不少婴儿用品，小衣服小鞋子小帽子小手套和奶瓶奶粉。我和前妻看着新奇，也没有多问。前妻大包小包也买了不少，我和杨洋在后面跟着，殷勤地为两个女人提供服务。早上下飞机，中午没休息，下午又是一通逛街和扫货，我和前妻都累了，杨洋夫妇也累得不行。老人们倒是在中央公园里转得意犹未尽，还吃了热狗，待我们回去，他们正用手机播放广场舞音乐，在教七八个年轻的小老美跳广场舞。今晚是平安夜，我们上车那会儿，临近晚上8点钟，曼哈顿所有的大道大街上全灌满了人，他们都朝时代广场方向涌，晚上9点钟，时代广场周边道路全部封闭，为午夜零点新年钟声敲响那刻的盛大 party。

8点30，中巴车与午夜狂欢人流逆行一段后，顺利驶出曼哈顿市区，朝我们住的酒店开去，途中我们下车，在中午那家中餐馆吃晚饭，同时杨洋介绍明天去华盛顿的行程，最后到酒店已接近午夜。这时"夕阳红"的老人们才感觉到累，对室内的冷也不再吵吵了，甚至有的屋里很快传出打鼾声。

前妻躺在床上闭着眼，我躺在沙发上不舒服，一直在翻身。她让我折腾得睡不着，索性披着毛毯坐起来靠在床帮上把台灯拧亮。我知道她想说什么，我睡不着也正寻思此事。明天一早，我是跟杨洋打开天窗说亮话，还是不辞而别偷偷溜走？我前妻着急的是，给孩子选学校是此行最终目的，已经跟四所学校的面试官定好，就等我俩去考察，反正会准时准点到肯尼迪机场集合，不会黑在美国。前妻说，还是不告诉杨洋为好。说了就有事，作为领队又是全陪，他能让咱俩走吗？况且，咱俩口说无凭，他能相信吗？就算给他看孩子选校资料，那又能怎样？总之，说了，适得其反，准脱不了身，准把咱俩盯得死死的。

正说着，外面有人敲门，开始声音很小，我以为是谁路过时行李碰了门，很快敲门声逐渐大起来。我心一提，想起前妻说美国是一个不怎么安全的国家，这里又是荒郊野外，车开半天都不见一个人影。前妻的心更是提到嗓子眼儿，小声问我，谁呀？我说我哪儿知道是谁，咱俩全在屋里。她说你去看看。我蹑手蹑脚走到门前，从猫眼里向外看，原来是杨洋，正侧个脸，耳朵贴在门上。我开了门，杨洋歪下头朝屋里看一眼，还没睡呢？杨洋问。我说，你鬼鬼祟祟我们敢睡吗？

"我媳妇丢了。"杨洋懵懵怔怔地说，"我媳妇找不见了，你们看到了吗？"

我吃了一惊，诧异地说："你媳妇不见了？！"

前妻好像听到，穿着睡衣，裹着毛毯光着脚丫跑出来问："谁不见了，怎么就不见了？"

杨洋又重复说了一句："是我媳妇不见了，找不到了。"

"她怎么会不见了呢？"我说，"别开玩笑，刚才刚一起回来呢。"

杨洋支支吾吾，舌头拌蒜地说："刚才是一起回来呢，可这会儿工夫就不见了，如果你们看见就告诉我一声。"

我说："见鬼了，刚才一起回来，一起吃饭，一起上楼，我眼见你搂着媳妇进了屋，屁大会儿工夫就在屋里不见了，你开玩笑吧，要么你两口子有夜游症？"

"我只在夜里有磨牙的毛病，没有夜游症。"杨洋说。

"那也够她受的。"前妻说。

"所以说呢，她可能受不了我磨牙，她才没了的。"杨洋说。

"那不叫没了的，"我前妻说，"那叫被你折磨没了的。"

"不管怎么说她就是没了。"杨洋说。

"卫生间找过了？"我说。

"你跟着也神经啊！"我前妻说。

"那这事也没法报案哪，"我说，"老美管磨牙吗？"

"净说废话，"我前妻说，"连狗磨牙他们都管。"

"是呢，"我说，"前台问了没有？"

"没问，"杨洋痛苦地说，"没法问。"

"看看录像也行啊。"我前妻说。

"你懂啥？"我说，"看录像就得找美国警察。"

"是呢，"杨洋说，"那咋办呢？要不你们帮我找找看？"

"会不会去其他屋跟老人们唠嗑去了。"我前妻说。

"哎哟，"杨洋说，"她在家跟她爸妈都不唠嗑，跑美国唠什么嗑？决不可能。"

"你到底想怎么着？"我问。

"你们男人都是臭狗屎，"我前妻说，"在美国把老婆丢了，竟然不敢去找警察，还是人吗！"

"我媳妇说得对。"我说。

"谁是你媳妇？！"我前妻说。

"你赶紧去报警，打911，有啥事我再帮你。"说完我转头给前妻使个眼色。

"嗯，好吧。"杨洋说，"其实也不需要你们帮忙，估计不会丢的，也许跑楼下溜达去了，一会儿没回来再说。"

"男人就是狗屎，"我前妻说，"还溜达去了，黑灯瞎火的鬼地方，不让鬼带走才怪。都听你的，为省钱跟个破'夕阳红'团来，吃住行都不行，连上帝国大厦的项目都没有，简直抠到家了。下回就我一个人来，你想都甭想。"我前妻不解气地埋怨我说。

"我压根儿就没想来，我这么穷，要不是陪你……"我的话还没说完，杨洋就截住我说："哥嫂甭说了，快睡吧，我就是来问问，估计不会出啥事，指不定一会儿就回来了。"

我关上房门，听到杨洋也把门关上。我长吁一口气，前妻重新钻回被窝。杨洋丢媳妇的事跟她半毛钱关系都没有，她马上叫我做出决断，明早是跟她一块儿去给孩子选学校，还是她一个人走，留我跟杨洋找他媳妇。我还是觉得我俩不能一起都走。这会儿工夫，前妻伶牙俐齿，我被弄得头昏脑涨，加之在飞机上没有睡好，又奔波一天，我眼皮都抬不起来了。见机行事吧，见机行事，我记得垂下眼皮最后说的一句话是见机行事。

转天一大早，我前妻也不见了。

床上的被褥被前妻搞得一团糟，她的行李也没了，只留下一堆扫来的衣物，明显是要让我全程给她拎到机场。我一边坐在马桶上，一边想该跟杨洋怎样说。屋里实在太冷，屁股冻得要命，我赶紧起身刷牙，洗脸，然后去敲杨洋的门。

杨洋很快打开门。他先是一愣，我说我不是关心你媳妇找到没找到才敲你门的，我说我媳妇也不见了。杨洋有点不屑，说跟我玩儿这个？我说你啥意思？他没有说话，稍顿，问我到时能准时准点儿回程吗？我立马觉得他们干导游的都很有经验，我含糊说，估计她没不了，美国这么安全，最多她自己弄个自由行来着。我又说，她英语不错，让她爱上哪儿上哪儿去吧，我俩昨晚吵架了，睡醒她就赌气走了，别当回事，她准能回来，美国没她三亲六戚，难道还待在美国打黑工？正说着，我手机微信响了，前妻在微信上说她在等灰狗长途汽车，下一班还要两个小时发车，长途车站就在自由女神边上，能看见自由女神半边身子，你要是能来就快来，估计能赶上，我等你，地方好找，打车不算远。

我暂时没给前妻回话。我脑子里转悠一下，要是我也走了，杨洋会不会通知大使馆，毕竟无缘无故少了两个人，岂不是闹得沸沸扬扬，要是说我和前妻想黑在美国，可就乱了套。杨洋还是不屑地看着我，好像压根儿不拿我的事当事。我本想问他媳妇回来没有，看情形，他也没打算跟我说，我就退了出来，然后回屋重新洗脸，把头发也洗了，还刮了胡子。我想今天的行程肯定不错，路过自由女神时多跟她拍几张照片，同时我脑海里闪念出，白宫的南草坪上，奥巴马夫人带着孩子们正蹲在地上挖土豆的情景，旁边一队很帅气的白人保镖在为他们做警戒。

杨洋媳妇找到没，到底去了哪里？杨洋一直没说，我也懒得去问。我心里想，谁的媳妇谁着急，不着急还指不定是不是自己媳妇，最好还是别多嘴别瞎打听，弄不好两败俱伤，死得都很惨。

　　早上按约定时间集合上车，车继续往曼哈顿开，因为昨天丢了箱子在机场耽误了两个小时，曼哈顿几个景点没看上，当车行驶在曼哈顿大桥上时，我眺望哈德逊河，河水不紧不慢地流淌，我还特别眺过毗邻曼哈顿大桥的布鲁克林大桥，去找自由女神旁边的灰狗长途汽车站。没来美国前在电视电影里看到象征美国精神的自由女神，头戴光芒四射的冠冕，皇冠上的七道尖芒射向七大洲，右手高举象征自由的火炬，左手捧着一块铭牌，上面刻着《独立宣言》，脚下是打碎的手铐、脚镣和锁链，象征着挣脱暴政的约束。这次眼见为实，内心着实激动一把，但也有点落差，真正的自由女神铜像，做得不像电视里看到的那样雄浑、有气势和高大。总之还好，小时候就知道自由女神，今天终于近距离看到了她的尊容，毕竟她是美国的象征，是美国人民争取民主、自由的崇高理想的象征。很快，中巴开到曼哈顿大桥尽头，我并没有看到前妻说的灰狗长途汽车站，唉，即便看到又能怎样，现在看来我俩分工不错，我来牵制杨洋，只要前妻能帮孩子选好学校，我也是有一份功劳的。这会儿工夫，杨洋在车上挺活跃，正帮老人们拍照，老人们谁也没在意车上少了两个人，他们只顾照顾自己老伴儿，甚至有的恩爱秀得有些肉麻。我想，一个时期说一个时期的话，如果我没有离婚，走到他们这个岁数，说不定还敢当众接吻呢。

　　一个小时后，前妻又给我发来微信：我已上灰狗，四个半小时到匹兹堡，我去选学校，到时给你发照片，听你意见，你一定稳住杨洋，跟他说实话也无妨，到时机场见，千万别忘记带我那些东西，不准弄坏弄丢。看了前妻的微信，我有点感动，有点像要跟前妻谈恋爱的感觉。我赶紧给她回信说，孩儿妈放心，东西准给你带着一样不会少，孩子学校事，你眼光准没错，不方便可以不发照片，你做主就行。另外，"敌人"正沉浸在丢失媳妇的悲痛中，他已无暇顾及别人媳妇的安危，看他样子（此时杨洋正兴致勃勃给"夕阳红"们介绍当年萨利机长是怎样把飞机成功迫降到哈德逊河上挽救两百多条性命的），他有点想不开，悲痛欲绝，很有可能会从曼哈顿大桥上跳下去，我正在做他的思想工作，先不说了，祝你成功，孩子和她爹感谢你，1月4号准时肯尼迪机场会合，勿念，为盼。

我把微信发过去，她一直没回，也许在灰狗上睡着了，其实作为赌徒，我此行另一目的就是期待在大西洋赌城把我输在拉斯维加斯的25000美金赢回来，如果赢得盆满钵满那就更好。想到此，我就觉得越发愧对前妻，虽说公司是我俩一手操办起来的，但后期都是她在跑业务找关系，我基本上就是赌吃赌喝整天玩玩乐乐不务正业，很快我迷上打麻将，麻将打得不过瘾，我就开始玩儿上推牌九，翻大小，前妻把钱往家挣，我就把钱往外输，离婚虽然是对我的惩罚，但净身出户后，我手头还有一些钱，我发誓，我一定在大西洋城赌赢，赌完最后一把，我就金盆洗手，重新拥抱妻子和孩子。

白天纽约的天气干冷，有点像内陆，看来从加拿大吹来的冷空气把哈德逊河上的湿气都吹向了大海。圣诞节的纽约到人山人海、车水马龙，在别处看不到的人和车都会集到曼哈顿，此时这座城市，像决堤的哈德逊河水一样一个劲儿地在暴涨，似乎有淹没整个纽约城的态势。昨晚平安夜我们团队过得平淡无奇，今天算是西方的大年初一，我们这些东方游客压根儿没有西方过圣诞节的概念，但满车人还是很兴奋，看来老人们的时差都倒了过来，气候也逐渐适应，老人们的脸上红光再现，谈笑不绝于耳，我有点融入他们当中的感觉，跟着他们一起开心起来。

其实，时不时我脑海里总闪现出杨洋媳妇的影像，杨洋媳妇到底去了哪里，杨洋今天也不像昨晚那样颓废，加之今早他略显心虚的表情，让我更加怀疑，他才是有更不可告人的秘密。

车重回第五大道并穿梭在昨晚我们逃离的时代广场中间，时代广场的地上满是亮晶晶的碎片，肯定来自昨晚午夜钟声敲响那刻，彩蛋从时代广场尖顶炸开后飘洒下来的礼花。今天百老汇正上演《猫》，一大早就有人出来排队买票。车在金融街停下，杨洋介绍说，世界上最著名的证券交易所就云集在这里，全世界在美金本位的操控下，这里的股票行情即是世界经济的风向标，巴菲特就是在这里赚得钵满盆满。金融街上还有一头大铜牛，牛犄角和牛鞭早已被人摸得锃光瓦亮，"夕阳红"的男老伴儿怂恿自己老伴儿上前去摸牛鞭，他们在外围给她们照相。

第二次在曼哈顿大道上穿行，我愈加觉得这里确实就是当今的世界中心，与此同时，我想到我的祖国，现在雄安在搞建设，是千年大计，但不用等到千年，我相信在我有生之年，一定能看到新的世界中心在雄安崛起，等到那个时候，美国人、加拿大人、澳大利亚人、欧洲人、拉丁美洲人、非洲人……都会来到雄安，当看到我们的白洋淀比纽约中央公园十个都大时、看到栉次鳞比的巨厦，比两个洛克菲勒总部还要高时，会有何感想，日后，他们的学者、专家、总统，恐怕要对他们的学生和民众们说，其实，中国早在五千年前就是世界中心，美国才追上，又落后了。

从纽约到华盛顿特区，有三四百公里、三四个小时车程，我想我到华盛顿时，前妻也该到匹兹堡了。通往华盛顿的高速公路很顺畅，车流稀松，道路宽广，美国毕竟人少地广，高速公路四通八达，出了纽约，人和房屋就开始变得稀少，甚至开车十好几公里都不见人烟。我对穿梭在高速公路上的灰狗长途巴士特别感兴趣，灰狗外观骚媚与狂野并存，我和前妻从旧金山去芝加哥然后去拉斯维加斯坐的就是灰狗，灰狗车身非常高大，上面绘着一条奔驰着的灰狗。车身下部有巨大的空间，专门用来装载行李。车厢内部座位宽敞，每个座位靠背均可调整角度，让乘客舒服地躺下歇息。车窗采用特制玻璃，从车外望去黑黝黝的，从里向外看却是一清二楚。车内有空调设备，每个座位旁有调节角度和亮度的小灯。最方便的是，车身尾部还设有厕所。在美国旅游，乘灰狗巴士可说是最方便又节约的了。与乘飞机相比，它的价钱要便宜一半。同开小汽车相比，它可以免去自己动手开车、搬运行李之劳。而且乘坐灰狗巴士，售票时只问最终目的地，以及在出发地点的上车日期和班次，沿途则任由乘客下车观光，愿定哪条路线都可，只要自己计算好时间，搭乘任意班次的灰狗巴士在半个月之内到达终点站就行。不多时，我跟"夕阳红"们一样，很快进入梦乡，三四个小时车程，足够我们美美睡上一觉，养精蓄锐再战华府。

车到华盛顿特区，杨洋带我们在国会山庄前合影。我问杨洋，能带我们绕到白宫后面去看南草坪吗？此时我还在惦念奥巴马夫人和她的孩子们，看看他们在菜园里到底种些啥收获些啥。杨洋说，待会儿带你们去看白宫，但也去不成南草坪，南草坪是环形路，不准停车。我指着国会山庄露怯说，这不是白宫？说完我就后悔了，马上闭住嘴，却还是给杨洋抓住笑柄，嘲弄了我一番。我自嘲说，电视新闻真是误导人，每次美国总统在白宫南草坪或发言或答记者问，电视屏幕却总播放国会山庄镜头。接着，杨洋带我们去了林肯纪念堂，然后路过水门大厦，杨洋说"水门事件"就在这儿发生的。"夕阳红"们并不知道"水门事件"是啥玩意儿，只一味朝杨洋手指的方向按动快门。傍晚我们在费城吃了饭，入住一家酒店。

今天行程还算宽松，路上大家睡了三四个小时，当晚大家各自回屋后，我端着茶杯、揣着离婚证去找杨洋。我敲了门，杨洋老半天才开门，他手里握着手机，屏幕显示他正跟老婆聊微信。

"别巴头探脑，快进来。"杨洋说。

"屋里没人吗，你媳妇没回来？"我说。

"媳妇跟人跑了。"杨洋说。

"跟人跑了还跟她微信？"我说。

"我正想去找你，你就来了。"杨洋说。

"找我干什么，我媳妇可没跟人家跑。"我说。

"我把你媳妇擅自脱团的事跟社里说了。"杨洋说。

"社里怎么说？"我问。

"还没有回复，那边刚早晨还没有上班。"杨洋说着举起手机给我看微信。我刚要看，他就把手机收回。

"瞎掰吧，"我说，"给你媳妇发微信了吧，她没事吧？"

"我可跟你说，"杨洋说，"我白天真给我们经理发微信说你媳妇的事了。"

"你们经理怎么说？"我问，然后举起杯呷了口茶。

"那边半夜三更他还在睡觉，"杨洋说，"不过，我又跟经理说，你还在，押我这儿当人质。"

"拉倒吧，"我说，"谁是你人质？我跟王红半毛钱关系没有。"

"人刚走就不是你老婆啦？"杨洋说。

"就知道你有这出，"我呷了口茶说，"来时我俩就半毛钱关系没有了。"

"啥意思，"杨洋说，"不想被威胁就瞎编。"

"你看这个，"我从怀里掏出离婚证。杨洋接过来翻开，"假的，"杨洋说，"套路，我见多了。"

"假的真不了，真的假不了。"我说，"我比你大一倍岁数都多，我玩儿套路时还没你呢。"

"我咋不知道。"杨洋问。

"我咋知道你咋不知道，"我说，"有备无患给你小子带着呢，这次签证不是你办的，你咋知道。"

"哎哟，"杨洋幸福地握住我手说，"真替哥高兴，哥，那您还能跟嫂子睡一屋？"

"睡一屋又不是睡一炕上，再说不跟她睡一屋跟你睡一屋？"我甩开杨洋手，呷了口茶，接着说，"我们都二十多年老夫老妻了，你刚结婚的小屁孩儿懂啥。"

"哎哟，"杨洋说，"才二十年您就不行啦，嫂子就不干啦？"

"不干啥？"我问。

"那您喝人参大补茶，补给谁？"杨洋手指我茶杯说。

"小子眼够尖，西洋参，从国内带来的，跟那事儿没关系。"我说。

"哥，你就打开天窗说亮话，咱俩这么熟络，到底跟嫂子闹什么别扭，二十多年老夫老妻就这么散啦，怪可惜的，前两次来美国还秀恩爱，真是人有旦夕祸福哈。"

"祸福你个头，"我说，"你嫂子跟美国佬跑了。"

"拉倒吧，"杨洋说，"美国佬能降住咱嫂子，印第安牛仔还差不多。不过哥，1月4号返程，别误了飞机，回不来黑美国可就麻烦大了。"

"你知道就好，"我说，"你嘱咐你媳妇没？"

"唉，甭提了哥……"杨洋正要说，忽然有人敲门，"你媳妇？"我问。

"不是，"杨洋疑惑地说，"没这么早。哥，你坐着，我看看是谁？"

　　杨洋走近房门扒猫眼往外看，我在单人沙发上坐着，接着房门打开，杨洋领进一位"夕阳红"老汉。杨洋请老汉坐在我旁边单人沙发上，我寒暄两句起身要走，老汉拦我，别走别走兄弟，一起玩儿嘛，热闹。杨洋让老汉说有什么事，老汉吞吞吐吐欲言又止。我怀疑还是我碍事，起身要走，却又给老汉硬生拉住。老汉还是欲言又止，杨洋告诉老汉我是自家兄弟，人倍儿好，有啥事尽管说，我们哥俩都能给您出力。老汉这才放开胆子说，你说我吧，七十多岁了，第一次出国。杨洋说有第一次就有第二次，到时您老还跟我走。老汉说是呢，第二次我指定跟大兄弟走。不过这次呢，我想求大兄弟点儿事，事不算大也不算小，大兄弟办成办不成都没关系，就是呢，别跟我老伴儿说就行，算大伯央求大兄弟了。杨洋说，哎，大伯，您说哪里话，什么央求不央求，出门在外，这是我应该做的，您就直说好啦，说出去我是您孙子。老汉脸上泛起一抹红晕，大伯我可就说了，不怕你俩兄弟笑话，我啊，跟老伴儿过了一辈子，压根儿没越轨过其他女人，你大嫂到现在都是我的初恋，你看，一路上我照顾她倍儿好，又照相又给她买东西，可是这不，这不，我寻思，老了老了，末了，咱又是在美国，这地方花天酒地，又是全世界最发达的帝国主义，不，资本主义国家，这里不是啥也不管，啥都能干吗？我寻思，想叫大兄弟带我去，去，那个叫，叫什么来着，红灯区，对，红灯区，去开开洋荤。我的妈啊，我和杨洋听完差点儿没晕菜背过气去。

杨洋好说歹说把老头请出门。临走，老头向杨洋和我敬礼，一定给我严重保密啰，我和杨洋信誓旦旦地答应。就在他们刚出去工夫不大，又有人敲门，我说是你媳妇？杨洋说点儿还没到，然后就去开门，结果后面跟着失踪了两天的他媳妇。

杨洋说："哥，我不介绍了，这是我媳妇。"

"幸会幸会，我赶紧撤。"我笑着说。

"别别，我还有事说，"杨洋拦住我说，"她落下东西，拿了就走。"杨洋给媳妇翻箱子找东西，找了好半天，两人才又啃又吻地做生死离别状。杨洋把媳妇送下楼折回来对我说：

"哥啊，一定一定给我严重保密。我小命就掐在您手上了。"

"你刚才还掐我媳妇七寸不放呢。"我说。

"那不是在跟您逗吗，"杨洋说，"你们俩离也好不离也好，孩子都老大了，你看我这不还，还没有嘛……"

"孩子老大也是一天天养起来的，又不是蹿天猴，点火蹿大的。"我说。

"哥，你没理解我意思，"杨洋一边铺床一边说，"我们这想点火都没引信啊。"

"没引信来美国就有了，崇洋媚外，"我靠在沙发上说，"你还真不如人家老汉，老当益壮的岁数还来敌后开洋荤泡洋妞，你却把媳妇送给帝国鬼子，你还爱国不爱国？"

"啥呀，哥，扯远了，这跟爱不爱国有啥关系，"杨洋说，"我们来美国，如果她在美国怀上了，她就在美国生，生了娘俩再回去，比大肚子来美国没风险啊。"

我说："敢情你俩还没有米，就敢来美国现埋锅现造饭！"

"唉，哥，你不知道，"杨洋说，"要不你今晚睡这儿，我给你好好讲讲，你也帮我出出主意。"

"你不怕我出卖你？"我说。

"哥，咱俩难兄难弟。"杨洋说。

"我跟你说了，离婚证也给你看了，王红已经不是我老婆了，谁跟你难兄难弟，你要举报她尽管举报，要挟不了我。"我躺在沙发上闭着眼说。

"是是是，"杨洋说，"你要挟我好不好，看在未出世孩子面上，以后让你做孩子教父。你看美国《教父》里的马龙·白兰度多牛逼，哥，你也挺牛逼，离了婚还能跟嫂子搞对象。"

"我懒得要挟你，"我说，"你生你的，我玩儿我的。"

"不是啊，哥，是我生我的，但不是你玩儿你的。"杨洋说。

"啥意思？"我问。

"咱俩睡一屋，是我跟你生，还是你跟我生？"杨洋嘎嘎坏笑说。

"妈的，就知道你个孙子没安好心眼，我回屋，你冲墙生。"我说着起身要走。

"哥，西洋参喝得火气倍儿壮，"杨洋说，"你就睡这儿，看谁能阻止你。"

杨洋又说："哥，其实你没理解我意思，我是想去我媳妇住的酒店……"

"是呢，"我说，"我得赶紧走，眼睛睁不开了。"

"别急，"杨洋说，"其实我昨晚就想跟您说，可一看我嫂子，哦，您前妻，母老虎样儿，我心里就发颤嘴里含糊着说不出话。"

"你想说什么？"我问。

"就是，"杨洋说，"就是我跟媳妇造孩子去，谁给我带队？"

"啊，你说什么？"我猛然清醒起来，说，"你是想让我帮你带队，我可没那工夫，我得把精力用在大西洋赌城上，把输在拉斯维加斯的钱赢回来。"

"哎哎哎，哥，你帮我带队不叫你白忙活，给您 1000 美金做酬劳行不行？您在那里输了多少钱？"

"25000 美金。"我说。

"哥，你两口子真有钱，赌这么大，真是好什么的都有……"

"对，还有好造孩子的。"我说。

杨洋说："哥，只要您能帮我带队，我们造出的孩子就有您一份功劳。"

"屁话，你造孩子，我不抢功。"

"就是嘛，我就知道哥仗义，再说，你媳妇，不，我嫂子去哪儿我也没追究不是？不过，哥，我真佩服您，大老远把前妻弄美国来，跟她梅开二度不说，还能放任自由，更令人钦佩的是，您现在是自由人了，却还能为嫂子守身如玉，给哥点赞！"

"你少废话，什么放任自由，我跟你嫂子感情基础好着呢，你懂什么。"

"哥，回头您给我讲讲，您这么好的一个人，嫂子怎么就这么狠心把您给一脚蹬开呢？"

我闭上眼开始进入睡眠模式，杨洋后来说的什么，我压根儿没听到，而后便是杨洋半夜牙磨得瘆人，有点像"二哈"拆家发出的磨墙和磨玻璃声。我的呼噜和杨洋的磨牙，让隔壁两屋睡不着，半夜我总听到似乎有敲门声，我迷迷糊糊问杨洋，是你媳妇？杨洋迷迷糊糊回答说还没到点儿，然后我们又各自沉入梦乡。梦里我遇见初恋时的王红，我就喜欢王红那张西方人眼中的东方美人脸，白嫩、圆圆的脸蛋，细眉下方嵌着一对儿笑起来非常可爱的眯眯眼，眯眯眼上方一直留着齐眉刘海儿，当初我说我喜欢她的刘海，她就一直留到现在，二十多年一直没有变过发型。她的性格活泼开朗能歌善舞，给我留下许多美好回忆，我们彼此深爱对方，我们相互把爱倾注于对方，也是因为爱，她开始允许我打麻将，她怕我有钱了去外面找女人，她觉得搓麻将只是会输点钱，总比我在外面偷鸡摸狗强，慢慢地，我陷于此，也毁于此，待到我不能自拔时，我向她发誓剁掉自己的手，但她还是没能原谅我，我们离婚当天，她忠告我说，剁掉手，也是在跟自己赌！我们离了，但我们友谊长存，我们的过往岁月不会磨灭，况且我们还有一个像她一样活泼可爱的女儿，我们把爱又都寄托在女儿身上。

我半夜醒来，听着杨洋的磨牙声，看着杨洋四仰八叉的睡姿，此刻杨洋也沉溺于梦中，我断断续续听着他语无伦次的梦话，……儿子，女儿……都行……生了就回去……夜是黑的，梦是明亮的，我和杨洋轮番做着各自的梦。后半夜，我梦见王红对我说，找到学校了，匹兹堡大学真好，一百多年的老校，叫咱们女儿中学毕业就考那儿……

清晨，我和杨洋一个刷牙一个坐马桶互相指责对方没让自己睡好觉。杨洋没拉屎就走了，我也忘记刷牙，"夕阳红"的老人们起得很早，早就到外面遛弯和拍照。杨洋走了，他把指挥权交到我手上，老人们似乎没一个惊讶为啥更换了领队，他们关心的是这座城市的环境、树木、阳光、气候和鸟语花香……我跟老人们不如杨洋跟他们沟通得好，杨洋很会哄他们高兴，会跟他们一起笑，会顺着他们思路考虑问题，会不辞辛苦为他们照相。我仅是杨洋的一个替身，或者什么都不是，我只希望尽快把行程走完，尽快见到前妻，听她讲为女儿选学校的情况。

具体行程杨洋交给了我，我叫中巴司机直奔大西洋城。车上我微信前妻，女儿学校考察得怎样？前妻回复我说，刚从一所教会学校出来，感觉棒极了，无论师资力量、硬件条件都是超一流……听前妻这么说，我激动得眼泪都快流出来。我告诉前妻，还有三所学校，你辛苦多看看多问问多比较，孩子的命运就交在你手上了。前妻说，你放心吧，我都给孩子发微信和图片说了，孩子特别高兴，对了，你可千万别把我买的东西弄丢了弄坏了……你现在在哪儿？我们正在去大西洋城的路上。之后过了好半天，前妻才给我回复说，求你到大西洋城别再赌了，去那儿看看大海，逛逛街，给孩子和爷爷奶奶买点礼物，如果你手痒痒了，就想想你给我发过的誓……我眼眶有点湿润，回复说，不赌了，真不赌了，你就放心给孩子看学校吧，注意安全和保暖，还有多喝水……

我们从费城奔大西洋城直线距离91公里，我喜欢短途旅行。路上，杨洋和我前妻穿插给我发来微信，杨洋还是很敬业的，他一直问我到哪儿了，车上老人情况怎样，杨洋特担心"夕阳红"在他不在时出现意外。我让他放心，一切在我掌控之中。

车到大西洋城赌城，鹅毛大雪从天上飘落下来。"夕阳红"们在外面踏雪赏景，司机帮他们卸下行李，我去酒店前台分房间。到了前台，我才知道，大西洋城酒店是超豪华六星，不提供"夕阳红"这样的团餐，我们得到外面的中餐馆去吃，杨洋给我发来中餐馆定位，我组织饥肠辘辘的老人们去吃午饭，其间，一个老汉说，你晚上组织大家去喝洋酒啊，昨天晚上不就没喝成吗？我说一定一定，人是铁饭是钢，先填饱肚子再说，况且离到晚上还有好几个钟头，吃完饭，大家先回房休息，冲个热水澡，再美美睡一觉，晚上的一切都包在我身上。你说话算数！

领头的老汉说。我和老汉们哈哈大笑往外走。

此时，外面下的雪根本不是雪，而是像小婴儿拳头那么大的雪团子，我在国内从没见过这么大的雪，从北大西洋上空飞降的雪团又急又猛，密集程度简直没法形容，好在蓬松的雪团密度很小，砸在头顶，落在身上，掉在地上，不疼不痒，很快就融化了。吃饭的路上可给"夕阳红"的老太婆们美坏了，她们被大雪包裹着，一个个像天真烂漫、情窦初开的少女，翩翩跳起广场舞，而后她们不停地让我给她们拍照，我指导她们摆各种pose，她们高兴得要命。吃完午饭，才一点多，离晚上尚早，我把"夕阳红"们带回酒店，让他们好好休息，别太心急、心急吃不了热豆腐，养好精蓄好锐一切都等晚上再说。

我一边给杨洋发微信告诉他我是如何应对自如，一边往赌场走。下午赌场人不多，杨洋微信回复说让我见机行事。我路过一排排五光十色的角子机，玩儿角子机的人大多年岁不轻，可能对心脏比玩儿轮盘赌、21点、5张pass的，承受力要大一点，更不像玩儿比大小，一翻一瞪眼来得惊心动魄。不过，刚听到右上角一台角子机发出一连串音乐铃声后，就听到噼里啪啦掉角子的声音，那声音也够让人心惊肉跳，围观的人都替一个白人老女人鼓掌欢呼，我走过去好半天依然听到角子持续往下掉的声音。

我点燃一支烟，手一直在口袋里，摸着那早已准备好、我仅存的1万美金现金，我心里的确痒痒得难受，可以说如果把手掏进心里，都恐怕难以止痒。这时我口渴得要命，我想吸完这支烟再决定换不换筹码。我叫住一位服务员，要一杯加冰的樱桃味的可乐，给他2美元加1美元小费。我擎着可乐往筹码兑换处移动。之后，我兴冲冲抱着筹码快步走向赌台。我选定一张赌台坐下，把筹码码放在我眼前。我往台面上一瞧，笼子里三颗色子的五都朝天躺着，我脑袋快速运转起来，我把筹码押在多少赔率上面合适，赌运气吧，成则运、败则命。旁边有个赌徒，台湾腔，这把她赢了，她押了400美金，150赔率，赢了60000美金……怪不得人们常说，赌，可以一夜暴富，也可以一夜倾家荡产。这时我前妻和杨洋轮番给我发来微信，我顾不上看微信，想着怎样下注。

上次，我和前妻在拉斯维加斯开头我是赢的，邻座的老美都替我高兴，还跟我一起哼唱起《义勇军进行曲》。那次是在希尔顿赌场，希尔顿赌场大厅灯火辉煌，角子机发出的音乐声像刚才那样诱惑得人六神无主，让人斗志昂扬，好像勾引人口袋里的筹码翻倍地跳，让人手心奇痒无比。王红想去外面逛逛，我拉住她不让她走，说她的美貌能给我带来运气。当时确实是这样，就连赌台后面的庄家，都微笑着凝神盯着我家"东方丽人"看。王红一直被我拉着玩儿赌"大小"（就是猜三粒色子的总和，总和10点以下就是小，11点以上就是大）。希尔顿赌场每张玩儿"大小"的赌台有五个座位，老外很少玩儿赌"大小"，所以席位都空着。当时我运气极好，钱都是在她在时赢的，后来她可能厌倦了我作为赌徒脸上的疯狂笑容，这让她受不了，一气之下一走了之。而后，我的运气急转直下，把她在时赢来的钱全输光，还把 25000 美金的筹码倒贴进去。

这会儿正是最紧张、我正举棋不定的下注时刻，前妻又打来语音电话，我果断将她摁断，刚刚赢钱的台湾女人见好就收，一起身，座位就给一个像大陆富二代的公子哥坐了上去，风水宝地被公子哥占去，我心存不甘。赌台上是押注的，上面都是点数、钱或筹码就放在每个不同的点数上。我攥着一直没敢下注的筹码手心直冒汗，这是我最后身家性命了，我默念。色子在庄家笼子里上下翻滚，庄家连续摇了三下，色子也停下了，这时看三颗色子的总和是大，公子哥的钱被庄家收走了。

我感到公子哥出师不利一定会传染我，停顿了一会儿，我点上一支烟，看着笼子里色子的数字位子，似乎觉得下一次会开"小"（三颗色子的总和 10 点一下），因为现在能看见的都是4、5、6 的点数。第二次我脑海里推演挪动几枚筹码押在"小"上，庄家看公子哥把筹码押好了后又摇了三下，当色子停顿下来后一看，又是"大"，公子哥又输了！我紧张得默念开"小"，第三次我推演押在"小"上，见公子哥把全部筹码押在 5、6、7、8、9、10 点位上，结果还是开了个"大"，他连续输了三次。

我情绪有点儿激动，好像跟公子哥是一世的，我的手、眼睛，乃至身体上的汗毛孔，都跟公子哥融在了一起，我的手欲将把筹码推出去的那刻明显在抖，该死的杨洋发来微信说，我嫂子，你前妻着急找你，问你为什么不接电话？我没有回复，心完全放在绿绒绒的赌台上。这时庄家的左手拿着摇柄，在等我下注。我不管那么多了，想继续押"小"，我面前摆着 1 万美金的筹码，是我净身出户时的私房钱，也是全部家当，我想全部押上。突然公子哥鬼使神差地从口袋里掏出一沓美金，全押在三个五的点位上，庄家立马掷色子，结果，当色子停顿以后，我和庄家和对面新加入的一个赌客，还有几个旁观者都惊诧地叫了起来："哇！三个五！"我心里马上意识到公子哥要赢几万美金了！我替公子哥高兴得要命。但是，当庄家伸手去摸他押在"小"的点位上的钱时，我发现庄家的脸色忽然有些轻微的变化，他把公子哥押注的钱拿起来清点，嘴唇不由在微微颤抖，而后看着公子哥说了一连串英语，作为一个赌徒我大致明白庄家的意思，说公子哥的钱出了点问题。与此同时庄家按了一下赌台下面的电铃，一下子几位管理员和一位经理模样的大汉，从四面八方聚到赌台前，询问怎么回事。这时围观的人越来越多，密密匝匝围在赌台前……我前妻这时又发来微信，她怒了，大为光火地骂我没有出息，我灰溜溜地抽身离开赌台，到筹码兑换处换回现金。

天刚黑老汉们就来赌场找我，我们步行去吃晚饭，入夜下的雪团格外奇妙，老汉们见我心情不悦，问我输了还是赢了，我说没输没赢，他们说出来玩儿一定要有好心情。我说是啊，我答应孩子和爷爷奶奶给他们买礼物，我先带老汉们去了一家超大型超市，我给孩子买了一只超大桶的美国坚果，给奶奶买了一件披风，给爷爷买了一双运动鞋，给前妻买了一副羊皮手套和一条纯羊毛围巾。之后，我对老汉们说，杨洋让我带你们去酒吧，我们现在就去。我的话惹来老汉们一致欢呼。

我千叮咛万嘱咐，咱们在异国他乡人生地不熟又不会说英语，你们把老伴儿都安顿好了吗？老汉们摩拳擦掌，表示都安顿好了，她们听话着呢，凑一块儿搓麻将呢。我给杨洋发微信问附近哪家酒吧可靠，杨洋发来定位，我们一路寻到一家叫"HI BABY HAPPY"的酒吧，酒吧在一层，上面三层可住宿。老汉第一次进洋酒吧，有点儿不自然，对坐吧台前还是坐散座有点儿犹豫不决，我坐在吧台前，要了杯不加冰的威士忌。他们坐在我两侧。要喝什么自己点，我一边呷带盐的威士忌杯口，一边说。老汉们每人要了杯啤酒，只有一个老汉要了瓶汽泡水。汽泡水喝在嘴里没有味道，但气泡在他口腔里翻滚，让他有点儿不适应，旁边的老汉尝了一口，咂咂嘴没有说话。我问他们要不要尝尝威士忌，他们说不爱喝"喂死你"（威士忌），我问他们喝不喝伏特加，俄罗斯的中国白酒，不喝不带劲的酒不尽兴。他们说喝，我给他们每人要了杯伏特加，就连喝气泡水的老汉也要了杯伏特加。老汉们都稳下心来，各自品各自酒杯中的酒。

外面继续飘着雪，雪悠悠地从夜空坠落下来，比下午小了许多，但也轻柔缠绵了许多。雪可能要下一宿，我们半夜坐在雪地上，雪与我们为伴，我们与夜为伴。我点上一根烟，打算发一圈，但只有一个老汉接过烟嗅在鼻底，享受香烟没燃前的清香。我吐出一个烟圈套住一朵雪花，那雪花轻得竟随烟圈徐徐上升，待烟圈消散后，里面的雪花又重新飘飞下来。这会儿我们有点儿像美剧里的互助会，我和老汉们围拢在一起，他们默默倾听我的心声。雪花轻舞飞扬，轻轻落在我的眉梢，竟然化作泪，滴淌下来。那会儿我和王红爱得那么深、那么热烈与浪漫，我们去土耳其手挽手坐在连接欧亚大陆的桥墩上，我们睡在卡帕多奇亚的洞穴里，黎明我双臂环抱着她，在热气球上享受日出给整个世界戴上的光环；我们奔赴地中海，在各式各样的港口和渔村拍照留念；我们在戛纳走完红毯看电影；我们一起在卢浮宫接受艺术的熏陶；我们爬上瑞士斯图加特少女峰，领略山高人为峰的感觉；我们在约旦与贝都因人对话；我们在浪漫的西班牙购物和享受过许多美食；我们在北海道与猴子们一起泡温泉；我们在阿根廷跳起探戈；我们在南极看不眠之夜的星空，看苍茫大地的雪山和企鹅，我们疯狂地在狭小的船舱里做爱，我们想把南极的种子带回国，产下一只南极宝宝……此刻，多么奇妙的北大西洋夜晚的雪夜，满目染着斑驳陆离的霓虹彩灯，让人感觉不到冷，不冻手也不冻脚，或许大家的心是暖的。我催促老汉们回酒店时夜已深，但他们表示不愿意回去。她们肯定还在搓麻将，一个老汉说。另一个说，娘儿们得搓通宵麻将。我给老汉们鼓劲儿，可老汉们没有一个起身，他们的嘴里呼出清冷的哈气，俨然像把多年藏匿心中的谜团、一肚子委屈和生活的本真，一个个尽情地释放出来。后来，我们在回酒店路上又找到一处小广场，重新围拢席地而坐，我们冒着北大西洋上空莺歌燕舞的雪，沉默了一会儿，说几句话，然后又沉默一会儿，又唠几句家常……直到我们唱起《义勇军进行曲》："起来，不愿做奴隶的人们，把我们的血肉筑成我们新的长城，中华民族到了最危险的时候，每个人被迫着发出最后的吼声，起来，起来，起来，我们万众一心，冒着敌人的炮火前进，冒着敌人的炮火前进，前进，前进进。"接近午夜，起风了，雪加雨下得密集起来，我们冒着"敌人"的暴风雪加紧赶回酒店。

翌日清晨，我去酒店餐厅吃早餐。我挑了张临窗桌子坐下，服务生给我倒上一杯咖啡，我看着窗外北大西洋滔天汹涌的海水，服务生给我递来一份餐单，我选了一套正宗美式早餐。这是我头一次见到这样大的水，我怎么会没见过海。当北大西洋冬季的滔天巨浪掀上岸堤，欲朝窗户撞击过来时，服务生端上一个大盘子，里面有三根卷曲的煎培根、两只单面半生的煎蛋、一摊土豆泥、两勺罐头青豆、几只西兰花、一小盘樱桃酱和一张圆形带网格状、里面装有焦糖的华夫饼，服务生再次把我的咖啡杯续满。我把餐布盖在腿上，举起刀叉。外面肆虐的巨浪舌尖刚要舔玻璃窗的一瞬，旋即又被大海拉了回去，待下一波巨浪赶来前，我大口咬了一口华夫饼，华夫饼味道有点儿像我们的发面饼，只是上面的焦糖齁甜，另外培根煎得又老又脆，不知是他们的风格还是给煎煳了。早上雪就不下了，有人大清早就在冷海凉风里冲浪，我没看错，那个疯狂的美国人，脚踩一块板子，在奇冷无比恶浪滔滔的海水里，迎着不规则的三角浪、涌浪、过头浪、方形浪、翻卷浪、回旋浪，于波峰波谷间上下翻飞。我嚼着又脆又硬的培根，时不时蘸点儿樱桃酱，冲浪人有点儿像水浒传里的"浪里白条"，简直是一个不怕死的家伙，在这么冷这么凶猛的海水里竟玩儿得这么嗨。我喜欢吃半生煎蛋，把樱桃酱全倒在了煎蛋上，另外，土豆泥、西兰花和罐装青豆的味道也不错。我与"浪里白条"偶尔对上眼神，只等下一波浪潮推她到我眼前，我倒要仔细看看她的胴体。美国人热爱运动和游泳，这种热爱赋予他们强健的体魄。服务生过来再次把咖啡杯续满，那个"浪里白条"瞬间出现在窗外，果然是一位女汉子，她全裸着冲到我窗前，瞬间又给浪头带回海里。我呷着咖啡，那只"浪里白条"没了踪影，巨浪继续滔天，服务生把餐盘收走，隔着玻璃窗我都能感到北大西洋上空的风有多冷、多犀利。我把两美元小费压在咖啡杯底下，赶在呼啸的海水冲到我窗前前，我迅速离开餐桌。

杨洋和我前妻，以及我带着的"夕阳红"团队准时在纽约肯尼迪机场会合。我拥抱了一下前妻，偷偷跟她真诚地说了一声对不起……我问杨洋造人情况怎样？杨洋嘎嘎坏笑说一准没问题，已经安排媳妇在美国住下。

……

再接到杨洋的电话，杨洋说孩子出生了，是一对女儿，我恭喜他，他又说只可惜媳妇耐不住一个人住，临产前跑回国生的。我说这就对了。杨洋问我，我嫂子你前妻怎样？我说，我们复婚了。

保　镖

今年春节前郝景旺还是好好的，每天住在俱乐部的四人间宿舍里，已经有十个年头了，也就是说，郝景旺在这个俱乐部里打了十年的拳。这家叫 K1 的搏击俱乐部，跟日本的一家搏击俱乐部同名，但人家的 K1 早已经在欧洲搏击赛场上成名，而天市的这家 K1，大前年才刚走出中国，在东南亚的比赛中打了几场漂亮仗。

郝景旺刚来俱乐部时只练习拳击，过了一段时间后，才转入综合格斗的训练。综合格斗也叫搏击，是集拳击、巴西柔术和泰拳于一身的一种打法，刚风靡于国内的时候，这项运动已经在国外兴盛了几十年。

郝景旺来天市之前，老娘因病去世，自己也高考落榜，哥嫂叫他在家种地，但董兰芳三天两头地给他打电话，叫他来天市跟她一起打工。于是有一天，郝景旺跟哥嫂说了一声要去天市找董兰芳，就扛着行李一走，再没有回来。

　　董兰芳比郝景旺早来天市两年，一来就在杨大民的事务所里打工。郝景旺来天市后，董兰芳也让他来杨大民的事务所里打工，但郝景旺不肯，宁死也不肯。后来，还是杨大民给郝景旺找了一份保安的工作，郝景旺才有了一日三餐的保障和一个睡觉的地方。

　　郝景旺是一个好强闲不住的人，他想，干保安不会两下子，遇到了坏人怎么办？于是，他要练武术，但天市压根儿没有习武的地方，他就打听到一家叫 K1 的搏击俱乐部，就去报了名。

　　自从郝景旺进了搏击俱乐部，每天下班和休息日全泡在俱乐部里练拳。那会儿郝景旺十八九岁，是个很能吃苦也很刻苦的孩子，虽然郝景旺过了练童子功的年岁，但他练了一年拳击后，教练非常看好郝景旺，觉得他就是为打拳而生的孩子，立马叫他改练综合格斗。

　　第三年 K1 正式把郝景旺吸纳为职业拳手，预备着把他推向职业比赛（职业拳手住在俱乐部里，有工资，有出场费，打赢比赛有奖金）。郝景旺成为职业拳手后就辞去了保安工作，专心在俱乐部里承受每天十四个小时的大负荷量的训练。

　　这一练就是十年，郝景旺从一个从农村来的毛小子，变成了一个搏击高手，大前年他帮助 K1 占领国内市场，前年又帮助

K1 在东南亚打赢了几场比赛。

今年春节后的一次训练中，郝景旺倒在了八角笼里，当时队医觉得情况严重，立即叫了120。

到了医院，一通急救和诊断，医生拿着心电图和加强CT，对郝景旺的教练和队医说，病人的情况相当严重，是肺栓塞造成的急性休克，病人的右肺叶已经全部被栓子堵住，左肺叶大部分也被堵住，现在左肺动脉只留下一条很细窄的通道，如果再有栓子脱落，很容易就把这条通道也给堵住，人就没救了。

郝景旺清醒后才知道自己是被肺栓塞击倒的，而肺栓塞的起因是房颤，房颤的起因是大负荷量的运动。运动员得房颤的人很多，房颤会造成心房的收缩功能丧失，血液形成湍流，继而形成血栓。当血栓脱落，栓子可能随血液循环到身体其他部位，如果堵在脑子里就是脑梗，堵在心脏上就是心梗，堵在肺里就是肺栓塞。

郝景旺住院期间，教练、队友都来看他，有一天老板来看他时，给了他一笔补偿金，告诉他，以后就不要来俱乐部打拳了，郝景旺听到这个消息，简直有种生无可恋的感觉。

郝景旺住院的事怕哥嫂担心就没敢跟哥嫂说，住院期间全是董兰芳伺候他吃喝拉撒，杨大民也来过几次，每次来都提着一大兜子水果和营养品，还来送过钱，由此郝景旺对杨大民的态度转变不少。郝景旺出院后，没有地方住，董兰芳就把郝景旺接到自己家，郝景旺和董兰芳就顺理成章地住在了一块儿。

1

自从跟董兰芳搭伙过日子，没有工作的郝景旺整天无事可干，他在董兰芳的小单元房里一边上网追剧，一边养病，三个月后最后一次去医院复查，医生看完他新拍的加强 CT 说他已经痊愈了，但建议他以后不要再打拳，否则还会有复发的危险。

郝景旺没有听医嘱，毕竟十年苦练刚刚出成果，所以想好了即便死在拳台上也在所不惜。郝景旺彻底好了之后还打算回俱乐部参加训练和比赛，他觉得自己是硬汉，这点病挡不住他打比赛的欲望。

这段时间俱乐部老板去南美考察市场了，一时半会儿回不来，郝景旺是否归队的事没人能做得了主，教练也爱莫能助。他只得回去听信，另外教练暗示他，人生的道路何止打拳，通向罗马的大道多得很。

董兰芳知道郝景旺想回俱乐部，也知道俱乐部不打算让他回。为了安慰郝景旺，董兰芳就总劝郝景旺，打拳养小不养老，就算人家俱乐部让你打拳，你这个岁数也快打不动了，不如找个跟这行差不多的工作干干算了。

郝景旺跟董兰芳提自己想开个俱乐部当老板当教练。

董兰芳没有打消郝景旺的热情，只是不咸不淡地说了句，我看够呛。

郝景旺想开拳馆的事，董兰芳告诉了杨大民。杨大民觉得董兰芳为郝景旺瞎着急，电话里杨大民说，你也不动脑筋想一想，他自己开拳馆干俱乐部，能开得了吗？拿什么开，拿嘴皮子开？怎么开，谁帮他开？等他三分钟的热度过去后就降温了，你别被他牵着鼻子走，别瞎着急。

董兰芳见郝景旺的精神头一天比一天消沉，这天上班，董兰芳又跟杨大民谈这件事。杨大民说，你告诉郝景旺我请他吃饭，有事跟他商量。

郝景旺生病养病期间，杨大民没少来看他。每次杨大民来，郝景旺都心存感激，但是嘴上不说，给杨大民的脸色也是土鳖色。

其实当年他们之间做下的扣，已经过去十多年，早应该松了。关键是，董兰芳心里的疙瘩早就解开了，但郝景旺心里却还系着。最让郝景旺想不通的是，当初事情发生在董兰芳身上时，她还是个黄花大闺女。董兰芳的心怎么就这么大，怎么就这么轻易过去了，为了这件事，她弟弟董军还在大牢里，而董兰芳现在跟杨大民好得就像一个人，所以他一直想不通也想不明白。

这天下午，杨大民给郝景旺打来电话，要给他介绍一个客户。没等郝景旺问清楚，忽然听见杨大民的电话里传来吵吵嚷嚷的声音，可能是杨大民的当事人。杨大民一边跟人家说话，一边把郝景旺的电话撂了。过了好一会儿，杨大民才把客户的信息发过来。

郝景旺正看着短信，董兰芳的电话又打进来，她让郝景旺晚上穿整齐些，别忘了多刷两遍牙、把头发梳齐整了，晚上杨大民请咱俩去丽思卡尔顿吃自助餐。

　　五星级丽思卡尔顿的自助晚餐极其丰盛，这是郝景旺进城十年来，第一次在这么高档豪华的酒店吃这么丰盛的晚餐。董兰芳说这儿的自助餐一个人要八百块，郝景旺听完直咋舌。选餐过程中，杨大民和董兰芳有说有笑旁落了郝景旺，郝景旺知道自己肚子里没有一句完整话，感觉到不擅言辞被人冷落的悲冷。其实不是现在，从小郝景旺就不爱说话，相比之下，杨大民从小就会逗董兰芳开心。

　　郝景旺和董兰芳在一起的时候，多半给董兰芳讲他训练和打比赛的事情，或者要把对手KO该打哪里，鞭腿如何踢，还有如何躲闪，打空拳特别能消耗对手体力，等等。

　　董兰芳开头还听得进去，一来二去就不爱听了，每当郝景旺谈格斗，董兰芳就烦得要命，就转移话题，谈自己工作的事。

　　郝景旺跟董兰芳同居一段时间后，才知道董兰芳跟杨大民走得比和他还近，他俩不但上班在一起，下班还要通电话，像两只不断线的风筝，多远都能够得上。

　　董兰芳和杨大民通话时也不避讳郝景旺，郝景旺就在一旁听，其实听也听不懂，谈话内容全是事务所接的案子和当事人的事。每次董兰芳刚撂下电话，郝景旺就话里话外冒酸水，每次董兰芳都把郝景旺的话顶回去。杨大民是老板，我是他的助理，老板来电二十四小时都得接，这是规矩。再说，现在事务所里的事都先经我手再给他，所以您老人家听不懂就别听，我们闲聊也是在谈工作，你就别瞎掺和了。

这顿饭吃到最后，郝景旺吃出滋味来了，杨大民说事务所正缺他这样的人手，想叫他过来，每个月给他一万保底，外加提成。

郝景旺嘴里正嚼着三分熟的牛肉，牛肉里的血立马从郝景旺的嘴角流出来。

董兰芳听后马上替郝景旺说好，一万保底比我还多嘛，景旺咱俩敬大民一杯。

半杯红酒下肚，郝景旺撂下高脚杯说，一万的工资是不是太多了，我就是一个打拳的，没有其他本事，现在还给打坏了，你们事务所里养我这样的人有什么用？

董兰芳说，当年你要是直接来大民的事务所，现在也老厉害了，偏要去打拳。当初不听我的话，这次一定听我的，别再惦记打拳了，打了这么多年，才挣了多少钱，还差点把命搭进去，这次你来，一定能在事务所里独当一面。

董兰芳还要说，给郝景旺拦住，郝景旺端起酒杯，先干为敬说，咱们仨打小玩到大，对不对？

杨大民说，那还用说。

郝景旺说，那就好，要不是这次病我也不可能求你，现在我想求你一件事。

杨大民说，好兄弟，别说求，都是自家兄弟，有啥事说。

郝景旺说，我想叫你帮我开一家拳馆，俱乐部也行，你当老板，我当教练。现在喜欢打拳击、练搏击的年轻人不少，比我刚练那会儿强好多，他们愿意花钱练这个，咱们开个拳馆指定稳赚不赔。

杨大民犹豫了一下说，兄弟，你们这个行业哥哥实在搞不懂，钱挣多挣少是次要的，主要是，这个行业太高危，一旦把人打死打残，怎么办？就像你上次，真死在拳台上，说是签了生死状，估计你们俱乐部也得关门，弄不好还得追究老板的法律责任。所以听哥哥的，叫你来事务所，不是干别的，也跟你的本行差不多，哥想叫你牵头成立个保镖部，你看好不好，你当负责人，招兵买马的事全由你来管，训练的事也你来管，这样对你是换汤不换药，对我是业务拓展，两全其美，兄弟你看如何？

杨大民从起家那天就是这样一点一滴瞄准机会干起来的。

当年杨大民只身闯荡天市的时候，开头窝在一家很小的私家侦探所里给人家打工，干了两年，瞄准机会才另起炉灶。

杨大民的"众望侦探所"如何起家和运营，董兰芳没少跟郝景旺说。

杨大民的营业执照还是董兰芳跑的，到工商局才知道，原来国家不允许私人干侦探业，但是"地下"干侦探的人可是特别多，业务范围也涉及得广，当时涉及婚前背景调查的客户就不断流，最搞笑的总碰上互相调查的，可能都怕骗子多，骗钱还好，骗色骗婚就太恶心人了，不但害了对方的身体，还害对方失去对爱情的美好期待。所以请私家侦探来调查，不失为不伤害对方感情的一种手段。

像抓小三的就更多了。每个月杨大民接到这样的"案子"就不下一百个，这种"案子"收费不高。

再有，打假维权。制假售假、侵犯知识产权一直层出不穷，给很多正当合法的企业和消费者造成非常大的经济损失。杨大民有个市场部，主要抓的就是为广大企业和消费者维权的"案子"。多年来，杨大民积累了大量的实际打假经验，还有很多是为企业级客户制定的战略性的针对同行之间的打假行动。

而合法的讨债收账则是杨大民非常来钱的一项业务。

欠债还钱本来就是天经地义的事情，可是现在就是有一帮人喜欢当老赖。还有一些企业拖欠工人的工资不给，杨大民专门调查和寻找逃逸的债务人、调查债务人的隐蔽资产、查询债务人的资金往来情况、落实债务人的隐蔽财务情况、协助委托人进行诉讼及申请强制执行。

以上这些，每次使用手机定位、拍照、监听和跟踪，则是杨大民干私家侦探取证手段的家常饭。

杨大民还成立了一个叫证物部的部门，专门干取证工作。证物部里安装使用的定位和监听设备，全是从国外走私来的，这些设备全天候运转，来确定目标人的位置等各种信息。还有一拨人专门干外勤，用常规的手段去监视、跟踪和偷拍。

杨大民之所以能深入干上这一行，不光因为他头脑灵活，心思缜密，他更是一个胆大过人的人。当年在给人家公司打工的时候，因为大胆走了一笔"私单"，利用走"私单"的机会，结识了到现在还赖以依存的大客户何伟大，并为何伟大挺身做过一把孤身救美的壮举，成功地从绑匪手中救出何伟大的妻子郝洁。而这个"案子"既没惊动警方，也没让何伟大损失钱财，这件事的来龙去脉蹊跷得到现在杨大民都不是搞得很明白。总之绑匪消失了，何伟大的老婆没伤着一根汗毛，杨大民从何伟大手里拿到一大笔佣金，还接二连三地给他介绍了不少客户，这些客户都成为杨大民赖以生存和持续发展的财政资源。

杨大民本人初中毕业，没念过什么书，干上私家侦探后，为在这行干出点儿名堂，自己掏腰包上了天市职工大学的夜大，读了三年法律专业，虽然法律专业的文凭对杨大民一点用处没有，但通过学习法律，如同给他的侦探脑瓜插上了一对翅膀。

杨大民从"众望事务所"成立那天起，一直干得顺风顺水，这么多年，他已经在这个圈子里混出了名气。

杨大民想成立保镖部，叫郝景旺来当负责人，吃饭前，杨大民还没有这个想法，这是酒过三巡后，杨大民脑子里突然蹦出来的想法。

原来他请郝景旺吃饭，一来是因董兰芳总跟他诉说郝景旺现在失业如何倒霉，所以他只是想安慰郝景旺一下，二来正巧上午大客户何伟大打来电话，找他寻个保镖，他灵机一动就想到了郝景旺。

董兰芳对杨大民成立保镖部的事也是头一次听说，但杨大民的任何想法董兰芳从来都是赞成，而且保镖业务让董兰芳觉得，市场前景一定广阔。

郝景旺也大概知道，现在好多富人都请私人保镖，而且给人家当保镖也确实是发挥自己的特长，他便一边吃，一边应承下来。

其实两年前，郝景旺还在打拳时，就给杨大民客串过一次，当了七天的保镖，杨大民给了他五千块钱。也正是因此，两年前郝景旺才开始跟杨大民说话，但在郝景旺的心里，杨大民的劣迹永远消除不掉。郝景旺发过誓，如果有一天，心里对杨大民的梗消除了，就正式跟董兰芳结婚。

董兰芳一直知道郝景旺心里的梗是什么，所以没逼郝景旺结婚。董兰芳和郝景旺之间的关系，比青梅竹马还青梅竹马，董兰芳相信时间能磨平一切，郝景旺心里的疙瘩早晚能解开，没解开之前，她什么都不想，就这么一直往前走，现在即便跟郝景旺搭伙过日子，也是过一天算一天，有可能就这样一辈子过下去。

饭吃到尾声，杨大民酒喝高了，光说拉郝景旺入伙成立保镖部的事，忘记交代郝景旺明天要去见客户的具体情况。郝景旺也喝多了，趴在桌子上睡着了。这个饭局最高兴的是董兰芳，因为他们仨好好坏坏十多年，这次终于又坐到了一块。

2

在天市的边上，有一座风景秀美的雁鸣山，郝景旺从来没有来过。

在雁鸣山的脚下，有很多庄园和别墅。

从微微起伏的高地上，能看到庄园和别墅的间隙，长着一片片黑松林。据说黑松林释放的负氧离子比别的树木都要高，高浓度的负氧离子能抗衰老，预防老年痴呆，还能让年轻人多生荷尔蒙。

从定位上看，郝景旺要去的客户家就在这片区域，有钱真好，郝景旺想，他要是有钱了也在这里买一栋房子。

车载导航把郝景旺带到一处庄园的大门口，郝景旺下车去按门禁。

工夫不大，门禁里面传来问话声，郝景旺说明来意，又不一会儿工夫，一个小保安开着一辆高尔夫球车，从庄园里的一条幽静小径钻了出来。

郝景旺刚坐上电瓶车，董兰芳就打来电话，说，董军出狱了……

昨天还提及董军在大牢里，今天董军就出狱了，郝景旺觉得董兰芳想弟弟想魔怔了，但还是随口问了一句，董军怎么可能出来？

董兰芳说，昨天他就出狱了，在车站猫了一宿，你刚走他就来了，接着她要和郝景旺商量一件事，但被郝景旺打断了，郝景旺说，马上要和客户见面，等回家再说。

小保安四平八稳开着高尔夫球车，郝景旺一边寻思董军的事，一边嗅着黑松林里飘来的负氧离子。

小保安把车开得很慢，通往庄园中央别墅的小径幽静又细长，电瓶车七拐八拐开了好半天，郝景旺才看见远处有一幢三层洋房，沿途有园丁在种花草、剪灌木，还有油漆工在给一间小木屋刷白漆。

小保安把电瓶车停在别墅门前就走了，给郝景旺开门的是一个皮肤黝黑、穿着白色佣人装的外国女佣。她用蹩脚的中文说，两位主人在屋后和动物们在一起，然后关上门走下台阶，在前面领路，郝景旺在后面跟着。

走在不规则、跨度不一样的石板小路上，郝景旺觉得有点儿累，可能是由于不打拳后，一直没有运动的缘故。待郝景旺随女佣转到别墅后面，眼前视野忽然开朗起来。

这个庄园除大门处有铁栅栏围着外，其他三面都没有围墙，只用半人高的木头栅栏简易围着。

细看，庄园的南面毗邻雁鸣山，东面挨着黑松林，西面是一览无余的草坪和池塘。

这么大的一片区域，郝景旺估计了一下，得有五六个足球场那么大。

最让郝景旺新奇的是，这片绿油油的草坪上，悠闲栖息着多种动物。动物们远远近近散落在草坪各个地方，有的在闲情散步，有的在池塘边喝水，有的在低头吃草，有的卧在草坪上朝一个方向凝神，还有的动物一直盯着郝景旺这位不速之客看。

郝景旺去过北京八达岭那儿的开放动物园，游客开车在里面游览，动物们都是老虎狮子豹子狗熊之类的猛兽，人坐在车里，只要不下车，就没有危险。

而眼前的这个开放动物园，似乎比八达岭的那家还要开放，这里简直就是动物们的天堂。这些动物里面除了有老虎、狮子、豹子等兽类外，还有鹿、羊、马、牛，池塘边上还有鳄鱼和鸭子，远处还有长颈鹿和大象……这真是不可思议，难道鹿、羊、马、牛不怕老虎、豹子这些兽类？

郝景旺还看到，远处草坪上有三个人正闲情逸致地在动物间穿行。郝景旺猜测，要么老虎、狮子、豹子已经被驯化，要么每天喂给它们的食量很大，让它们没有饿感，否则无法解释。

这三个人当中有一个贵夫人模样的人，她一只手擎着遮阳伞，另一只手挽着身旁的白人老外，白人老外的另一侧是一个西装革履大腹便便的男人，他们一边散步，一边说话，一边指指点点身边的动物。

白人老外是个大嗓门，而且一嘴的京腔，龙，你们中国人心目中吉祥尊贵的"龙"，与我们西方人心目中邪恶凶残的 dragon（龙）是截然不同的两种意思。你们的龙象征着吉祥、权威、高贵、繁荣，中国人说自己是"龙的传人，龙的子孙"。我们西方文化中的 dragon，却是一种狰狞的怪兽，是恶魔的化身。

大腹便便的男人回应道，您说得极是，中西方文明真是有许多截然不同的地方，你们心中的狗、猫头鹰都有美好的象征意义，但实话实说，狗过去在中国人的心目中，大都是贬义，直到现在"狗"还是屡遭国人谩骂的东西，比如说这个人是走狗、狼心狗肺、狐朋狗友、丧家狗、狗仗人势、狗改不了吃屎、狗咬狗，而猫头鹰被中国人视为不吉利，尤其如果撞见猫头鹰都会说一句，猫头鹰进门无事不来。

还有在你们心目中邪恶的蝙蝠，你们一提起来就害怕和厌恶，你们认为它是丑陋与罪恶的代名词，而在中国传统文化中，蝙蝠中的"蝠"与"福"同音，所以蝙蝠摇身一变成了我们的吉祥物。

还有数字"十三"，大腹便便的男人继续说，中西方的认同真是大相径庭。中国人认为"十三"是大吉数字，是智勇超群的大成功数，充满智慧是这个数字的特点。中国的易经数理当中的意义是：博学多才，富有智谋奇略，善于忍耐，善处事不形于色，能获大功，得享富贵荣华之好运数。

白人老外说，我们最忌讳"十三"这个数字了，耶稣受害就是因为最后晚餐的第十三个人犹大。犹大为了三十块银圆而出卖了耶稣，让耶稣受尽折磨和苦难而死。并且晚餐的日期恰逢13日，所以在西方文化当中"十三"是给耶稣带来苦难和不幸的，也是背叛和出卖的同义词。

走在旁边的夫人说，听上去多可笑，中国人非要学西方人忌讳这个数，千方百计地避免和这个数字接触。学人家用"12A"代替13层或者门牌号，有的剧院竟然没有13排和13座，成了人行通道。真是崇洋媚外到了家，又不是土生土长的外国人，骨子里流的都是中国人的血，竟拿外国的黄历说事，简直害了欺世盗名、数典忘祖的病，或者说是一种不自信和没有文化的表现吧。

夫人说话带着不爱听两个男人假模假式谈话的语气，当见到女佣带着郝景旺在草坪外面等候，便甩开两个男人，朝郝景旺走来。

　　这会儿工夫郝景旺已经将注意力转向一头正在闷头吃草的花斑奶牛，不远处几只像听现场音乐会用的大音响在播放着轻音乐，奶牛们一边听着音乐，一边好不惬意地吃着草料，这时夫人已经走到了郝景旺跟前。

　　真没想到是她。

　　夫人好像也没想到是郝景旺。

　　郝景旺和夫人都装作没有认出对方的样子，只是郝景旺的心，忍不住抖了两抖。

　　郝景旺和夫人当然都不可能忘记，两人在温泉别墅的豪宅里发生过几夜情。当然几夜情之后，夫人把他忘记是轻而易举的事，因为郝景旺是一个无足轻重的人，而夫人是一个既有钱又很体面的富人。

　　郝景旺来天市十年，除了董兰芳是他的真正女朋友外，他还跟七个女人上过床，都是他在外地打比赛时崇拜他的观众，好像每次他一赢就走桃花运，但他觉得这些女人一个比一个差劲，而且每一个女人跟他上床的想法千奇百怪，他当然知道，这些女人中没有一个会真正跟他好下去，不可能开花结果。

　　眼前这个夫人，是郝景旺两年前最后一个上过床的女人，她叫郝洁。

　　郝景旺和郝洁第一次发生关系，他只觉得她是一个有钱的女人、有夫之妇的阔太太，而自己只是一个混迹江湖的拳手，两人没有一点共同性和可比性。

所以，第一夜的性事，郝景旺明显感到她注重的是性，是性奇遇和新的性体验，其实当时作为拳手的郝景旺，看重的倒不是性。某些瞬间，郝景旺似乎从郝洁的身上看到了生活的另一面，这一面郝景旺从别的女人身上从未看到过，当他把她当作生活翻转过来的时候，她暴露在郝景旺面前的不完全是一丝不挂的性，而让郝景旺触目惊心地看到，整晚都像发动机发动不停的她，身心却是空洞的，空洞得让郝景旺汗毛直竖，所以郝景旺一刻不停地在怀疑自己所看到的一切，这跟她的所作所为绝对是脱钩的，所有的齿轮都不能咬合在一起。

到了第二个晚上，郝景旺完全认识了她的性能力。她就是这样一个女人，如果你觉得她很特别，你便不会注意她的性表现，才愿意在接下去的几个夜晚与她同拥暖衾共度良宵。

郝洁支走了女佣，然后郑重其事地向郝景旺介绍庄园里面的情况。

郝洁介绍的间隙，郝景旺不失时机地问道，他要保护的对象是谁？职责是什么？如果能告诉他有可能会发生的危险，那就更好了。

出乎意料的是，郝洁说，没打算让你保护人，请你来是让你保护我先生最疼爱的动物们。

郝景旺迟疑地问，先生花这么多钱，请保镖就是为了保护这些动物？

郝洁说，你不要小看这些动物，任何一只动物都是我先生的生命，当然啦，他非要请保镖，那就请吧，其实也是为了去一去他的心病，不然他总担心动物们会被坏人劫持。

郝洁明确告知郝景旺，你只要保护好动物就行，喂养和打扫有专门的饲养员来干，当然你要为亲近它们，跟饲养员一起喂养，没人会反对。

郝洁最后说，以后你的吃住就在庄园里，刚才你路过的一间白色小木屋，你就住那吧，不要大老远的开车回家了，还有，找个时间去买几条狗，帮你当保镖。

3

郝洁一边说，一边带着郝景旺在动物间转了一会儿才回别墅。

在别墅的门厅换鞋时，郝景旺意识到他那双烂皮鞋踩了许多动物粪便又进了水，溢出来的气味已经很难用"臭"这个字来形容了。郝景旺害怕脚上的味道会熏着她，没有选择拖鞋，戴上自备的鞋套，跟郝洁走进大厅。

郝景旺担心身上的臭味弄脏了他们家的沙发，郝景旺决定站着跟她说话。

郝洁走到了落地窗边上的音响前给动物们换了音乐，郝洁说音乐不但能使人安静中享受这精神空间上的愉悦，也能让动物们听着安静。这说明音乐的感染力是既普遍，又极其原始的，以至于动物虽不具备人对音乐的那种审美能力和鉴赏水准，但仍能欣赏音乐，并受其感染。音乐确实能影响动物的生理及行为变化，对牛弹琴也并非全然无用。事实上，让乳牛听音乐确实能增加牛奶的产量，而让老虎、狮子、豹子、鳄鱼听音乐则可以使它们更加温顺。

郝洁表达自己观点时很是优雅，切换音乐的动作更是显得优雅庄重。

郝洁说，等会儿我先生会来，他要跟你谈一谈，好确保他的动物们交给你保护是否能够让他放心。

当郝洁的丈夫进入大厅，郝洁热情地向她的丈夫夸赞郝景旺。郝景旺和郝洁的丈夫寒暄时知道他是美国人，中文名字叫何伟大，而且是一个非常地道的中国通。何伟大是一个四十出头的中年人。个子很高，有点儿驼背，看上去膝关节不是很好。他穿着一身耐克的运动装，窄窄的脸，络腮胡子。眼睛是灰颜色的，很圆很小，戴着一副金边眼镜。

何伟大举手投足跟中国人一模一样。何伟大简单地问了郝景旺几个问题，转而又跟那个大腹便便的男人聊起他对中国的不满。没想到这个大腹便便的男人竟是所谓的"公知"，跟着何伟大一起污蔑自己的祖国和人民。

何伟大谈起中国来的言谈举止显得傲慢和直率，并不顾及他人的感受。

郝景旺和郝洁沉默下来，两个男人拼命地在争论中国与世界格格不入的问题，何伟大表达的是西方式的民主，希望中国回归到民国时期的民主，他觉得三权分立的议会制度下的民主才是真正的民主。

中国的"公知"倒是不以为然，没承想他的观点却比何伟大还要激进。他认为偌大的中国，推行西方民主的前提，必须先要看齐美国的联邦制⋯⋯

虽然郝景旺的学历不高，念完了高中在天市后也只上过夜大，但郝景旺喜欢读书看报看新闻，自己浅显的理解是，中国的制度是任何一个国家学习和理解不了的，而且中国上下五千年一直在不断地向前发展自己的制度形式。不同制度下的民主当然有所不同，但必须要看到，民主的标准版本不在于哪个国家的制度是什么，它只存在于符合那个国家国情的具体实践中。中国地域广阔，人口众多，社会文化多种，如果一刀切出一个纯粹而标准的西方民主来，那本身就是一种不民主。

郝景旺的观点是：把民主的精髓交给人民，如何民主？怎样民主？最好由民众自己选择。那种教条的议会式的民主，间或那种由中产阶级、资产阶级替代普罗大众的民主文明观念，我们的前人已经实践过了，实实在在不需要。现在再提出这种观点的人，最好再回顾一下历史。

听着听着，郝景旺觉得他俩意淫得令人恶心。眼前的这个西方人，其实骨子里就是看不起中国人，和中国人的观念格格不入，不管中国怎样崛起和阐明观点，不管是以行动还是思想理论，西方人是从来不会接受的。在西方根深蒂固的思想基因里，永远白人至上，种族优先，种族成了他们领导人类的权杖，只要你不是白人，你在他们的心中就不重要。

郝景旺鲁莽地想打断他们的谈话，想切入他具体工作的话题，但为了避免莽撞后出现的尴尬，郝景旺向郝洁投去目光——郝景旺发现，郝洁脸上露出疲惫，有时出于礼貌，偶尔冲大腹便便的男人一笑，还略微带着一种矜持的羞涩。郝景旺不知杨大民和何伟大及郝洁是怎样认识的？总之，这个庄园里的一切，带给郝景旺的是一种极端诡异的神秘色彩。

看得出来，郝洁对两个男人谈论的话题比郝景旺还要反感，当谈论人与动物共存的同时还要弱肉强食时，郝景旺终于忍不住向郝洁表达起自己的观点，那一头何伟大和"公知"一边抽着雪茄，一边品着白兰地，郝景旺毫不留情地带着讽刺腔调对郝洁说，夫人，如果要说人是动物变来的，我以为西方人比东方人进化晚得不是一星半点儿。

何伟大说，此话怎讲？

郝景旺咽了口唾沫接着说，如果将西方的民主视为最彻底的自由，那更说明他们还处于动物未完成人类的进化阶段，因为动物的自由才是最彻底最无条件的自由，而人类的自由一定是在一定范围和框架下的自由，西方的民主让自由变得不可控，而东方的民主让自由变得更亲民。

另外，刚才有人认为，凡是自由的民主应该是能够发出各种声音的。那么试问，既然西方的民主什么样的声音都可以发，为什么不接受中国的人民主发声，难道中国人的声音不是声音？

其实要只是何伟大谈论中国，郝景旺也就不发声了，郝景旺心里委实气恼的是，那个大腹便便的中国"公知"，大言不惭的论调。美国主子简直就是他爹，郝景旺恨不得用拳头教训教训他。

何伟大和"公知"听到郝景旺的言论后，鄙夷得视作罔闻，他们怎能认同一个社会底层人的言论？

4

郝景旺从庄园里出来，开车直奔杨大民的侦探事物所。

见到杨大民，郝景旺先谢了他，并且告诉杨大民，他保护的对象不是人而是动物。

杨大民听后有点儿不解，但他一直在翻看手头的一本卷宗，并没有仔细问郝景旺详情，只是说，无论给谁当保镖，切不可匹夫之勇，一定要有谋略，他们叫你保护谁，你就保护谁，他们都是你的上帝。

最近一两年郝景旺适应了杨大民说话语气，过去郝景旺特别不愿意听杨大民装腔作势的语调。

郝景旺又提起，这次这么巧，又是郝洁？

杨大民说对啊，那天喝酒喝断了篇忘记跟你说，这次还是郝洁家的事，庄园是郝洁的常住地，上次那个温泉别墅她偶尔去住。

杨大民合上卷宗，认真对郝景旺说起来，忠告你一句话，也是保镖界的行话，"等你动拳头的时候，任务就失败了"，所以当保镖一定要对可能发生的危险有预见性。

杨大民又说，保镖可不是专门为老板挡子弹，千万也别拿自己当"黑衣人"。

杨大民还鼓励郝景旺，我比你年长七八岁是你的老大哥，你跟我干肯定亏待不了你，以后还会有更多的客户给你做，并一再嘱咐郝景旺，有钱有势的老板被绑架、被伤害的事情可不少，被催债的也很多，让郝景旺想好了，干这行可是在刀刃上混饭吃，所以凡事不能意气用事。

后来杨大民给郝景旺说起他跟何伟大郝洁是如何认识的。

那是五六年前的事情，何伟大在外面惹了麻烦，表面上是经济纠纷，涉及几十亿元，对方请了催债人逼他还钱，结果何伟大雇了俄罗斯黑帮来反制对方，其实这里面有更深更复杂的原委，现在杨大民和何伟大的保密协议还没有解除，所以杨大民不能向郝景旺透露太多的详情，结果对方绑架了郝洁，何伟大没有报警，而是找到杨大民帮他寻找郝洁的下落，杨大民动用了黑白两道的关系，最后找到了郝洁，没动一枪一弹，没花一分钱，没伤一根汗毛，成功解救了郝洁，还化解了何伟大与对方的危机。

杨大民再次提醒郝景旺，虽然这些年何伟大给我介绍了不少客源，各方面也很支持我，我们私交也很好，但是，你要知道此人道行很深，你还是要倍加小心的为好。

之后杨大民出门去办事，郝景旺去隔壁办公室借电脑上网查动物的习性和饮食。这时董兰芳从外面办完事回来。

董兰芳见郝景旺在有点诧异，问郝景旺刚才不是在跟客户见面吗，这么快就见完了？

郝景旺说你刚才电话里要说什么事，董军怎么出来了？

他是我亲弟弟，提前放出来你有意见怎么着？！

他是你弟弟也是我弟弟，他提前出狱我怎么会有意见，我是说他怎么提前出狱了？

最近董兰芳总是挑郝景旺的毛病，不知什么事情总让她气不顺？

我弟表现好提前释放了，你是不是不希望他提前释放，他坐一辈子牢，你才高兴？

你说的什么话，他提前出狱是好事，你到底有什么事情说？

郝景旺，你不要表面装镇定，咱俩现在住在一起，不代表我原谅你，当初是我弟把人家砍了，你倒像个缩头乌龟跑了！其实你压根儿就不想让我弟出狱，怕揭你的伤疤。再有别以为你给人家当上保镖就是英雄了，就有正义感了，你也不想想是谁成全的你，你看人家大民什么事都为咱俩着想，你倒好，知道我弟出狱了心里就不乐意了，其实我本来是想求你的，但我现在改变主意了，不求你了，我要你今天搬走，因为我弟要来住。

郝景旺和董兰芳本来就是搭伙过日子的露水夫妻，但是他俩又不是简简单单的露水夫妻，毕竟他俩从小就睡在一个炕头上，刚才郝景旺对董兰芳的话并没有往心里去，包括她要把他赶出去，郝景旺也没怪她，但郝景旺知道董兰芳这样做一定事出有因，董军没地方住只是一个引子。

郝景旺离开侦探所回去收拾东西，一进门见董军躺在他睡觉的位置在玩儿手机。这小子虽然蹲了几年大牢，但本性似乎没有改变。

董军没理郝景旺，小时候郝景旺和董军好像就是前世冤家，两人一见面就打架，郝景旺爹娘和哥哥都不喜欢这个野孩子，因为收留了董兰芳，所以董军每天也来蹭饭，吃完饭就往外面跑，到处去惹是生非。

郝景旺收拾好东西，下午回到庄园，把行李铺盖放进小木屋，当晚睡在小木屋浑浑噩噩做了一宿梦，天不亮郝景旺就想去找董兰芳问清楚最近为什么对他这样？

郝景旺给董兰芳打电话，董兰芳说她正带着董军见杨大民，杨大民已经同意董军来事务所上班了。

郝景旺觉得杨大民是不是疯了，他后背上被剜去的三块肉，现在是三块大疤哩，可是董军当年干的，难道杨大民一下子变成了一个不计前嫌的圣人？当初杨大民对董军的毒这么大，难道岁月真的是一把杀猪刀，把对董军的仇恨剜得一干二净？

5

郝景旺整天待在庄园里跟饲养员一起喂动物，开头他还制订了一份动物保护计划，但很快这份计划就成了废纸，因为郝景旺看来，在国外说不准，在国内谁会来劫持或者猎杀这些动物？

何伟大天天神秘兮兮地外出办事，有时好几天不回来，郝洁事无巨细整天跟管家和用人操持庄园里的事，慢慢地郝景旺厌倦了这里的生活，整天无所事事地看着这些动物，的确有些乏味和枯燥。

这天董兰芳给郝景旺打来电话，这是她心情平复之后第一次给郝景旺打电话，她想叫郝景旺跟她一起去给杨大民稳居。几个月前，郝景旺就知道杨大民要搬家，便随口就答应下来。

这天阳光灿烂，董兰芳开着她的黑色大切诺基，绕天市半圈才来到一片别墅区。这片别墅区基本上是独栋三层建筑，每个别墅的占地面积大概有五百平方米，而且每幢别墅的建筑风格各式各样，可见开发商和买家都很有实力，郝景旺自从住在郝洁的庄园后，多少关注了一些关于别墅建筑风格的事，现在已经能够区分什么样的建筑是巴洛克式，什么样的建筑是哥特式。

董兰芳把车开进别墅区，藏在别墅区里面的还有日式和地中海式别墅，杨大民的别墅则是中式风格，现在有钱人都喜欢回归传统，既不失身价，也显得有文化底蕴。

杨大民的别墅，严格意义上讲是传统与现代兼容的风格，也叫新中式风格，别墅设计中带有许多几何图案，突然看上去让人产生深与浅、远与近的错觉，当然别墅的主体风格在文脉上还是中国传统的庭院式，几何图形主要体现在对传统建筑的发展和变化上，既保持了传统建筑的精髓，又融合了现代建筑元素与现代设计因素，改变了传统建筑的意识与观念。

杨大民的别墅还有一个最大亮点，即在建筑的结构上，注重了隐秘性和隔音性，这一定是出于杨大民的职业来考虑和设计的。

郝景旺和董兰芳进去的时候正赶上杨大民宴请客人，客人们都端着盘子在院子中间的餐桌上挑选食物。从客人的打扮、言谈举止上看，可能都是一些商人和企业家，客人当中还有几个女的，她们衣着华丽，谈吐不凡。

郝景旺一个人也不认识，董兰芳对他们很熟，挨个儿跟他们握手打招呼。

郝景旺一直在找杨大民，却没看见他的影子，便也取了餐盘去挑食物。

郝景旺一边吃，一边看着董兰芳魂不守舍端着一杯咖啡在四处张望。

董兰芳几个月前就开始帮杨大民布置这个新家。当时郝景旺还酸溜溜地说，你都快要取代贾迎春（杨大民的老婆）了，人家乐意叫你布置吗？董兰芳爱搭不理地说，贾迎春一直在马尔代夫度假，要是叫她干，驴年马月也干不完。

所以，杨大民就叫你干？

你吃什么醋，要不是因为贾迎春有病，我才懒得去管。

郝景旺刚来北京那年，正赶上杨大民结婚，他娶了一个东北妹子，东北妹子的爹是杨大民的老客户。这个东北妹子人长得好性格也好，就是太爱干净。那会儿杨大民还拿老婆爱干净的事到处炫耀。多年后，杨大民就不炫耀了，原因是杨大民对贾迎春的洁癖到了无法忍受的地步，但贾迎春的爹是北方最大的一家宠物食品加工厂的老总，总资产上百亿，为此杨大民忍了，一直跟贾迎春过到现在。

董兰芳陪贾迎春去俄罗斯治过洁癖，在老毛子那家据传治疗洁癖特神的医院住了一个月，不但没有见好，还加重了病情，杨大民简直替老婆操碎了心。

这件事上，郝景旺却不这么看，总对董兰芳说，杨大民这叫人为财亡，为老丈人万贯家财自毁人生，这怪谁？

这次搬家，杨大民怕老婆再犯病（贾迎春只要看见外人摸过她的家具，她就全扔），搬家前就把贾迎春打发到马尔代夫去度假，然后让董兰芳来帮忙。杨大民轻描淡写地对董兰芳说，你嫂子的毛病你知道，别人碰她的东西她嫌脏，你就不一样了，都是自家人，你别有顾虑，反正她不在跟前。

郝景旺端着盘子去参观杨大民的新居。除中式庭院是敞开式的外，其他房间都很隐秘，房间与房间之间有通道相连，还有一条专门的通道接到后院的池塘，池塘上面还建造了一座小巧可爱的月亮桥。

郝景旺在房间与通道之间七拐八拐，有种时空错乱的感觉，当郝景旺发现杨大民时，杨大民正坐在犹如登月舱的房间里，和几个朋友喝茶聊天。

杨大民正说着自己与众不同的生活品位，当然他也不避讳自己老婆有洁癖，在他口若悬河的嘴里，他把贾迎春的洁癖也说成是一种生活的品位。

郝景旺进屋坐在一隅，杨大民话锋突然一转，看着郝景旺说，他就是我的见证人，而后侃侃而谈，说起他的成功之路。

大家安静地听着，郝景旺也不例外，大家都被杨大民的口才镇住了。

从事什么工作似乎都是命中注定的。

我从出生不久就开始有印象，我母亲抱着我回房间的时候（杨大民是个孤儿，杨老汉把他抱回家，杨老汉没有女人），我看着慢慢落下的夕阳就在思考，太阳为什么会落山？从此，我开始自己独立思考人生。

小学、初中、高中、本科、研究生（杨大民是初中毕业，压根没上过高中、本科和研究生），我的思维方式都和同龄人不同，我善于思考，善于思考课外知识，不知道看了多少遍四本装的百科全书（郝景旺确信他压根儿没看过），渴求所有新鲜的知识。高中时，因为接触了福尔摩斯探案集，感觉福尔摩斯太让人崇拜了，无所不能，简直就是神人，从此，我便关注了私家侦探这个工作。

高二那年冬天，因为没钱，我扒车去了济南警察学院，顺手牵羊了几本关于刑事侦查、犯罪心理学等方面的书籍，回到学校，我用心研读。从那一刻起，我立志从事私家侦探这个行业。

高中毕业后我进入社会，去了上海（他一直是在天市打拼）。初期做过服务员，婚纱影楼的摄影助理，做过快递员，送餐员（据郝景旺所知他只做过城管），在工厂里上过班，打过架（其实是被打），判过刑（吹牛，没有的事），我小小年纪就经历了常人所没有经历过的事。

后来，一次偶然的机会，我进入了私家侦探这个特殊行业。开始在小组长带领下做知识产权维权工作，还做过内勤和抓过小三，外勤做过跟踪、拍摄等一系列工作。因为自己有信心，有能力，后来自己做了组长，带领其他人去办案。我坚持做下来了，其间有很多人吃不了苦都走了，因为这一行不是你想做好就能做好的，这要看你是不是这块儿料，下没下苦功夫。最初四年，我办的案子多不胜数。

有一次老板对我说想要在杭州开一家事务所，要我去主持工作。我没去，我选择了单干，便有了自己的调查事务所。一晃过去这么多年，回头想想，一切过得真是太快。

之后，有朋友问，这个房间如何做到一尘不染？

杨大民又谈起一尘不染的秘方，说秘方掌握在——这时董兰芳刚一脚迈进屋，杨大民就说秘方掌握在董兰芳的手里。董兰芳说，杨总开玩笑，我哪有什么秘方，有秘方也是在他太太手里，大家又不是不知道他太太爱干净得要命。

朋友有说有笑慢慢散去，杨大民留下郝景旺，说，兄弟，以后别怪我没提醒你，听说你在何伟大那儿干得不错，可是有一点，何伟大的屁股始终没擦干净，别看他是外国人，还是有很多人要办他，他这个人又没长脑子，总觉得美国人天下第一，没人敢动他，记住了，兄弟，既然他雇你给他的动物当保镖，你就尽职尽责当好动物的保镖，其他事情千万不要管，更不要去逞能，他的事跟你一点儿没有关系，记住我跟你说过的话，别给老板挡枪子儿，多长几个心眼啊。

郝景旺没想到，杨大民嘴上把老朋友何伟大捧上天，原来心里这么想。郝景旺本来对美国佬没什么好感，压根也没打算保护何伟大，眼下对郝景旺来说，不被老虎狮子吃掉，就是不小的挑战，哪有闲心管何伟大。

杨大民说完进了里屋，出来时手里提着一身黑衣黑裤，一边往郝景旺手里塞，一边说这是他只穿过一次的西装，当年按"黑衣人"的款式定做的，现在胖了，穿不下了，觉得你穿肯定合身。

郝景旺接过西装，靠在书桌前，凝视着杨大民，此时杨大民的神情忽然变得有点诡谲。

对了，我还要提醒你一件事。说起来有点诡异啊，不过，你最好别往心里去。杨大民轻声道。

有什么事你就说，别这么总装神弄鬼的好不好？郝景旺有点心烦意乱。

说实话，贾迎春去马尔代夫之前，我就跟她摊牌了，我实在受不了她的洁癖，都快把我整神经了，结果还不错，出乎我的预料，她同意跟我离婚，条件是这个新家归她，我和董兰芳再买房子住，所以董兰芳赶你走其实她是有隐衷的，你不能怪她，当然也因为她弟弟突然回来，你总不能跟她弟弟住一起吧？

杨大民说完朝郝景旺莞尔一笑，看上去就像一个表情轻浮的胜利者。坦率地说，他脸上那扬扬自得的神情，让郝景旺有点儿反感。郝景旺当时意识清醒，并没有被杨大民搞的突然袭击弄得举足无措，这也正说明董兰芳最近一段时间对他的态度恶化的真实原因，这个原因再合理不过了。

临走时，杨大民还送给他一条黑领带和一副黑墨镜，俨然一身"黑衣人"的行头。

郝景旺说，没别的事我先走了，你和董兰芳的事，跟我没关系，我和董兰芳本来也是搭伙过日子，谁对谁都没约束力，难道不是吗？

杨大民听完，刚才诡谲的表情又浮现在脸上，而后拉开书桌抽屉取出一把手枪，"老汉造"，还记得吗？

郝景旺怎么记不得，这把"老汉造"是杨大民的爹杨老汉造的。

杨大民让郝景旺拿去，跟野兽们打交道万一用得上。

郝景旺接过枪，枪上没有保险，膛里还有一颗子弹，郝景旺取下弹夹，里面什么也没有。

郝景旺说，谢啦。

杨大民说，估计你也不会用，就放在身边辟邪吧。

到了外面，天空忽然飘起了小雨。郝景旺打上出租车后，打开提袋往里面看了看。这是杨大民第一次送给他东西，郝景旺顺手把西装、领带和墨镜扔到窗外的雨里，扔完他心头忽然产生一种卑微的情绪,当车开上五环后,郝景旺的心情才慢慢平复下来。

6

董兰芳是郝景旺家的养女。

董兰芳的父母在一次洪水中溺亡,郝景旺爹娘一手把董兰芳拉扯大,那时董兰芳和郝景旺都是五岁,晚上两个小家伙睡在一张床上,像亲兄妹一样亲。

董军则叫另一家人从洪水里救起,所以跟那家比较亲,但董军从小就淘,那家人也不喜欢他,从小就被散养,董军就天天去吃百家饭,还到处去打架,村里人都叫董军混世小魔王。

董军十六岁那年因为盗窃被少管了两年,十八岁刚放出来就把杨大民砍成重伤,然后二进宫,那会儿正赶上严打,董军被从严判了十五年,在监狱里表现得不错这才提前五年放出来。

郝景旺来天市后就没回过家。有一天,董兰芳早上睡醒,说娘托梦让她和郝景旺回去一趟有话说。然后董兰芳和郝景旺就择日回了一趟家,给娘上完坟,就去看哥嫂。

在城市生活久了都快忘记自己老家长啥样子了。

那天,郝景旺车开出市区,开在空旷的郊区路上,天上飘着朵朵白云,越往家走,大地越是广袤无边,而且被蓝天映衬得壮阔无比。一路上,郝景旺兴奋得眼睛一直盯着天际线。

郝景旺看到从镇到村的沿途,添了不少眼花缭乱的店铺,让郝景旺有种时过境迁的错觉感。其实郝景旺心里多少有一点儿失落，觉得农村没有农村的味道了。后来郝景旺换位思考，农村人何尝不向往城市里的高楼大厦、栉次鳞比的商铺？这样一想，许多问题就迎刃而解了。

其实，一切的错觉和感伤似乎只是沿途发生的一瞬间的事。

郝景旺一踏上出生和成长的这块土地，立马又有重回娘胎的感觉。阔别已久的农村田野还是那么宁静。郝景旺他们村前两年拆迁后跟邻村合并成一个大村，村民们都搬进一幢幢的洋房里。拆迁后的土地已经用作农业耕地，也跟邻村的土地连成一片，有点像美国的大农场……这种大农村联合作业的方式，一改中国几千年面朝黄土背朝天的小农耕地方式，提高了土地利用率和生产效率，而且这些耕地完全交给一家私人公司来打理，他们出钱出力出经营理念和科学技术，村民们只等年底分红。

郝景旺和董兰芳先去给爹娘上坟，他俩一边烧纸，一边念叨自己的工作和生活情况，叫爹娘放心。上完坟后，郝景旺开车奔向新村小区。

车刚进新村小区，董兰芳就迫不及待地给哥哥打电话，很快哥嫂一起下楼来接他俩上楼。

郝景旺站在哥嫂家的阳台上远望，远处是四通八达的国道和高速公路网。哥说县城马上要通高铁了，以后回家不用开车了。

郝景旺问哥嫂还种地吗？哥说，现在不用他们种地了，村委会跟承包公司签了协议，把地交给他们，承包公司招农民工来种。土地还是咱们的，自己不用下地干活了，每年年底还能拿到分红。哥说，和你嫂子商量好了，马上也要到城里打工去。

嫂子问，你俩结婚了吗？结婚一定要提前通知我和你哥，我俩好去天市喝喜酒。哥还嘱咐郝景旺，当年爹娘就想叫你俩成亲，老大不小了该抓紧了。

郝景旺跟哥说，我们反正都是一家人，到时我们自己拿主意，哥嫂就放心吧。

哥又问了董军的情况。郝景旺说还在狱里，每隔三个月看他一次，给他带点儿衣服和吃用的东西。哥叹了口气说，这小子要是真把杨大民一锄头砍死，早没今天了。

后来哥哥又絮叨杨大民也是个苦孩子。

杨大民的确是个苦孩子，从小没爹没妈，自己从哪儿来的都不知道，他是杨老汉在田埂上捡的弃婴，那会儿杨大民还没有满月，捡来时都快饿死了，哭得力气都没有了，是杨老汉给他喂米汤才救活过来的。

杨老汉当时年岁也不小了，家里穷得叮当响，没人愿意嫁给他，忽然老天爷让杨老汉有了个儿子，可把杨老汉乐坏了。没想到宝贝儿子给杨老汉带来了财运，突然有一天，杨老汉有钱了，干起了一个炼钢铁的小作坊。

随着杨大民一天天长大，杨大民的聪明劲儿在村里出了名，十六七岁就能接杨老汉的班，把小作坊干成了大作坊。当初郝景旺的娘不时挂在嘴边说，杨大民这娃子太聪明了，以后早晚有一天你们得去给他打工。

杨老汉的钱包越来越鼓，衣着形象也大变了样，杨老汉理完发，西装革履显得还挺有派头。那会儿郝景旺、董兰芳还小，天天被更小的董军带着，从杨老汉炼钢厂里往外偷废铜烂铁。

终于有一天，在光线幽暗的钢铁厂里，杨老汉趴在地上，手里攥着一把自制的手枪，后来听说，杨老汉在制枪时，因为炸膛把自己崩了，弹片崩进了杨老汉的太阳穴。

杨老汉之所以会制枪，是因为他过去在部队当过兵，干的就是修理枪械的活儿。杨老汉死后，炼钢作坊继续叫杨大民干得红红火火……

郝景旺和大哥回忆着往事，夕阳中宽阔的街道，让郝景旺心里突然产生一种浮薄的陌生感。那些过去生活的吉光片羽，像某种早已衰歇的声音留下的回响，搅动着迟钝的记忆。郝景旺并不喜欢怀旧，心中有些沉甸甸的伤感，也许正是因为这个地方曾被称作"家"吧。在恐惧被无限放大的同时，最闹心的那段日子，也给郝景旺们带来了一种难以抹掉的负罪感。

每到夏天，村里的孩子们都去河里游野泳——这天郝景旺没去游泳，而是沿着一片荒芜的农田往南走，他一直尾随杨大民和董兰芳，绕过一家家铁匠铺和一座荒草丛生的洼地，然后穿过一条铁路桥的涵洞，来到一片西瓜地。此时郝景旺口渴难耐，想偷个西瓜吃，吃饱了再在瓜地里美美睡上一觉。这时，鬼鬼祟祟的杨大民和董兰芳忽然消失在瓜地的尽头。当郝景旺停下脚步，远眺他俩时，却听到西瓜地里飒飒的风声和狂躁的蝉鸣，刚才还在天边的乌云，这时正朝郝景旺猛扑过来，瞬间，天色大黑下来，黑色的颗粒被郝景旺呼吸到了灵魂里。就在天色突然黑寂的刹那，郝景旺不由内心产生一种穷途末路的恐惧，就像眼前的日子都已经被挥霍完毕。

郝景旺拔腿朝瓜地尽头的瓜棚跑去。

郝景旺眼见董兰芳被杨大民摁倒在瓜棚里，就算天完全黑了下来，郝景旺还是看到董兰芳被剥去衣服后一丝不挂的裸体，她被杨大民压在身下。

郝景旺看到一丝不挂的董兰芳，惊呆了，然后选择了逃跑，而跟郝景旺相向跑来的董军，听见姐姐的叫声，看见姐姐被杨大民欺负，顺手拾起立在瓜棚边上的一把锄头，朝杨大民后背砍去，一连砍了三锄头，杨大民的后背被砍得血肉横飞，差点儿让杨大民命归西天。

7

郝景旺在北郊动物市场挑狗，董兰芳打来电话又叫他去稳居。郝景旺一头雾水说，前一段时间不是刚稳过居，怎么又稳居？

董兰芳说，我和大民刚买的新房，这次是给我稳居，你来不来？

郝景旺说，我正买狗，没法去。

董兰芳说，狗重要还是我重要？你看着办！

郝景旺说，咱俩还是别联系吧，这样下去，杨大民会怎样想。

　　董兰芳说，他不像你小心眼，他跟几个朋友搓麻将去了，晚上不回来，我买了面条，你来我给你做打卤面。

　　董兰芳的卤打得一绝，继承了娘的手艺。半个月前，董兰芳和杨大民办了婚礼，郝景旺不知道，自从董兰芳不跟他搭伙过日子了，郝景旺就下定决心跟董兰芳大路朝天各走一边，谁也别挨谁的事，没想到董兰芳在电话里的态度挺坚决，非要让他去，郝景旺只得说，行行，去，稳居给你买点儿什么东西？董兰芳说，啥也不用买，你人来了就行，之后董兰芳给郝景旺发来定位，郝景旺的狗也没买成，从动物市场出来后直接朝董兰芳的新家去。

　　去董兰芳家的路，郝景旺走过，这是一条通往外省的国道，两年前去郝洁家时走过。从定位上看，董兰芳的新家跟郝洁的家应该是一个地方。

　　郝景旺在国道上开了五十多公里后，转入一条又长又窄的路，然后往前开了四十分钟，车便驶进楼兰温泉别墅区。

　　车一进别墅区，郝景旺跟郝洁在她家后院游泳的一幕就出现在脑海里……

　　那是郝景旺平生第一次享受住别墅的惬意生活。任何事物都给郝景旺带来新奇感，楼兰别墅区又是那么的大，是他前所未见的，可能比老家的镇都要大，而且每栋别墅的间距也大到令他吃惊的地步，每家的后院都有一个超大的温泉游泳池，在整个楼兰别墅区的中央，还有一个超大的喷泉广场。

这次再来，郝景旺开车路过喷泉广场，广场上搭建了许多卖东西的小铺子，原先喷泉池里的清水被许多木板和废料取而代之，喷泉自然也不喷水了，上次同样是四月天，记忆里的鸟语花香，新枝绿叶，今天却死得死凋零得凋零，春天里竟然没有一点春意盎然的迹象。

车载导航在别墅区里不灵了，这倒跟上次一样，郝景旺只得在一幢幢别墅间绕圈圈地去找董兰芳的家。这时郝景旺突发奇想，不如先去郝洁家看看，郝景旺凭着记忆把车开得很慢，一边找郝洁家，一边看很多别墅都在圈地私搭乱盖，才两年的工夫，富人别墅区竟然变成这样子，郝景旺感到实在不可思议。

郝景旺找到郝洁家的别墅时，一楼的窗户突然打开，里面探出半个身子，朝郝景旺招手并喊他，你还真找到了，还以为你找不到呢，董兰芳说。

郝景旺一脸迷惑，进了门才知道原来杨大民把郝洁的这栋别墅买下来了，董兰芳说，白菜价卖给他们的，等于白送，有钱人就是有钱人。只是这里不像过去住的都是富人了，现在都是没钱人住这里，不过人气倒是很旺，买东西不用出门全是送货上门。郝景旺来到别墅的后院，看见游泳池已经搭建成了一个大屋子，董兰芳说，我把游泳池改成了储藏室，务实总比务虚好。

郝景旺上二楼的露台，一边往外看，一边问董兰芳，你和大民怎么突然间混成这样子?

董兰芳说,不瞒你说,大民跟贾迎春离婚的事,她爸干预了,刚离完婚,她爸就弄一伙人,天天来事务所闹事,你在郝洁那干得好好的就没跟你说。咱们事务所暂时关门一阵子,我和大民就把婚结了,结了婚没地方住,正好何伟大要出手这栋别墅,就便宜我们了。实话跟你说,贾迎春她爸非要打断杨大民的腿,其实大民没去打牌,我让他回老家避风头,没事了再回来。

郝景旺听着眼眶有点湿,心想,人活着真是好坏无常,董兰芳也是够倒霉的。

董兰芳带郝景旺参观她的新家,房间里的家具和摆设跟两年前一样,都没有动过。董兰芳说,你看房子的装修还是这么新,郝洁都没怎么住过,家具也都没有用过,卫生我都没扫,你看,多干净,我和大民算是拎包入住,除了床上用品,我们什么也没买。

董兰芳滔滔不绝地说她和大民的婚后生活,郝景旺想起,董兰芳跟他在一起时并不怎么爱说话,郝景旺对董兰芳上心,仔细地多看了她几眼。说老实话,这么多年来,郝景旺还是第一次这么认真打量她。她笑起来的时候,过去总有一种故意讨好别人的意味,现在的笑容坦诚了许多,没有一点矫揉造作之感。

郝景旺麻木地望着她,董兰芳只管说,郝景旺只管听。郝景旺脑海里一直回放他和董兰芳做爱的镜头,如今她却成了杨

大民的老婆，再一次证明人生无常，而且杨大民"强奸"过董兰
芳，这似乎在董兰芳心里没烙下印记，郝景旺有点儿失落，更
多的是突增感伤。

恍惚之中，郝景旺一度出现错觉，站在他面前的不是董兰
芳，而是郝洁，因为董兰芳的穿衣打扮，行动举止好像都是跟
郝洁学来的。

一阵凉风吹进屋，郝景旺的鼻子不由得一阵阵发酸，怎么
说呢，郝景旺有点儿小小的冲动，想过去搂搂她。

董兰芳的打卤面做得还是那么好吃，郝景旺一边吸溜着打
卤面，眼泪一边在眼眶里打转，想起娘从小把董兰芳带大，娘
经常跟街坊邻居说，小芳长得像朵花，以后就是我们家景旺的
媳妇……郝景旺还记得，自己和董兰芳从小睡在一个炕上，天
天睡在一个被窝里……

吃完饭，董兰芳收拾桌子，郝景旺刷碗，以前同居时两人
就是这样分工。等收拾得差不多了，董兰芳说，咱俩去外面坐坐
吧。郝景旺失神的一瞬间，董兰芳看郝景旺的眼神有点儿诧异。

郝景旺和董兰芳走到了院子里，坐在椅子上，董兰芳从
烟盒里抽出两支烟，递给郝景旺一支，郝景旺把火给董兰芳
点上。

其实楼兰温泉别墅两年前就不行了，物业和保安公司正是
在要撤没撤的节骨眼上。当年都是有钱人投资买的温泉别墅，
而真正入住的人并不多，所以这里始终没有聚集起人气来，现
在这里家家户户灯火通明，除违建外，别墅间的空地，也被散

乱停放着的电三马、自行车和电动车占领着，刚入夜，广场方向就传来孩子们的叫声，打破了夜晚的宁静。

董兰芳说广场那边开了个少年宫，琴棋书画啥都有，成了孩子们的夜晚天堂。

郝景旺哦了一声，董兰芳的闲谈并没有把郝景旺的思绪拽到眼前。

两年前郝景旺借给郝洁当保镖的机会，和郝洁在这里发生过几日情。现在他又和董兰芳并排坐在这里，郝景旺想不通这是错觉？还是天意？

美国房利美和房地美两家房地产商的破产倒闭，让世界刮起了金融风暴，没想到这么快就波及到中国来。郝景旺不晓得金融风暴是怎么一回事，他是听郝洁讲的，郝洁说，南方做外贸的私企老板和房地产开发商都幸免不了。果不其然，楼兰温泉别墅的三期立马成了烂尾，开发商的钱全折在了这里，而且买别墅的人大都是南方老板，钱自然也打了水漂。没过多久，这里便出现人去楼空，别墅大甩卖的情景，有的别墅既卖不出去，又还不了贷款，就抵给了银行。前不久，杨大民从何伟大手里买的这幢别墅真是白菜价。

郝景旺和董兰芳说到给爹娘上坟的事，董兰芳说给爹娘上过坟，心里就踏实了许多。看新闻咱家那儿又要下大暴雨，希望不会再发洪水。正说着，远方天际线上划过一道闪电，雷声慢吞吞从远方飘过来。郝景旺想起娘刚去世那年，下的那场史无前例的大暴雨……

董兰芳来天市的前夜，雨下了大半宿，郝景旺陪董兰芳也坐了大半宿。天快亮时，董兰芳才鼓起勇气说，杨大民对她做的事，你们都觉得卑劣、肮脏，我不这么认为，现在事情已经过去了，杨大民也去天市了，咱们就把这件事说说清楚，要么你彻底忘了这件事，要么你彻底忘了我，告诉你，当时我不是被迫的，我是自愿的。

董兰芳说她是"自愿"，对郝景旺震动很大，如果她是自愿，她弟弟坐牢岂不是白坐，杨大民后背挨的三锄头岂不是白挨。就算董兰芳这样说，郝景旺心底还是认为，董兰芳所说的"自愿"，是迫不得已的说法，董兰芳是要把自己受伤的心，永久地隐藏起来。

可是自从来天市后，郝景旺越来越发现，自己把董兰芳理解错了，尤其董兰芳和杨大民的婚姻，让郝景旺觉得自己是个彻头彻尾的失败者。

董兰芳一边说，郝景旺一边呆呆愣着看地面，最后，郝景旺忽然站起身来，一把抓住董兰芳的手腕，把肥厚的嘴唇贴在她的嘴上，强行把她按倒在草地上，扯掉她的衣裤，强行进入她的身体。董兰芳没有反抗，郝景旺摩挲和亲吻董兰芳身体的时候，她的眼泪夺眶而出，那晚郝景旺的眼睛里也噙着泪水，心里发誓要把董兰芳重新据为己有。

完事之后，郝景旺和董兰芳一根烟接着一根烟地抽，整个别墅区忽然静得好像只剩下他俩独守这一片黑夜。

郝景旺第一次感到自己的头脑变得无比清醒。郝景旺侧过脸看着董兰芳那张微微发胖和长有岁月褐斑的脸。她现在的性格完全没有了过去的活气,她身上仅存的力量,好像也一直被她表面上缤纷的岁月禁锢着,她心里到底装着什么呢?郝景旺恐怕永远也猜不透她的心思。

董兰芳靠着郝景旺睡着了,郝景旺把她抱到卧室的床上。这张床,郝景旺曾和郝洁在上面翻滚过,等董兰芳侧身再次睡熟后,郝景旺下楼在别墅外面的草地上溜达。后来郝景旺想把别墅外面的灯点亮,但灯不亮,郝景旺去检查电路,就是因为电路,郝景旺才来到这里,临时给郝洁充当的保镖。

8

那天董兰芳电话里着急上火叫郝景旺给她的一个客户去解决一点小问题,顺便在客户家里多待上几天,给那个客户当几天保镖。郝景旺说马上要参加比赛,训练都排满了,没等郝景旺说完,董兰芳就把电话撂了,跟着就发来客户的定位,微信里告诉郝景旺,客户是女的,也姓郝,是你的本家,对人家客气点。

郝景旺第一次见郝洁,郝洁也是打开窗户朝他招手,可能是郝景旺五大三粗,容易让人辨认吧。

郝景旺换了拖鞋,进别墅后发现两层的别墅只住着郝洁一个人,起初郝景旺以为郝洁是单身,但郝洁很快告诉郝景旺,她丈夫去美国了,一周后回来,并且告诉郝景旺请他来是因为别墅没电，前后院的灯不亮，她很怕黑，已经经历了两个没有电的晚上。他看得出来，郝洁的确没有睡好，眼袋又黑又鼓，显得很碍眼。

郝景旺本想问她为什么不去找物业。

但话到嘴边又收了回来，如果郝洁找物业了，郝景旺就挣不到这份钱了。

郝景旺去检查电路。郝洁说每晚她要把别墅里所有的灯全部点亮，她才能踏实睡觉。

郝洁五官长得精致，脸盘很小，小到很适合拍电影，郝洁的身材也很娇小，整个人就像一块圆润又有水头的玉、雕出来的小玉人、冰清玉洁的样子。

郝景旺从没碰过电，连零线和火线都分不清，郝景旺背着郝洁上网自学电路知识，然后去查电路，检查中，郝景旺还被电了一下，手被强大的电流弹开，半边身子麻了半天。郝景旺在外面鼓捣电路的时候郝洁在二楼的画室画画，门虚掩着，郝景旺几次上二楼，路过她的画室，从门缝中看到她背对着门正在画自己的裸体。

郝景旺没想到自己真能找出电路短路的地方，之后，从墙外走了一根明线，接好后，合上闸，别墅外面的灯重新亮了起来。

灯的问题解决了，郝景旺给董兰芳打电话，说电路问题解决了，我还待在这儿吗？

郝洁听到郝景旺打电话，没有让郝景旺走，郝洁担心晚上再掉闸，她就该崩溃了。前天晚上掉闸时，她发现后院里站着一个光头男人，手里拿着一根棒球棍，这个男人身材壮实，颧骨、鼻梁骨都很高，眼神严肃阴鸷，看起来有点儿不怀好意，然后她赶紧锁好门窗拉上窗帘，跑到卧室里把自己反锁在屋里。没过多久，她真听见有人上楼的声音，脚步声越来越近，郝洁怕极了，打110的时候，脚步声就没了，这可能是郝洁的幻觉，但不管怎么说，虚惊一场后的郝洁，绝不想再一个人过夜了。

郝洁的顾虑果然应验，在郝景旺接好电的当晚又掉闸了。郝景旺打着手电去检查总闸，总闸掉下来了，没办法，只能等明天再检查电路哪里出了问题。这是郝景旺第一次见到郝洁面对黑暗是如何崩溃的。

郝洁整晚抱着郝景旺的脖子，后来精神放松一点，郝洁才讲述自己的心态：如果没有灯，哪怕是屋里亮屋外黑都不行，她也受不了，症状是呼吸困难，身体痉挛抖动。再后来，郝洁说她有被绑架的经历，才造成的对黑暗的恐惧。

那天晚上郝洁抱着郝景旺，抱出了冲动，两人做了爱。她先主动，郝景旺完美地配合了郝洁。

做爱后，郝洁给郝景旺讲当年她被绑架的经历。这里面还涉及杨大民，因为是杨大民做了一把孤胆英雄，帮助郝洁摆脱了险境，杨大民成了郝洁的救命恩人，才引出杨大民和何伟大及郝洁的不一般关系。

转天郝景旺去外面买来一盘大平方电线，重新在墙上走线。郝洁一整天都在画画，郝景旺干完活走进郝洁的画室，郝洁让他坐在身旁，郝景旺愣愣地看着画布上一幅抽象的身体。郝景旺有点儿看不懂，但他看懂这一定是郝洁的身体，因为郝洁两腿中间的毛，被画得逼真无比。

郝洁最喜欢埃德加·德加，喜欢埃德加的抽象形式和色彩的感觉，郝景旺听郝洁讲得云山雾罩，但郝景旺听懂了，郝洁是一个自由奔放的女性，她的画风同她的性格一样，不蜷缩于传统。

郝洁还用自己的身体打比方，她让郝景旺拉上窗帘，打开灯，昏黄的光线下，袒露出自己的胴体，光晕洒在肌肤之上，她让郝景旺由远及近，从不同角度观察她胴体的不同部位，指点郝景旺看那些明暗多变的线条。她甚至还摆出几种高难度瑜伽动作，在不同的姿势下，她的身体由里及外，散发出女性特有的美……

郝景旺接连三个晚上和郝洁默默耕耘，有时白天他俩也在画室里做爱。郝景旺和郝洁像两个瘾君子，急不可待地吸食对方的身体。这难免让人觉得有违道德，但当激情来临时，天下哪里有道德和文明的标准。

如果说郝景旺和郝洁的几夜情也称得上爱情，那么爱情疯狂的一面却是畸形的，是无法用爱情这个字眼来定义的。其实每次住进楼兰别墅都是郝洁心情最不好的时候，要说心情怎么不好，郝洁自己也说不上来，而何伟大其实也没有去美国，他就待在雁鸣山下的庄园里，与他的动物们待在一起。

郝景旺观念里的爱情，其实是传统的，对郝景旺来说，爱情对他来说是保守和守旧的，但他确实也有过很多女人，跟她们也上过床，但他从没拿她们跟董兰芳相比较。郝景旺跟其他女人发生一夜情，只不过是藏在他心中的魔鬼在满足欲望而已。

欲望本身就是爱情？郝景旺从没这么认为。郝景旺认为，爱情本身并没有属性，它的物理状态应该是液态的，流动着的。欲望的动机在当时当地总是被当事人曲解，它其实什么都没有，它只是当事人遭遇的过程。而对过程的解释不过是对事实的翻译、对内心的猜测，于动机和后果而言毫无意义。

就像郝景旺和郝洁，没人能解释清楚他俩的动机是什么，只能解释他俩连续几个晚上的生活就是这样的。

郝洁从镜子里画了一幅她和郝景旺做爱时的速写，速写同样画得很抽象，郝景旺看不懂抽象线条下的姿势，但从郝洁画完后的喜悦中，能觉察出她非常满意自己的这幅作品，当她说以后一定要把这幅画拿到国外展出时，委实把郝景旺吓得不轻。

从那以后，郝景旺再也没有见过郝洁，但他俩交媾的油画总回闪在脑海里。

董兰芳熟睡之际，郝景旺在别墅里找遍了每一个房间，连地下室和车库都找了，始终没有发现他和郝洁做爱的画作的踪影。

9

为了尽职尽责给动物们当好保镖，郝景旺一直在亲近它们，每天定时定量给它们喂食（有专门的饲养员，郝景旺只是为了亲近它们才跟着一起去饲养），动物们吃的东西，包括草料，都是何伟大从丹麦订购空运来的，郝景旺还给动物们打扫寝舍，并从饲养员那里得知，这些动物的价值能买好几座庄园。

饲养员说，这两只豹子可不是一般的豹子，它俩是云豹，是非常珍贵和稀有的；那只白狮崽，也是极为罕见的狮子品种，存活在世的不到百只，因为它是克鲁格狮的变种，所以非常昂贵；还有两只亨氏牛羚，它们是非洲大陆的珍贵物种，几乎绝迹了；再有那匹不起眼的马，主人叫它绿猴，价值一千万美元；再有总被主人特殊照顾的荷斯坦奶牛，因为主人天天喝它的奶，所以天天给它听交响乐，这头看上去与其他奶牛无异的奶牛，却是世界上最贵的奶牛。

郝景旺想起郝洁常说，要想叫它们视你为它们中的一员，你就要先了解它们的喜怒哀乐。

郝景旺当时问郝洁它们也有喜怒哀乐？

郝洁说动物的喜怒哀乐是通过发声和举动表现出来的，有些声音和举动是它们撒娇的表现，有些则是恐惧或者愤怒的表现，它们像人一样有时会大喊大叫，甚至会"哭"，只不过它们的"哭"是无声的，眼泪会顺着面颊无声地流下来，马、牛羚和奶牛就是这样。狮子、豹子也会"哭"，还会把尾巴翘起来表达高兴，比如，云豹为了表示温柔和喜爱，会蹭或舔你的身体，甚至拥抱和亲你。

如果你要惹着它们，它们会记仇，会愤怒，身体会变得膨胀，豹子、狮子身体上的毛会竖起来，露出牙齿，发出呜呜声；鳄鱼这类爬行动物会伸直自己的颈和背脊准备攻击；大象会扬起鼻子，露出象牙，前腿蹬地，尾巴把自己的屁股抽得噼啪响。

要想让它们知道你是老大，比如对待狮子、豹子，你要叫它们知道从你手中夺走一块肉有多难，如果轻易让它们吃掉你手中的肉，迟早它会把你也吃掉。

其实动物们都喜欢接触新事物，人类只要善待它们，它们就信任人类。信任人类是这些生物的智慧表现，尤其大型猫科动物，它们与人类共处，在它们眼里，人更像是它们的宠物。

这天郝洁想去雁鸣山上散散心，她总想离开庄园在外面住上一段时间，她对郝景旺说很向往过"喂马劈柴""春暖花开"的日子。

郝景旺说这有什么困难，雁鸣山上有很多诗意的民宿。郝洁叫郝景旺陪她一起去。郝景旺说您先生知道了恐怕不妥。郝洁说，有何不妥，不用跟他说，只要跟动物们说一声就好了，把你借给我几天，它们不会反对的。

当天下午他俩从庄园出发，开车时间不长就上了雁鸣山的山路，一路上车窗全部打开，大山里清新的空气灌进车内，郝景旺和郝洁一边吸着清新空气，一边眺望山腰上一间间错落无序的民宿。

郝景旺把车停在半山腰的停车场，两人步行上山，快到山顶，找到一家能俯瞰郝洁家庄园的民宿，郝洁站在民宿的露台上，眺望自家庄园，似乎能听见庄园里动物们的叫声，在广袤的天地间，忽然享受到一种前所未有的自由和自在。

郝洁选中的这家民宿依山而建，山上树木成林，能听见鸟叫，也能听见风在树林中穿行的声音，郝洁要的就是这种贴近自然的意境，她说晚上可以伴着虫鸣入睡，清晨唤醒她的是窗外叽叽喳喳的云雀……

郝洁还特别喜欢这家民宿用石料和木料混搭的庭院，形式上有一种生活与艺术的并存感。而且三层的民宿，由上及下、由外入内，都被葱葱的竹子包裹，矮矮的院墙，石砌的围栏，树下的藤椅，晃晃悠悠坐上去忽然便过去一日。郝景旺虽然是一个"武将"，其实他更需要这样清静的被温暖包裹的感觉。

当晚，郝洁对郝景旺吐露心扉说，我喜欢你，你特别像歌手朴树，我喜欢听他的歌，更喜欢像你这样的人，希望以后能多得到被爱包裹的温暖，还希望有一个自然纯朴的家，家里不带豪气，只带希望，等待她和爱人发现和挖掘的是值得期待的美好生活。

可是那天晚上，郝景旺刚和郝洁做完爱，就梦见娘和董兰芳在老家的院子里剥玉米，郝景旺谎称过敏碰不了玉米皮，就在屋里躺着，娘在外边喊，景旺你在屋里干什么呢，还不快出来剥玉米，我们不剥了，给你留着。

娘和董兰芳嫌郝景旺懒就使劲地嚷，你快点出来干活，这活你不干就干不完了，郝景旺回应道我对玉米皮过敏你们又不是不知道。

娘和董兰芳就在院子里笑，快到晌午，郝景旺到院子里一看，果然给自己留着一份没剥的玉米。董兰芳又去地里帮哥嫂干活去了，娘悄悄对郝景旺说，明年你就跟董兰芳成亲，咱们就正式是一家人了……

郝景旺从梦中醒来的最初一刻，郝洁正用她那摄人心魄的眼睛冲着他笑，郝景旺的眼神在黎明的昏暗中停留了几秒钟，然后伸手去捂郝洁的眼睛。不准碰我的眼睛，眼睛是心灵的窗户，关上它就什么也看不到了。

她语气中带着坚定不容辩驳的意志，随后郝景旺的意识又变得模糊不清，再次沉入梦乡。郝洁、娘和董兰芳的影子，最终谁都没有再出现。

10

转天下午郝景旺和郝洁打道回府，刚进庄园，管家和用人还有饲养员和保安都跑过来，慌慌张张像城门失火一样围住郝洁，说，主人刚被一伙蒙面人劫走了。

郝洁问，报警了吗？

管家说蒙面人说谁敢报警就撕票！还说会打来电话，让您等着，刚才您手机一直不在服务区，我们都不知道该怎么办。

郝洁问，绑匪还说什么？

管家说，他就让您等电话其他什么也没说。

上次郝洁被绑架，何伟大也没敢报警，郝洁猜这次或许跟她的那次差不多，郝景旺在一旁安抚郝洁，待会儿绑匪打来电话再研究下一步该怎么办。

众人在惊慌中等了两个小时，绑匪终于打来电话，要一亿赎金。绑匪把电话放在何伟大嘴边，郝洁听到何伟大断断续续的求救声。

上次郝洁是被绑匪绑在一张椅子上，用毛巾堵住嘴，开始呼吸困难，慢慢镇定后，她才借看守送水时打开天井的光线，看清自己被绑在一间房屋的地下室里。白天和晚上地下室都没开过灯，郝洁在黑暗中浑浑噩噩度过了半个月才获救。

郝洁至今还记得绑匪中的老大不像老大，倒像个书生，整个事件就跟拍电影一样有惊无险。

转天绑匪又打来电话，何伟大在电话里的声音迟钝，另外，不知为何，总在哼哼唧唧，好像挨了打，绑匪昨天打来第一个电话时还叫嚣拿钱赎人，这次绑匪却没有提钱。

按照绑匪的要求，次日一大早，庄园里所有人全部撤出庄园，只留下郝洁一人，后来郝洁跟绑匪谈条件，让郝景旺留下陪她，绑匪同意了。

下午一点刚过，一辆四十英尺长的集装箱卡车驶进庄园，随同来的还有一辆沃尔沃小轿车。两辆车停在别墅后面的草坪上，这时从轿车上下来一个大腹便便的男人，郝景旺和郝洁一惊，原来是他绑架了何伟大。

他是谁？郝景旺第一次来时只跟这个男人有一面之缘，而郝洁上次也是第一次认识这个男人，对他的底细并不十分清楚。

此刻，何伟大被五花大绑，他倒在小轿车的后排座上。

就这样，大腹便便的男人在郝洁的注视下，将何伟大那些名贵珍惜的动物圈进集装箱，关进笼子里，走之前，有人把何伟大推下车，之后，两辆车从容驶出庄园。

11

我还可以把何伟大被绑架的经过和缘由，以及动物们的去向，乃至大腹便便的男人和何伟大的关系等等的来龙去脉都杜撰得更清楚和更精彩，但现实生活却不是这样，不像小说里会有那么多翔实和惊人的细节，而这个故事结局的惊人之处就在于它并不怎么惊人，因为到头来，警方除了追查到几个小喽啰外，并没找到真凶和有价值的线索，更没能从何伟大的嘴里问出整个事件的原委。看得出来，何伟大不愿意向警方交代实情……不管怎么说，噩梦总算过去，至少没要了何伟大的命，但从此何伟大像变了一个人，变得极其忧郁，再后来郝洁与何伟大分居了，也可能离婚了，总之郝洁离开庄园后不知去向……

一年多以后，郝景旺和杨大民两口子一起爬雁鸣山，在上次郝景旺和郝洁住过的那家民宿终于遇见了郝洁。

没想到郝洁终结了这家民宿的经营，把这家民宿盘了下来，内部又进行了重新装修，刚进来时郝景旺都不认识了，以为走错了门。后来他看到郝洁，他们互相吃惊和寒暄，再后来郝洁把他们领到新打造的露台，上面架设了一挺炮筒式高倍望远镜，从望眼镜里能看雁鸣山上的风景和山下庄园里的情况。

那天天空上飘下来的说是雨，又有点儿像雪。那雨滴和雨丝，滞重而透亮，刺人肌骨，仿佛随时都会变成纷纷扬扬的雪花。郝景旺刚在露台上站定，雨忽然下大了，密如贯珠的雨点，在空旷无人的雁鸣山上，腾起了漫天的水雾。

正值深秋。从望远镜里能清晰地看到山上的每一棵树和枝叶，整个山峦铺锦堆绣，但它所呈现出来的色调，却并非单纯的红，而是一派夹杂着各种色彩的斑斓和驳杂。突然间镜头的上方飘来几块云，云刚飘走，天便放晴，太阳光从山后漫漫伸着懒腰弥漫在山崖上，随后，太阳慢慢升起，耀眼的阳光仿佛真的会把山点燃了一样。阳光洒在烟雾弥漫的山上，光芒在雾气中穿梭，而雾气配合着阳光，随光穿过，雾气是小水珠又折射着阳光，那种美是用语言无法形容的，真是如仙境，世间少有的人间仙境。

没想到郝洁的望远镜能看到雁鸣山的大半景色。

当郝景旺第一次和郝洁开车行进在群山环绕的山路上，梗在心头的那种感觉，除了惊叹雁鸣山之美外，多少也会有一种与郝洁若即若离的怅惘之感。这种感觉自从认识郝洁以来，好像就一直摆脱不掉，冥冥中郝景旺觉得这是天意，不然的话，为何在这个深秋时节又能遇见郝洁？

郝洁说，去年那件事全了结了，当然我和何伟大也了结了。杨大民想问缘由，但郝洁不说。郝景旺悄悄告诉杨大民，这件事说来复杂得很，不是一两句话能够说清楚的。

郝洁只透露了动物们的下落，动物们已转到中东一个石油王子的手里，它们的日子过得更加舒坦、富足和安逸，只是何伟大完全崩溃了，而且崩溃后彻底疯了……

而后，郝景旺从望远镜里看到，过去郁郁葱葱的庄园现在杂草横生，庄园里空旷的荒草地上，只剩下一个类似动物，也像猿猴的人。此人赤身裸体地在草地上奔跑，像是被人追赶，也像是在追赶别人，才一年多的工夫，何伟大的白人之躯就被太阳晒成了黑色，而且全身的毛发长得跟动物似的。

郝景旺还看到，何伟大一边跑，一边挥舞着自己的"老汉造"，郝洁说他拿着你的那把枪，已经一年多了，都不懂得自杀……

是啊，郝景旺和郝洁的想法一样，都变成这样了，何伟大为何不懂得结束自己的生命？

无端的恐惧

1

封光石来厂不久，对周围一切事物还感到很新鲜。现在是三月，阳光虽好，但乍暖还寒。此刻封光石正跟总务科小赵和网络公司的两名师傅，猫在厂院外背风处过烟瘾。

封光石一边抽烟，一边面对眼前的几百亩空地和远处的桃花堤吼起《春天花儿开》，把阳春三月的桃花唱得汹涌澎湃。

小赵和两名师傅在一旁听，随口叫好，封光石把调门起得老高——"春天花儿开，多么可爱的好女孩，温柔又善良，多少人把你来向往，想娶你做新娘……"

封光石把眼前的空地当成舞台，舞台上有起起落落的麻雀和大雁，封光石陶醉其间。

桃花堤上出现个女孩，女孩在桃花堤上走了一会儿，她不像看桃花的游客。女孩又走了一会儿，才从一处缓坡下堤。女孩下堤的动作，让封光石看得有点儿迷。

女孩像是给封光石唱出来的，而且在一步步朝封光石走近，封光石把"……情歌儿为你唱，花儿都为你开放，女孩你真漂亮，春花儿开，女孩俏模样……"唱得不能再高。女孩从封光石旁边进厂没看封光石，封光石觉得扫兴，觉得女孩高傲。女孩留着刘海儿，尖下颌，薄唇大眼，皮肤白净，两腮冻得像打过腮红，连女孩脑门上的粉刺，封光石都尽收眼底。女孩围一条米色围巾，醒目胭脂红羊绒大衣里面藏着厚胸宽髋，宽髋下面的长腿、黑丝袜、高筒靴……都给封光石想在脑里看在眼里。

封光石抽完烟招呼小赵和两名师傅回车间等他，他要回办公室喝点水再回车间。

封光石跟在女孩后面，朝办公楼走。女孩先进办公楼，然后上楼，封光石进办公楼没见前台的强姐，他特别不喜欢这个年纪刚三十，就非常世故爱矫情的女人。

办公楼一共4层，女孩的靴子把楼板踏得非常响。女孩上到2楼，遇见强姐，招呼了声姐好，强姐勉强点头，随后又跟封光石会身走过。

封光石上到4楼，仍听见女孩跟楼里人打招呼。显然女孩外向，嗓门大，之后女孩上3楼，进办公室。

封光石在4楼有两间办公室，一间是专门给他的财务软件开发室，另一间是财务科。财务软件开发工作还没正式启动，没启动的原因是合资清算还在谈判，所以封光石一进厂就被派到总务科帮忙。

封光石进财务科，科长万事红和几个会计去公司开会没在，出纳刘姐问封光石楼里谁搞出的动静？封光石说不认识，封光石反问刘姐您没听出来？刘姐说厂子大了什么鸟都有。刘姐又问封光石清算软件开发啥时启动？如果手算，明年可完不了活。封光石没接刘姐话，心思全在女孩身上，耳朵一直听楼下办公室的动静。刘姐边记账，边扯起孩子上学事情。

封光石上班第一天，科长万事红开会介绍封光石是来搞清算软件开发的。万事红是在人才市场上把封光石招来的。

封光石本科后，没考研，跟老同学干了两年黑客，挣了些钱，对社会有了一定了解。前段时间封光石离开老同学，想找正经事干，但又不想被正经单位管。老同学劝他，说，哪有鱼和熊掌兼得的地方，想不叫人管，得自己干。封光石抱着试的心态去人才市场找工作。封光石想,,可以跟对方单位讲条件，看哪家单位能看中他。

人才市场上慧谷汽车部件公司招聘展位最大，宣传资料上面写着：慧谷公司实力雄厚，总部在本市中心大街市委对面，有两家部件厂，一家在本市桃镇，员工7800人，另一家在惠州，员工 8000 人。封光石看后有点动心。

桃镇是本市名片，古来有之，产桃花闻名，镇政府为打造现代桃花源，在桃镇运河两岸种万株桃树，请园林专家嫁接只开花不结果那种桃树，嫁接后的桃树，桃花年年开得茂盛。

慧谷公司是国有股份制，福利待遇有保障，上班三班倒，管饭，有班车和五险一金。封光石不想找这样大而全的公司，他担心拴住手脚，哪天不干，离职是麻烦事。但没有想到，半个钟头面试谈话后，封光石就跟慧谷公司签了合同，皆因桃镇工厂财务科长万事红。

万事红不看封光石的学历，只看他的本事。封光石觉得万事红不是一般女人，可能跟万事红眼睛出奇亮有关。

万事红问封光石强项？封光石答黑客。万事红让封光石说具体点。封光石说自己是专攻财务软件的黑客。交谈时，封光石还不知道万事红是桃镇工厂的财务科长，封光石认为女人对黑客不陌生，或许就为招黑客来的。

万事红给封光石一台电脑，让他做三件事：一、解读一段财务软件源代码；二、用任何一种语言写一段财务代码；三、侵入她指定的一个 IP 地址上的财务系统。封光石毫无悬念地完成了测试。

封光石能黑进任何一家公司的财务软件和系统，他上学研究的专业就是这个，跟老同学合干的也是这个，封光石还能编译市面绝大部分财务软件源代码，也能自主开发财务软件代码。

签合同前，万事红说聘你不是要你当黑客，这点你要搞清楚。有什么条件可以提？封光石提的条件很简单：一不签合同，二不填表格，三不要五险一金，四工资给足。万事红希望封光石把本事用在刀刃上，工资一分不少给，但合同得签，不签违反劳动法。

封光石刚进厂赶上总务科负责全厂建网。网络公司是总务科小赵找的，小赵没学过计算机，这行他什么也不懂。封光石是黑客，计算机软硬件、网络、监控、门禁，样样精通。万事红叫封光石先去总务科帮忙。封光石便整天跟小赵和网络公司的人，在办公楼和厂区研究组网布线的事。

封光石跟刘姐唠点家常，喝了会儿茶，说去车间，刘姐让封光石悠着点干，不是自己的活，累死不多给钱。

封光石下楼去总务科，总务和办公室挨着，封光石见女孩在做办公室卫生，女孩的胭脂红大衣搭在椅背上，围巾搭在大衣上。当女孩猫腰露出腰上白肉，封光石心头一跳，封光石打心眼里喜欢这种容貌、装束、身材的女孩，觉得天上掉馅饼，有种一见钟情感觉。

2

中午在食堂吃饭，女孩在封光石前面打完饭走出食堂，封光石想，女孩可能会回办公室吃。封光石不是爱神聊的人，自打遇见女孩后，心思不整，话也多。吃饭时，他给饭桌上的人讲黑客。同事们都是计算机盲，听得云里雾里。后来总务科长和劳资科长也加入，封光石才收敛，让领导知道自己的事太多不好，便用饭堵嘴，认真吃起来。

第二天，女孩没来上班。接连几天，封光石来厂加班，也没见女孩。

一天快下班，王忠义叫封光石去办公室。王忠义是办公室主任，封光石不敢怠慢，跑下楼去办公室。王忠义叫封光石给办公室配台电脑，品牌机，上网快，办公室来新人，要用。

封光石问来谁？王忠义说你甭管。是上礼拜那女孩？你小子光惦记女孩，来了就知道了。买计算机，寇总签过字的报告有吗？王忠义把寇世雄签过字的报告交给封光石。厂里采购程序先是部门打报告，寇总签字后强姐转各部门头儿手里，寇总是"财务一支笔"，从建厂时便如此。

王忠义见封光石拿着报告看，万事红跟寇总研究了，以后采买计算机都归你管，不归总务小赵了，那小子是万金油，干什么都行，明天就派他去外面挖排水沟。

封光石拿着报告没回财务科，直接去了自己软件开发室，封光石坐在转椅上想了会儿，拿起电话打给老同学明圣。

明圣和封光石是发小也是同学，明圣大二就不念了，因为崇拜比尔·盖茨，辍学都要跟比尔一样。明圣单干后，勾搭封光石一起干，封光石没心思考研就跟了明圣一起干。

明圣黑客技术比封光石强。封光石挺佩服明圣，虽然封光石技术不赖，但跟明圣比起来，还差一大截。过去两年，封光石黑客技术被明圣带得突飞猛进。但综合运用还不如明圣，封光石比明圣唯一强在"后门"技术。明圣和封光石切磋技术，封光石总能摸到明圣"后门"，虽然最终明圣胜，但"后门"技术已被封光石玩得炉火纯青、滴水不漏。封光石最佩服明圣的追踪能力，黑客技术综合运用执行力封光石也不能和明圣比，黑客联盟中，明圣排位比较靠前。

封光石和明圣联手的两年中，越来越对明圣产生忧虑。忧虑不是因为明圣智智商，而是明圣做事太偏激，封光石说服不了明圣，只能放弃和明圣合作。封光石离开，或许是因为在道德和价值观上不能跟明圣苟同，但他并没有影响两人的关系，明圣也没因封光石对他有多指责而往心里去。

电话接通，明圣正忙。明圣干活三台机器同时操作，双手翻飞敲击三个键盘，比弹钢琴还眼花缭乱。封光石支起耳朵，明圣三台电脑火力全开，不同键盘的声音传到封光石耳朵里，封光石早把这些声音和节奏烂熟于心。

封光石不紧不慢对明圣说，来活了，有空没？明圣边操作边问，活多大？封光石听明圣耳麦有杂音，说，事成后能换新耳麦。明圣说，这点活，耳麦老贵，划算吗？封光石说，说大不大说小不小，眼光长远还行。明圣说，不接惹麻烦的活，你懂的。封光石说，当然，刚走几天我就不懂了？

封光石的同学都是干电脑的，明圣说惹麻烦的活不接不沾不碰，过去有先例。大一时，有个大四学长没毕业就失踪了。失踪前，炫耀过黑进国安。国安是啥地方？保卫国家安全的地方。同学们揣测，学长失踪不是去天堂，就是下地狱。自打学长失踪，明圣就给自己立规矩，只接企业活，国企、民企、独资、合资都行，独国家活不沾不碰。明圣不黑政府还有原因，明圣跟封光石一样，怕被人捆住手脚，黑政府，被国安抓，如果技术好就有可能去国安效力，明圣散漫惯了，否则也不会大二没上完就辍学。

明圣干的是网络侦探，后来封光石加入，两人强强联手，强项全是财务软件，所以他们接的活，大多是受到网络诈骗，或者网络攻击而遭受损失的私企客户，不少是南方江浙一带私营老板。

他俩操作流程，接客户订单，进客户计算机安装木马陷阱，嵌入追踪软件，顺带看客户真假账，逃税、避税、收支、银行往来等情况，有时能见到洗钱、钱进地下钱庄的痕迹……不夸张说，封光石和明圣的客户，没一个独善其身，被攻击洗劫后，大多不敢报警，因自己不干净，怕被经侦立案查账，故找明圣和封光石这样的黑客"抓捕"攻击他们的黑客来弥补损失。

明圣干网络侦探，不是把罪犯交给警察，而是交给客户，只要客户出钱多，明圣就会为客户保密，还会帮客户恢复数据、整理账目。反正明圣帮客户抓到罪犯，客户把罪犯怎样处理，都跟明圣没关系，明圣只帮客户"抓捕"，不帮客户"制裁"。

封光石和明圣的分工是，黑客罪犯掉入木马陷阱后，封光石和明圣一起追踪罪犯，待得到罪犯的真正 IP 地址后，封光石负责打开罪犯系统"前门"，明圣进系统先潜伏下来，待机和封光石合力抓捕，封光石此时已将系统"后门"开好，罪犯抓捕成功后，封光石策应明圣从"后门"退出。封光石相当于"卫兵"角色，与黑客罪犯斗法、跟踪主要由明圣完成。明圣的追踪力和攻击力在业界是出了名的强，一般只要他锁定黑客，定会将对方绝杀到底。

这样吧，封光石举着电话片刻后说，晚上我请你去滩羊涮锅旁边的"横着走"去吃海鲜。

3

明圣庆祝封光石毕业，拽他来公司那年，明圣连请封光石吃了 14 天滩羊涮锅。那时候明圣挣了不少钱，吃饭都能看出他豪横。两人连吃 14 天涮锅后，他们直到现在看见牛羊肉都受不了。

今天是周末，封光石准时上班车，在离家 3 公里的一条街上，封光石下班车。明圣家住附近，横着走海鲜火锅店离明圣家不远。横着走火锅店是上个月才在这条街上开的，封光石每天坐班车看这家店的装修进度，想开业后和明圣在这撮一顿。封光石有日子没见明圣，有点儿想他。

封光石下班车给明圣去电话。明圣说还没完事，让封光石先去占座。封光石嘱咐明圣带瓶好酒，至少剑南春。

还没到饭点，滩羊涮锅就开始上人，新开张的横着走海鲜火锅店冷冷清清。封光石找个靠窗位置坐下，封光石和明圣每次吃滩羊涮锅就爱挑靠窗位置，两人倒不是爱看外面的风景，尤其冬天晚上，外面冷，屋里热，水蒸气覆满玻璃窗，封光石和明圣爱在玻璃窗上写代码，有一次玻璃被他俩写满代码，其他顾客和服务员都觉得他俩有毛病。

　　封光石实在看不懂菜单，服务员在一旁介绍：海鲜全是从澳洲和中国南海当天运来，保证新鲜……封光石要了两只螃蟹，服务员说，咱店新开张，今天只有澳洲皇帝蟹，封光石吃过帝王蟹，服务员说不是，皇帝蟹比帝王蟹个头还要大和沉。服务员建议两人点一只3公斤的皇帝蟹就够，因为没有再小的了。封光石同意，然后封光石又点了大虾、鱿鱼、墨鱼、八爪鱼和菜锅。点好菜，服务员往铜锅里加水、生姜、枸杞，封光石起身去调三合油，顺便给明圣也调一碗。回到座位，封光石一边看服务员上海鲜，一边搜罗窗外明圣的身影。

　　明圣是个爱吃的家伙，早早跟与他斗法的黑客说拜拜，关掉电脑，拔掉网线，从书柜里取出一瓶姐夫送的茅台，下楼去找横着走海鲜火锅店。明圣见封光石就说太难找，简直是灯下黑，什么时候冒出个海鲜火锅店？封光石说，那是因为老兄天天绕着滩羊走。明圣笑说，知我者兄也。

　　时间不长，皇帝蟹的盖先被服务员端上桌，封光石明圣看着小孩脸大小的蟹盖很是兴奋，蟹盖里满是黄澄澄白乎乎的肉和黄。蟹盖在锅里加热10秒钟，就散发出螃蟹味，勾得两人直咽口水。服务员又端上切成几大件的蟹身，还有大虾、鱿鱼、墨鱼、八爪鱼和菜锅也都端上桌，明圣取出茅台，封光石说，有什么喜事破费茅台？明圣说，当然有喜事，改邪归正算不算喜事？

封光石和明圣先喝了一口螃蟹汤，蟹味十足，鲜美得无法形容。明圣给封光石斟酒，两人举杯，一口闷了各自杯中酒。封光石说，平时多吃海鲜，老了得了肺栓塞脑栓塞心梗，就没口福了。

明圣问封光石这回是什么活？封光石说，采购计算机的活归我管了，这次先买一台品牌机。明圣说，挣的钱还不够我买低音炮和耳麦的。明圣呷口酒，放下酒杯，摸出中华，递给封光石一支。够，怎么不够，封光石喷云吐雾说，够买两只，送我一只。封光石又说，说正经，改邪归正，改哪门子邪归哪门子正？你不总说人间正道是沧桑，不愿意走沧桑路吗？说是不愿意走沧桑路，是不愿意像你走的这样累，走进一家工厂，搞点买计算机的活，就把你嘚瑟得要命，抽中华都不够，还把你手脚绑死，得不偿失啊。

封光石说，厂里正在建网，后面还有服务器、监控和门禁的活。明圣说，这些活还可以，有点肉，找我？封光石说，当然找你。明圣说，巧了，我姐和姐夫刚给我投资20万，让我干的就是这个，上周刚接个网吧活，你厂这些活好像就是给我预备的。

封光石说，其实找你有两件事：一是想介绍你进厂，厂里缺人，马上有个财务软件开发的大活要我做；如果咱俩一起干，收入比买卖计算机硬件挣的多得多。

明圣说，在家也能干。封光石说，倒是，回头听我信，在家干也一样。第二件事就是我刚说厂里再买计算机就找你，以后不少买，既然让我管，不能让肥水流外人田。下周一上班你先送一套戴尔品牌机，地址是桃镇慧谷汽车部件厂，到了电我。戴尔要高端的，速度快容量大，软件安装全，显示器要宽屏19寸液晶，价格你定，别忘带发票，现结。

喝着茅台吃着海鲜，外面天就黑了，屋里热气腾腾，封光石太了解明圣干黑客侦探不易，其实最不易的不是抓不到罪犯，而是跟客户周旋比抓罪犯还麻烦。每次抓到罪犯，客户十有七八赖账不好好给，要么说明圣和封光石与黑客罪犯穿一条裤子，贼喊捉贼，要么就觉得明圣和封光石治不了客户拿他们没办法，大家心里明白，这事不能报官。客户觉得，当初谈的价格不过是君子协议，没有法律效力，黑客做的也不是正大光明的事情，报官必两败俱伤。每次封光石和明圣遇到要赖客户，封光石就压明圣火气不让他跟客户火并。明圣料定客户也不敢报警，毕竟他们的账目没一笔是真的，真立案侦查，必定鱼死网破。有一次明圣不信邪，把客户在地下钱庄的账抖出来，结果客户尿了，加倍给了明圣佣金。明圣尝到甜头，开始通吃，吃了客户吃罪犯，后来给网络经侦盯上，封光石劝明圣收手，明圣不听，封光石预感这样下去，会有牢狱之灾，既然说服不了明圣，封光石就选择离开。

明圣酒量不行，二两酒下肚，一脸猴腚颜色，他对封光石说，你走的那天晚上，我做了个梦，妈托梦让我赶紧找媳妇生孩子，这破事一连托了3个晚上梦，死活不让我干黑客。我告诉妈，我干的黑客是侦探。妈听不懂，侦探也不行，爸也阻止我，你说奇怪不？我跟姐说了，最奇怪的是姐也做了差不多相同的梦，结果姐夫就给我投资干电脑生意，还给我雇了会计和员工。

封光石给自己斟满酒，宽慰明圣说，兄弟，妈说得对，姐夫做得也对，你就干这个，你聪明脑瓜干什么都聪明。刚才你说改邪归正，我还以为闹着玩。说老实话，黑客干这么多年，该退休了，现在现成的买卖，你在外面干，我在里面干，咱俩里应外合多挣点儿钱岂不快活，回头我再在厂里给你找个对象，成全妈的想法，别让她再为你担心。

4

周六日封光石在家休息，明圣开姐夫的五菱宏光去北京中关村进货，顺带考察一下电脑市场。

周一明圣开车给封光石送货，明圣把车停在厂门口，下车一边点烟一边给封光石打电话。封光石赶来说，忘记嘱咐你，价格别定低了。明圣说，放心，这点儿小活能挣出两个低音炮耳麦。封光石说，你自己进去，前面转弯上303办公室，安装调好后叫我带你去结账，现在我有事去车间。

时间不长，明圣把计算机搬上楼也调好。王忠义见明圣干活利落，满意地说，以后有事就让封光石找你。

明圣从办公室出来，边下楼边给封光石打电话。封光石叫明圣在4楼等。工夫不大，封光石跟明圣在4楼会合，封光石问明圣，没事吧？明圣说当然没事，能有啥事？封光石说，我怕办公室主任说什么。明圣说，机器安装好，也测试了，速度倍儿快，一切都好，你们主任挺满意，没说啥就让我走了，以后有事让你找我。封光石说，发票带了？带了。明圣说。封光石说，跟我来，一会儿什么话也别说，我来说。

封光石带明圣进财务科找万事红，财务科跟楼下办公室结构一样是里外间，万事红在里间办公。封光石把明圣领进万事红办公室。万事红刚打完电话。封光石手指明圣说，他刚给办公室送一套品牌机，戴尔牌，人家电脑公司想把账结走。万事红说，刚送来就结账，没账期？封光石说，账期？万事红说，既然这样就结吧。封光石把发票和寇总签过字的报告交给万事红。万事红说，再填张请款单。封光石不明白请款单是什么？去外屋找刘姐。刘姐教封光石填请款单，万事红在里屋问明圣话。

万事红看了眼发票，又看了眼明圣，够贵！明圣没吭声。万事红问，你是哪家电脑公司？明圣说，圣明高科技。万事红点点头，什么配置的计算机卖27500？明圣说，您说对了，计算机确实不值这个钱，您可以不要，可是我搭进去的时间远不止这些，我还觉得报少了。万事红问，你和封光石是什么关系？明圣说，同学。万事红问，你的时间凭什么这么金贵？明圣说，凭我不是干这种低档事的料。万事红说，那你是高档事的料？没等明圣说，封光石进来，双手捧给万事红刚填好的请款单。万事红拾起派克笔，在请款单上签下万事红三个字。

封光石一直觉得万事红是个爽快干事情不拖泥带水的人，且为人庄重、大气、气场强，是典型的女强人形象。结款事是小，但印证了封光石想法，但明圣不这么看，明圣觉得万事红确实不一般，但不是表面上的不一般。

下班后封光石去找明圣，明圣过去在家干黑客，改邪归正后，姐夫给他租了写字间，姐帮他找人办了营业执照，写字间门口郑重其事挂着圣明高科技发展有限公司牌匾。

封光石见明圣，你小子不好好在楼道里等我，这看那看看什么？明圣说，你说在厂里给我找老婆，我当然也要自己选一下。封光石说，马上办公室来个女孩，计算机就是给女孩配的。明圣说，你们财务科长叫什么，我这狗脑子想不起来了？封光石说，万事红。你喜欢她？明圣说，喜欢老点儿的女人，老点儿的女人像成熟的庄稼，骨子里泛着金黄和饱满。封光石说，是丰满。明圣说，不管丰满饱满，关键能下小崽崽，我喜欢实用型。封光石说，女人还觉得男人是公交车，她们想上就上呢。明圣说，以为你对女人浪漫，敢情你也牢骚抱怨。要我说，你们万科长绝对是深邃型女人。封光石说，值得你去深挖。明圣说，女人的根到底是什么，知道吗？封光石说，还在挖，挖到了，告诉你。

明圣说，还去横着走？封光石说，不去了，今天回家给老娘过生日。明圣说，哦，是吗，正好，明圣从抽屉里取出个信封，你的。封光石说，这么快。明圣说，这有啥快不快，正好给老娘过生日，对了还有这个，说着又丢给封光石一个包装盒，盒上的图片是低音炮耳麦。封光石取出耳麦架上脑壳，端子插入手机插孔，打开音乐。哈，音质不错，真是一分钱一分货。明圣说，那是。

封光石走时，明圣叮嘱，别忘介绍那个女孩给我。封光石冲明圣挤咕一下眼，忘不了，下回带她一起去横着走，你别喝大忘结账就行。

5

封光石带老娘下馆子过生日，酒喝得有点大，送老娘回家后就睡在老娘家里。半夜封光石觉得冷，后半夜开始发烧。周二早上封光石跟万事红请了病假，一直烧到周三才退烧。老娘说，整天穿单褂在外面抽烟冻的。封光石说，厂里干活出汗冻的。老娘说，就是抽烟冻的。封光石说，您爱怎么说就怎么说，反正人活一生不沾烟酒就白活。封光石正跟老娘辩论，王忠义打来电话叫封光石快进厂，说有人投诉你。

封光石赶紧去洗澡，换了身干净衣服，照照镜子觉得自己还行，就从老娘家里出来。老娘问封光石晚上还来不？封光石说不来，直接回家。

封光石出门打车，司机认识路，走市委前面中心大街，一杆下去40分钟就到桃镇。到了桃镇，司机问从桃花堤哪边绕过去近？因为桃镇把桃花堤打造得太长，十里桃花一开，遮天蔽日，慧谷汽车部件厂就掩映在桃花后面，出租车司机有时搞不清从哪座桥过去比较近。

封光石说前面赤月桥头停就行，不过桥，顺便看看桃花，再不看就谢了。司机说他是桃镇人，修桃花堤前搬进市里，桃镇真是比市里待着舒服，空气干净。

司机问封光石是慧谷汽车部件厂的吧，听说要跟日本人合资？封光石说，是要合资，明年。

封光石和司机聊得挺好，病好了大半，刚出来的时候，身子还有点虚，被风一吹，神清气爽了很多。

封光石没心情看桃花，下车直奔工厂。封光石在劳资门口遇见万事红，万事红问封光石着急上火干什么去？王忠义找我，封光石边说边奔办公室。待会儿上楼我也找你，万事红说。

封光石一进办公室，就闻见一股烟味。之前来过的那个女孩正坐在椅子上瞅封光石。封光石有点儿惊讶，但没表现出来。封光石问，出什么事了，屋里什么味？女孩说，你说什么味？封光石觉得女孩说话不客气。封光石说，东西烧着的味？女孩说，你买的计算机冒烟了。封光石说，主任在吗？女孩说，不在。封光石说，主任说有人投诉我？女孩说，我投诉你和你的破计算机。封光石看到原先放在办公桌上的机箱没了，只剩下液晶显示器，封光石又看到，主机箱掉到了办公桌和墙的空档里，还在冒青烟。

封光石把机箱从空档里掏出来，拔掉电源线。封光石想机箱是怎么从桌上掉到夹缝里的？封光石看女孩一脸蛮不讲理的表情，只得先忍气把电脑修好。

女孩气嘟嘟拉开抽屉取出一袋奥利奥，边嚼边让封光石躲她远点修。

封光石故意蹲在女孩旁边打开机箱盖，用手挥散青烟和气味。封光石严肃地问女孩，机箱里怎么会有水？女孩嚼着饼干说，我怎么会知道，你买来的机器，像往猪肉里面注水，我怎么会知道。封光石鼻子都给气歪了，但还是没发作。封光石觉得女孩胡搅蛮缠的本事有一套。

封光石正跟女孩置气，王忠义从里屋出来，穿着睡衣、打着哈欠说，小封，让你买计算机，不能买坏的啊。封光石说，主任，这明明是人为造成的。王忠义问女孩，你往机箱里注水干什么？女孩撂下饼干说，您别听他瞎说，栽赃陷害的话您也信？

王忠义说，我不管你们年轻人的事，别吵吵闹闹就行，昨晚一宿没睡，让我再睡会儿，待会儿还得去公司伺候鬼子和董事长开会。

这段时间，王忠义忙得很，经常下班不走，为谈合资睡在办公室。封光石想，合资谈成后清算软件一开工他就不用再管买计算机的事，就不会再被女孩胡搅蛮缠。

王忠义回屋睡觉，女孩也消停了，封光石找来纸巾和螺丝刀，把主板、电源模块、内存条、显卡、硬盘、各种连接线全拆下来，挨个用纸巾擦干净，然后放在窗台上晒。刚才冒烟的是电源模块，里面烧了，不能用了，必须得重新订购一块原厂的，封光石掏出手机跟明圣说要买一块戴尔原装电源模块。

封光石看着被烧的电源模块，又可气又可笑，怎么也搞不懂，女孩为什么要往电源模块里注水，一来危险，二来破坏公家财产，难道女孩道德品质有问题？封光石懒得深究，忽然觉得他不怎么喜欢这个女孩了。

封光石对女孩说，明显是人为破坏，不在保修范围，咱们也不理论是谁干的，只说维修报告是你来打还是我来打？女孩说，不归我管，你懂得一条龙服务？封光石说，我不懂，我只懂谁弄坏计算机谁负责打报告，这是品牌机，维修费少不呢。女孩说，是呢，费用肯定少不了，少了你的进项从哪里来？女孩直击封光石要害，封光石便不跟女孩纠缠，请您不要总用可爱的鼻子去嗅自己不知道的事情，然后乱叫乱咬人。这样吧，报告我来打，你去找寇总签字，这样扯平了，好吗？女孩说，这还差不多。

6

封光石当然没有忘记万事红也找他，一进屋，刘姐说，这么半天，科长都等急了。封光石敲开万事红的门，万事红正在打电话，封光石规规矩矩站在办公桌前。万事红电话里说的都是跟日本合资的事。看来合资的事迫在眉睫。万事红又说了一会儿才撂下电话。

万事红叫封光石看她的笔记本，可能叫人攻击了。封光石问，科长对黑客技术是不是也很擅长？万事红说，抓紧弄，我还要去公司开会。

封光石看入侵她系统的黑客手脚还算干净，没搞什么破坏，只安了个木马，留了个记号"Z"，开了个"后门"就走了。

封光石把万事红的笔记本抱出屋，告诉科长想彻底查一遍。这时王忠义来找万事红。王忠义跟万事红抱怨鬼子吃住行要求太高，住五星宾馆不说，还非要坐日系车……

刘姐看到万事红的笔记本，问封光石，咱家奶奶的本坏啦？封光石说，没坏，有人进她系统了。刘姐说，小封，你是不是人们常说的黑客？封光石说，是。刘姐又问，黑客进了人家电脑，如果不破坏，算是犯罪吗？封光石说，这和小偷进了人家，不偷不破坏的性质一样。刘姐追问，警察管不管？封光石说，过去我干的就是黑客侦探，警察不管的事我全管。

刘姐直起腰，似懂非懂看着封光石，封光石一边打开万事红的笔记本，一边从抽屉里取出明圣送给他的低音炮耳麦，把端子插进笔记本麦克插孔里。

明圣进入人家系统走时爱留"Z"记号，效仿佐罗。封光石查看万事红笔记本里的系统文件，又进注册表仔细查看一遍，没发现明圣搞什么动作，估计也就是浏览一下，然后封光石就看起董事会跟日本合资的资料，日本人要注资100亿人民币，中资是90亿，日方控股，以后慧谷就改姓日了。

封光石没把明圣安的木马删除，只是改良了一下，退出时在明圣的"Z"旁边加上个"F"，"F"是封的拼音字头，这种做法一直是他俩配合时呼应的代号。

封光石关掉万事红的电脑，打开自己的电脑，一边听歌，一边上日本素人网。现在国家管控严格，不是黑客，想上国外色情网比登天都难。封光石不爱上欧美色情网，觉得欧美色情跟畜生一样粗鄙，除恶心人，一点愉悦感没有。封光石一直喜欢上日本素人网。素人就是胆大妄为的日本家庭主妇，趁老公孩子上班上学，一边在家干家务，一边把自己的裸照传到网上，多是半裸做饭、擦地板、洗澡、浇花的照片。

封光石正聚精会神看，低音炮耳麦也是头一次戴，正享受其中，津津有味、七窍生烟的时候，王忠义从万事红屋里出来，封光石立马把素人网切换到其他网站。

王忠义对站在封光石背后的人说，这是出纳刘姐。刘姐对女孩点点头。这是小封，刚才你们见过，也是刚来，干得不错，回头你俩多交流。王忠义介绍女孩叫夏琳，办公室新来的内勤，以后有事就找她，也多关照她。

封光石有点儿不自在，对夏琳皮笑肉不笑点头，关键是，刚才上素人网指定被夏琳看到，夏琳什么时候站在封光石背后，封光石浑然不知。

夏琳表现得很温顺镇定，又跟王忠义见万事红。王忠义和夏琳走后，万事红问封光石笔记本修好没？封光石交还笔记本，说把病毒抹干净了，您放心用，不会再有问题。

万事红重申，跟寇总研究过，以后涉及计算机、监控、网络采买全由封光石负责，先跟供应商签协议，让供应商做好一条龙服务，年底前软硬件必须到位，不能出错。

封光石问科长，清算软件开发什么时候进行？万事红说，再等等。封光石又说，您刚才说的硬件，估计花销不会少。万事红说，这个你甭管，不是你考虑的事。供应商的渠道要稳定，保证一条龙服务，尤其售后，不能再有投诉的事。再有，跟供应商签协议，为保质量和速度，可以不给供应商设账期，每次送货可以现结，但要押销售额的5%作售后保证金，每年年底结算一次。

万事红交代完工作，拿走笔记本带两个会计去公司开会。封光石决定再去一趟办公室，去之前为夏琳的计算机写了份维修报告，下楼给夏琳看。

封光石见夏琳后说，其实咱俩见过。夏琳说，见过吗？封光石说，见过，当时我在唱《春天花儿开》，你从我身边走过。夏琳说，哦，原来是你，这么扯，没想到你是干财务的。封光石说，上次你来之后，就再没来，还以为计算机是给强姐配的。夏琳说，强姐怎么了？封光石说，没怎么，要知道是你，就多装点游戏和好看的壁纸。夏琳说，现在装也不晚。

这时王忠义风风火火回来拿材料，王忠义刚走，夏琳就凑到封光石耳边说，老封，其实我不想要小女生的壁纸和小朋友玩的游戏，你把刚才那个网站给我装下好吗？

哪个网站？封光石愁眉苦脸地说。

7

封光石除每天跟网络公司的人一起干活，再就是往夏琳屋里跑，本来封光石是个离不开烟的人，现在他对夏琳的瘾比烟瘾大，每天把在厂院外吸烟的时间和次数压缩得不能再少。

那天封光石进办公室，夏琳吓一跳。封光石闻见屋里有烟味。封光石问夏琳有人在屋里抽烟？夏琳盯着电脑屏幕说没有。封光石说，新换的电源别再往里注水了。夏琳说，那就往你脑袋里注。封光石走到夏琳身边，忽然举起夏琳的手闻，你刚才抽烟了？夏琳的指甲修得精致，她说，别弄坏我的指甲，你赔不起。我赔得起。赔得起也不行，碰我就不行，讨厌你们男人用抽烟的手碰我。

过了一会儿，夏琳说，听说你干过黑客？封光石说，现在也是黑客。夏琳说，教教我。封光石说，学那个干吗，惹祸会判刑。夏琳说，不就是个破黑客，有什么了不起，我自学。封光石说，别瞎学，染上病毒，黑客很容易进你的电脑。夏琳说，已经中毒了。封光石说，中毒就拔掉网线。

夏琳仰头看封光石，不拔，我喜欢中毒，如果你不教我黑客，我把咱厂联的网都弄成大病毒！

这女孩在使性子，封光石喜欢使性子的女孩。封光石想，如果一个人爱另一个人，不一定是脾气相投，脾气顶牛，似乎更有味道。封光石想，她或许对我也是这种感觉。

封光石休息时间有些长，网络公司的人来找他去车间解决问题。封光石走后，夏琳把窗户关上，把风衣披在身上，刚停暖气屋里凉。夏琳除每天干王忠义交给的活，还帮王忠义买茶，半斤花茶王忠义一星期准喝没，喝完就让夏琳去买。夏琳说主任喝的花茶不值钱，喝龙井或者金骏眉多好。可王忠义偏爱喝花茶，还专挑茉莉多的茶叶沫子买，茉莉花本身不值钱，用来喂牛能值啥钱。有时候，王忠义叫夏琳多买半斤送给万事红，说万事红也爱喝花茶。初来乍到的封光石倒整天普洱不离嘴，前些日子又拿来一罐正山小种，准备天热时喝。

夏琳一上班就把自己关在办公室，封光石觉得夏琳连厂里有多少人都不知道。封光石每天上班就两项工作，一是组网，二是找夏琳。开头找夏琳总有借口，送报告，取报告，查杀病毒，万科长叫他来找主任……一周后，封光石就不找借口了，一来就跟夏琳聊厂里的八卦。有时夏琳忙，没空搭理封光石，封光石就坐在一旁愣神。夏琳问他想什么？封光石说什么也没想。夏琳说什么也没想才怪。夏琳刚用话勾起封光石的兴致，又不理他。夏琳对工作认真负责，厂里行政上的事都是夏琳一个人在干，王忠义整天去公司开会，夏琳给他死盯办公室的工作。

厂里的事全是封光石告诉夏琳的。夏琳光听不说，只要夏琳表情有变化，封光石就高兴。封光石还愿意为夏琳跑腿，比如去车间和科室送文件。封光石跟夏琳开玩笑想要回报，夏琳让他放心，不会叫他白干。封光石说，怎么不叫我白干？夏琳说，等着，等我腾出时间"收拾"你。封光石像个受虐狂，满心欢喜答应着。

封光石对夏琳充满期待，不但承接夏琳派给的任务，还承包了办公室的值日。每天上班先去办公室报到，然后擦桌子扫地打水通风倒纸篓，总之封光石在夏琳面前全是活，不等夏琳招呼，全干到位。当然封光石也不会耽误正经工作，这段时间，封光石觉得自己像超人，能量无限大。

很快，封光石对夏琳加快追求进度，夏琳对封光石的好感也与日俱增。封光石不光在单位愿为夏琳效劳，回家路上，封光石对夏琳依然锲而不舍。如果没有特殊情况，封光石和夏琳坐同一班车下班，夏琳住和平区，封光石住向阳区，一北一东两个方向，每次封光石先跟夏琳往北走。夏琳从来没问过封光石住哪里，每次封光石跟夏琳一起下班车，陪夏琳走到一个岔路口就不让封光石送了，有一次封光石跟踪夏琳，被夏琳发现，弄得夏琳好几天没理封光石。

后来封光石每天早起一小时往夏琳上班车的那站赶，封光石想有朝一日让夏琳知道自己跟她不住在一个方向，会不会把夏琳感动得泣不成声。封光石既浪漫又会体贴人，绝不是嘴上抹蜜，巧舌如簧哄骗女人的人。周一早上，封光石把前一天晚上买的花藏在背包里，在班车上送给夏琳，夏琳的心一下就动了。

后来封光石还送给夏琳水晶花瓶，每周日封光石必逛花市，给夏琳选适合她的花。一家花店老板跟封光石熟络后出主意说，追女人不用买太贵的花，送七色花吧，既便宜又实用。老板说，七色花就是花仙子最后找到的那种花，配上忘忧草和满天星，感觉有七七四十九种颜色那么好看。

果然，封光石转天早上把七色花交到夏琳手上，夏琳整个心都膨胀起来，封光石感觉剧情要往深处发展了。

8

明圣给封光石打电话问他在忙什么一直不见面，约他晚上喝酒。封光石正帮夏琳复印通知。封光石想说晚上没空，晚上想和夏琳在桃花堤上走走。但转念想，不如带着夏琳去见明圣。前些日明圣总把介绍对象的事挂嘴边，怪封光石光耍嘴皮子。封光石虽然有顾虑，但依然觉得明圣看不上夏琳，夏琳长得像花瓶，既不实用也爱碎，明圣不喜欢这样的女人。

封光石撂下电话对夏琳说，晚上有人请咱俩吃饭。夏琳说，谁？封光石说，你不认识，到时介绍给你。

夏琳说，叫我陪你去脸上倍儿有面是吧？封光石说，那当然。夏琳说，其实是你想把我介绍给你的狐朋狗友吧？封光石说，我怎舍得。夏琳说，你这个大坏蛋，脑袋里想的什么我全知道，你准把我卖给别人了。

封光石说，没跟别人提过你，他猜的。夏琳说，谁猜的？

封光石说，我发小，从小到大什么也瞒不住他。夏琳说，你发小也是黑客？封光石说，比我厉害。夏琳说，那我去，让他教我黑客。封光石说，他从不教人，除非你是他老婆。夏琳说，说漏了吧，还是把我卖了。封光石说，他不会要你，他不喜欢你这款。夏琳说，他喜欢哪款？封光石说，传宗接代，给他生儿子的。

封光石带夏琳一上班车就后悔了，如果明圣真看上夏琳，也不能拱手相让。可是定好的事只能见面随机应变。夏琳下班车就看见"横着走海鲜一品火锅"的招牌，闹着要吃横着走。

正巧封光石的电话响了。封光石接电话，接完又打出一个电话。然后对夏琳说，不凑巧，万事红叫我同学去找她，说服务器端口跟日方定协议的事，我跟同学说了，让他下次再请咱俩。

封光石没陪夏琳去吃横着走，领她去了滩羊涮锅。这是封光石第一次和夏琳共进晚餐，封光石想如果去横着走夏琳玩儿命要海鲜，他会兜不住，为了省钱不得不去吃滩羊，最多自己饿一顿罢了。

封光石没动筷子，夏琳点了一桌子牛羊肉和蔬菜，封光石只吃了几口涮菜。虽然很久没吃羊肉，封光石闻到膻味还是接受不了，后悔当初跟明圣往死里吃羊肉。封光石不胖，身材高挑，匀称。夏琳问，你不吃，光我吃，减肥吗，觉得配不上我？

封光石即便吃，也吃不过夏琳。夏琳瘦瘦小小，胃口却宽宽大大。封光石喜欢看夏琳吃，尤其喝啤酒夏琳更是一杯一干。

每次啤酒在杯里荡出啤酒花，封光石的心就好似泛起浪花。

夏琳把桌上的肉和菜，吃了一多半。封光石说，下次让我同学请咱俩吃横着走。夏琳说，真没想到，看来冤枉你了。封光石说，冤枉什么？夏琳抹抹嘴说，看来你没吃钱，连海鲜都吃不起。封光石说，瞎说，我才不会干那事。夏琳打着饱嗝说，吃多啦。封光石起身结账，然后两人沐浴在灯火阑珊里。

封光石送夏琳回家，路上明圣打来电话封光石没接。跟夏琳分手后，封光石给明圣回电。明圣说，横着走没找见你俩。封光石说，我们没吃，各自回家了，回头再让你请。明圣说，万事红找我没啥事，问我端口协议的事和保质量及售后的事。封光石说，女人爱絮叨。明圣说，明天给我一张卡号，不要工资卡，最好办张新卡。封光石说，行嘞，明天办，回头再介绍女孩给你认识。明圣说，真的假的？封光石说，当然是真的。

封光石一边往家走，一边想夏琳酒后红扑扑的小脸，而且酒后夏琳的眼睛像酒精洗过一样明亮，每次封光石看夏琳，都会从她的瞳孔里看见自己。

转天上班，万事红正式启动财务清算软件开发工作，万事红告诉封光石，清算软件不必大而全，要简而精，必须能跟市面上任何一款财务软件对接，难点是跟日本合资方制定端口协议，这需要你和日方抓紧制定。时间上，要求封光石马上开发，年中完成，下半年跟日方制定完毕端口协议，年底前完成测试，明年正式使用。

财务软件开发专题会搞得很正式，公司派了执行监事和股东参加，还有两个明年进驻慧谷的日本财务人员，寇总也参加了，只是没有说话，会由万事红主持，最后公司派来的执行监事宣布万事红是这次清算小组中方组长。

会后万事红问封光石需要人手？封光石说，不需要。万事红见封光石并没提要求，便提出要封光石保密与日本端口协议代码。

封光石回软件开发室拨通明圣电话，告知明圣清算软件开发已经启动。明圣问，万事红没给你配人？封光石说，她要保密，不想更多人知道。封光石想让明圣帮他开发软件，尤其端口协议想让明圣跟日方联系制定。明圣说，现在手里有两个网吧活，还有两个黑客跟他较劲。封光石说，干点儿正经事，万事红又给了我一份采买清单，厂里的活要紧，抓紧干完网吧帮我弄端口协议。明圣最后答应帮封光石写端口协议代码，封光石才妥妥放心。

明圣问封光石新卡办了没有？封光石将老娘的卡号告诉明圣。明圣说等着收钱。

9

封光石请夏琳吃过饭给夏琳、送过花，每次跟夏琳在一起便有种恋爱的感觉，这种感觉很多年没有了。从夏琳跟他的亲密程度，封光石觉得夏琳也喜欢他，甚至对他有某些期许。

周末下班封光石送夏琳回家后，给明圣打电话叫他出来吃大排档，封光石叫明圣尽快把万事红要的东西送齐，免得夜长梦多。明圣也是这意思，打算干完硬件活，抓紧干软件。其实明圣挺想跟封光石一起干软件开发，这是他的强项，比倒买倒卖硬件有意思，封光石还是想叫明圣来厂里一起干，但明圣实在懒散惯了，骨子里一直抵触被人管。

　　封光石周一上班便扎进软件开发室。时间过得且快且慢，封光石在时间节奏中，越来越觉得万事红是雷厉风行的人。万事红对软件开发格外重视，让封光石早请示晚汇报，每次听封光石汇报，万事红把满意的表情始终挂在脸上，有一次万事红还把王忠义给她买的茉莉花茶给封光石尝，封光石觉得这是万事红对他工作认可的一种表达方式。

　　封光石想请万事红吃饭。夏琳说，你想贿赂科长？封光石说，难道不行？夏琳眯眯笑，带我吗？封光石说，吃不穷喝不穷，算计不到才受穷。封光石最近在万事红大笔一挥下，从明圣那儿拿了不少好处。某瞬间，封光石觉得万事红其实才是他要追求的目标，女人身上的味毕竟不同于女孩。

　　封光石想孝敬一下万事红，也被明圣否决。明圣说，她的心思可没长在脸上，不是你看她善她就善。明圣又说，千万不要被女人迷了心窍。封光石听后有点儿不痛快。

　　有一次中午吃饭，夏琳问封光石你发小长啥样？封光石想了想，然后把明圣换成了倒插门到海南的王同学，说那天想请咱俩吃饭的发小突然找到了姻缘，给海南杧果庄园园主当了女婿，让我以后带你去海南玩儿，住他家杧果种植园里。

　　阳春天气不冷不热，忽然有一天，一种叫"SARS"的病毒席卷大江南北。病毒来自南方，慧谷公司关闭了惠州工厂，桃镇工厂也改成一班运转。

　　工厂开始发口罩和板蓝根。封光石每次喝完自己的板蓝根，还要帮喝夏琳的。夏琳嫌板蓝根苦，她宁死病毒手里不死板蓝根手里。夏琳不喝，也没被传染"SARS"，封光石一天喝两袋，也没感觉有抵抗力。封光石就这么稀里糊涂地跟着夏琳上下班。

　　疫情期间，日本人都回国避难了，合资清算的事暂时搁置下来。但万事红还是要求按原开发进度进行，而且万事红、王忠义来公司开会的次数更多了，有时王忠义忙不过来就叫夏琳跟他一起去。

　　那天，万事红去日本出差，叫夏琳去公司开三天会，做好记录，回来汇报。夏琳拉封光石一起去，没想到，三天会全是加强防疫部署的工作会，没开半小时两人就溜出会场。当两人走上空空荡荡的中心大街，路过一个人没有的人大、政协和市委市政府办公大楼前面的广场时，一种强大的、不可动摇的促使中国战胜病毒的力量，在封光石心中油然而生。

　　封光石、夏琳没有目的的直线前行，走过一幢幢高大建筑后，封光石带夏琳拐上太原街。夏琳心里猜封光石又要带她去吃饭。夏琳猜得没错，封光石和夏琳从公司出来的时候，封光石就想好不回厂里，趁机会和夏琳在外面吃，然后玩一下午再回家。

夏琳说，去吃猪扒吧，这条街上有一家"约翰汤姆西餐厅"。封光石当然知道这家西餐厅，80年代就有这家西餐厅，那时是涉外餐厅，只接待外宾。

封光石两年前去过一次，餐厅里美式装潢、卡座、吧台、餐盘、餐具、咖啡壶，包括服务员的围裙和上菜的方式，都跟美国本土餐厅一模一样。

封光石尤其喜欢餐厅墙上展示的各种玩意儿，有乔丹签字的篮球，一只带桨的皮划艇，拳王阿里的拳套，非洲的犀牛角，猛犸象牙，万圣节面具，费德勒的网球拍，玛丽莲·梦露的红色高跟鞋……

服务员引两人入卡座。封光石要了一客烤猪扒，夏琳要了一客巨无霸。两人菜里都有沙拉、烤洋葱、两只单面煎蛋、脆培根、通心粉、西蓝花和肉汁酱。封光石的一客烤猪扒，有小孩小臂那么大，封光石上次也点这个，吃一半就吃不动了。夏琳说，其实咱俩要半客猪扒就够。但夏琳还是点了一整份巨无霸套餐，巨无霸有半尺厚，里面塞满牛肉、起司、洋葱圈、西红柿、卷心菜、沙律酱、培根。封光石又要了两杯加味可乐，封光石喜欢樱桃味，夏琳要的是香草味。

菜上来，夏琳说，心情不好时吃是排忧最好的良药。封光石说，看这些肉就想起白种人能吃肉是因为他们进化晚的原因，还总傲慢地搞白人至上。夏琳说，为什么说他们进化晚？封光石说，动物更能吃肉，白种人吃生肉、喝冰水，体臭、毛发重，都是典型的动物未进化彻底的特征。人类起源于非洲，黑人进化早，因日照时间长，他们基因里黑色素沉淀多，晚点进化的是黄种人和棕种人，进化时间越短，血色素沉淀越浅。

　　夏琳明知道封光石在胡扯，但就着汉堡，封光石的胡扯便是一种别有滋味的作料。夏琳爱看封光石胡扯时的样子，像有科学依据似的不容争辩和质疑。

　　封光石又说，疫情期间，中国饭馆全关了，麦当劳肯德基和西餐厅为什么不关？夏琳举着巨无霸端详说不知道。封光石又说，西方人觉得病人才戴口罩，没病的人不用戴口罩，他们为什么这么肯定生病的人一定会戴口罩？难道他们的素质真的就这么高？病毒有潜伏期，没病的人不代表身体里没病毒。往深处讲，这是白种人傲慢的表现，一是种族傲慢，二是文化傲慢，三是制度傲慢。看似把不戴口罩上升到民主和自由的高度，实际上他们骨子里还处在动物未进化干净的阶段，而动物眼里只有绝对自由，没有相对自由，同时这就说明西方民主是二元对立的，是资本与政治对立形态下产生的民主，并不是人民的民主，这样的民主脑袋里要么装着钱，要么装着政治，从不会装着人民。

　　中国人的民主与自由没有二元对立概念，统一，大一统，阴即阳，阳即阴，黑中有白，白中有黑，最终形成和谐的统一体，统一体中的目标没有高底贵贱，只有对错好坏，中国人的哲学价值观是拥抱，同化和永恒。

夏琳一直认真听，只吃了一口的巨无霸丢在盘子里，封光石的猪扒也只吃了四分之一。封光石看着夏琳的汉堡说，我想咬一口你的汉堡。夏琳哈哈乐，她说行，我也想咬一口你的肉。

封光石和夏琳这顿饭吃了两个半钟头，加味儿可乐续了好几杯，其间没见顾客进来，餐厅像是专为他俩开的。封光石说，咱俩去看电影吧？夏琳说，好，估计电影院咱俩也包场。

10

两人出西餐厅，马路对过就是银河购物中心。过去这家购物中心并不出名，自从第一家苹果店入驻，便开启了高档品消费先河。

封光石夏琳直上购物中心5楼电影院，影院照常营业，但没有人卖票。封光石犹豫时看到一家新开业的快捷酒店竟开在购物中心里面。这也引起夏琳注目，因为从没见酒店开在购物中心里，而且酒店前台设在5楼，客房设在2层到4层。封光石觉得南方人就是有经商头脑，既逛了商场，又住了店，是一举多得的商业理念。

夏琳看出封光石的心思，呵呵乐说，反正不能拿我的身份证登记。封光石喜出望外，从钱包里取出自己的身份证交给夏琳去登记，自己去下面买点儿东西再去找她。夏琳走到前台要了一间钟点房，然后坐电梯下到3楼插卡进房。

房间干净整洁，显然是新开业的酒店。夏琳开窗户通风，从包里拿出香烟点上。因为离市委市政府很近，眼前又没有高层建筑，远端只有一座电视塔，塔尖耸入春天里的晴空，让夏琳心驰神往。而且路面上人少车少，整个空间如此安静，尤其春风吹进屋里吹到夏琳身上，让夏琳产生一种甜丝丝的欲望。

　　封光石进来时，夏琳已洗完澡。封光石说，没等我一起洗？夏琳说，想得美，洗了也不做，睡觉，困了。封光石把自己洗得干干净净，出来时屋里的窗帘已经拉上，被子下面隆起个小山丘。封光石先克制住自己，慢慢上床掀开被子，钻进被窝，像只豹子慢慢靠近猎物。

　　夏琳像一只小兽很快睡熟了，封光石从后面慢慢靠近她，下体肿胀起来，夏琳轻轻转过身，闭着眼，口吐芬芳说，今天不行，大姨妈来了，改天吧。

　　当豹子很久没有进食，刚到嘴边的猎物说大姨妈来了，可想而知，封光石都快要崩溃了。夏琳感觉封光石的心都不跳了，便轻声像对孩子说，答应你，过两天，耐心等两天。封光石灰心丧气说，等很久了。夏琳说，瞎说，咱俩认识才多久。

　　封光石知道今天得逞不了，便下地抽烟。夏琳让他拉开窗帘打开窗户，然后自己也点上一支。下午西斜的光亮射进屋，射得一床璀璨。封光石从床边地上拾起一个包装袋，取出一个包装盒，举到夏琳面前。夏琳裹着浴袍从被子里翘起身子，说，哎呀，苹果电脑。封光石说，新上市的，今天刚到货。夏琳说，很贵吗？封光石说，不贵，两万多。夏琳说，你真舍得花钱。

封光石说，看给谁花。夏琳说，给谁花你乐意？封光石说，给我喜欢的女孩。夏琳说，臭美。封光石说，送你苹果电脑，能答应我吗？夏琳说，甭想贿赂我，大姨妈走了也不让你进来。封光石说，不是说这个，是说苹果电脑全密封，不怕洒水，不怕系统崩溃，答应我别再往里面注水了。

夏琳说，当然不会，不过你得用它教我当黑客。封光石说，黑客不是万能的，黑客是矛，有矛就有盾，学它不一定什么都能干。夏琳说，既然这样，你就教我怎样上素人网。封光石呵呵，你这丫头片子，那是黄色网站，不准看。夏琳说，不叫我看素人，你就甭想看我。

这次之后，封光石和夏琳成了这家酒店的常客。

周六上午，封光石和夏琳跟家里说去单位加班，其实是来酒店幽会。外面疫情还在肆虐，两人入住前买了肉夹馍在房间里吃。夏琳说这几天晚上在读《霍乱时期的爱情》，书里面讲的疫情好像跟咱们的疫情不大一样，咱们的疫情显得很平庸，没小说里面疫情中的爱情那么深刻和沉重。封光石说，我没读过那本书，读书不是我的强项，回头我给你写个"SARS 时期爱情病毒"代码。夏琳说，你还嫌病毒不闹心吗，净给国家添乱。封光石说，不是添乱病毒，是爱情病毒。回头植入你的苹果电脑里，相思病犯了，病毒代码就能自动弹出咱俩的照片。

夏琳说，用不着，天天看你烦呢，再看照片就吐了。封光石说，那你看看这个会吐吗？封光石从包里摸出一个非常精美的首饰盒。夏琳惊艳地看到，一枚红宝石嵌在白金托上。这枚红宝石戒指夏琳每次来银河必看，没想到封光石对自己这么认真，委实让夏琳感动得不行。

夏琳说，这不是真的，从哪里淘来的？封光石说，淘来的也是用心淘的。夏琳说，你怎么知道今天是我生日？封光石说，我不知道今天是你生日，但我要让你知道每天都是你生日。封光石的话感染了夏琳。夏琳抱着封光石哭了半天。夏琳哭着说，你都不知道我的指围。封光石确实没想指围的事，于是说，十指连心，戴在任何一根手指上，红宝石上面的血都会流向我的心。

这样肉麻的话，被夏琳裹着肉夹馍吃到肚子里。夏琳真的对封光石动心了，矜持着收下戒指，但不能戴，太扎眼，会把强姐、刘姐、万事红她们的眼睛扎成兔子眼。

夏琳说你们男人送女人东西肯定有所图？封光石压在夏琳身上说，你收下戒指，你的身体我不要，我只要你脑门上的粉刺，让我把它们挤出来好不好？夏琳一巴掌捂在自己脑门上，不要，疼，不准碰它们。封光石没办法，还是接受了夏琳的身体，这个上午封光石干了三次，累得觉得自己提前老了。

一个周二的下午，快下班的时候，王忠义跑回厂，把夏琳数落一通，开董事会的材料没准备齐，夏琳委屈的要命。王忠义拿着材料走后，夏琳哭，封光石来慰问，准是挨董事长骂了，回来拿你撒气。说着说着夏琳就不哭了，你得替我出气。封光石说，他是头儿，我怎么帮你出气，不如这样……夏琳说，哪样？封光石说，还没想好，回头准气死他。

　　封光石和夏琳有的没的一直聊到天黑。楼道里保安把灯全关了，夏琳办公室也没开灯，两人说着说着就亲吻抚摸起来，封光石把夏琳摸得浑身发烫，封光石又从包里拿出低音炮耳麦，一边夹在自己耳朵上，另一边夹夏琳耳朵上，两人面贴面在王忠义办公桌上做了一把爱。做爱时夏琳说，这算不算报复王忠义？封光石说，用咱俩屁股还不算报复？夏琳笑说，你不是二流子谁是二流子。

11

　　有一次夏琳问封光石拿了多少回扣？封光石说不上来。夏琳说，我讨厌每次送货的那家伙，贼眉鼠眼总往我屋里瞧。封光石说，人不能貌相，他的本事很大。夏琳问大到什么程度？封光石说，以一当十。

　　封光石和夏琳说想请万事红吃饭，把回扣分给万事红。夏琳说，万事红不是那种人，手里现金流数以万计，她会在乎你这点儿回扣？封光石写财务清算代码比谁都清楚账目，封光石留意过万事红，没发现万在财务上有什么问题。

　　封光石每天写代码超过十四五个小时，有时写到半夜，清晨才睡，睡两个小时再去上班，这段时间封光石有点儿冷淡夏琳。但封光石注定喜欢夏琳。女人有句口头禅：男人舍得花钱给女人就注定喜欢这个女人；女人把身体给男人就注定喜欢这个男人。这两点封光石和夏琳都做到了。

那天夏琳的妈妈病了，夏琳带妈妈去看病请了两天假。封光石得空把明圣约出来喝酒。两人把代码又写了人家一桌子，后来服务员给他们拿来纸和笔，他俩在与日本对接的端口协议上争执半天，最后妥协成一个方案。

封光石对明圣说恋爱了，然后给明圣讲夏琳：夏琳像喂不饱的无底洞，给夏琳买了八万多的红宝石戒指，买了两万多的苹果电脑，还买了许多奢侈品。夏琳的皮带、手套、围巾，动辄几千上万，夏琳还对鞋和化妆品情有独钟。封光石整天脑子里除了代码就是代码，索性封光石给夏琳一张银行卡让她自己去逛街，爱买什么买什么，花光为止。

天气开始转热，忽然病毒没了，全国上下对战胜疫情欢欣鼓舞。封光石和明圣加快了写代码的进度，关键是万事红催得紧，封光石顾不上夏琳，夏琳就跟封光石闹，封光石也跟夏琳吵架，弄得他俩的花边新闻在厂里传得很快。

吵吵闹闹两个月过去，封光石没因吵闹耽搁手里的活，而且跟日方已商定端口协议规则，眼看任务就要完成，封光石终于松一口气，想跟夏琳放松一下心情。

这天夏琳让封光石陪她逛街。封光石不想去，夏琳便在软件开发室给他捣乱。封光石说，小姑奶奶别捣乱了，最后一锤子买卖马上就完工了。夏琳说，叫你那个牛 × 同学干去，你多久没陪我了。封光石拗不过夏琳，就陪夏琳出来逛街。

夏琳带封光石去市中心苏州街，苏州街上人流爆满，店铺全面开门营业。夏琳带封光石走进一家美容院。封光石第一次进美容院，夏琳说她每周至少要来做两次美容，封光石进去后觉得自己像繁花中的蜜蜂的感觉。

封光石等夏琳做美容时，随手翻看杂志，实在没意思就观察正在做美容的女士，他给她们挨个设定了性格、职业、家庭、情感生活和戏剧人生。

第二次陪夏琳去做美容时，封光石带了一本《柏拉图精神法则》，正看时进来一个女人，封光石没有抬头，女人走到封光石面前站住，封光石抬头，是万事红，他颇感意外，万事红倒没显得意外。

封光石看万事红的打扮，跟厂里穿工作服、素面朝天简直判若两人，万事红的妆画得很浓，非常有女人味，细腰大胸，裹臀齐膝短裙，黑丝袜，高跟鞋，范思哲的风衣，古驰的小手包……

有人跟万事红打招呼，一嘴一个万总，小服务员接过万事红的包和风衣，万事红用手指钩了一下封光石。小服务员在前面引路，走过一截通道，拐了一个直角弯，封光石跟在万事红后门进了一间隐蔽办公室，办公室里沙发是真皮，灯是施华洛世奇，老板台是缅甸红木……封光石看着眼前的奢华摆设有点晕。

小服务员出去，夏琳进来。封光石坐在真皮沙发上，夏琳进来笑说，姐，不是说今天不来？万事红说，行啦，知道就知道，早晚的事。封光石问夏琳早晚什么事？夏琳告诉封光石她和万事红是姨姊妹。封光石有点意外，难怪夏琳说来美容院就来美容院，王忠义也不管，原来有万事红做后盾，封光石想王忠义不可能不知道。

转天上班，万事红跟以往一样，处事平和，该谈工作谈工作，在美容院遇见封光石的事好像从没发生过。后来封光石不止一次在美容院遇见万事红，封光石觉得万事红已开始拿他当自己人。

又一个周末，夏琳和万事红从美容院出来，封光石在后面跟着。封光石要请她们吃饭，夏琳要去酒吧。他们去了磐石夜总会。当时晚上九点多，人已经很多，乐曲节奏很强，烘托着气氛，服务生拿来酒水单。

万事红和夏琳分头叼上烟，万事红抽烟的姿势比夏琳更像女人。封光石看酒水价格很贵，问她俩喝什么？夏琳要血腥玛丽，万事红要了瓶人头马威士忌。封光石想了想，什么也没要。

封光石为万事红脱下风衣，这次万事红穿了件爱马仕风衣，封光石晓得爱马仕丝巾几千块，风衣得几万。封光石为万事红脱风衣时，看到万胸前的乳沟，里面散发出奶香味，后来万事红把盘发放下来，秀发垂落在万的玉背上。

人越来越多，五光十色的射灯冲击着视觉，万事红和夏琳随着节奏扭动，把各自带入不同的世界。

封光石在座位上慢慢晃动身体，夏琳回来呷血腥玛丽，拽封光石一起跳舞，封光石不去，夏琳说，去嘛，我要你去。封光石被夏琳拽进舞场，封光石迷离的眼睛始终没离开万事红的脸。封光石既不是情场老手，也不是好色之徒，但他喜欢女人，喜欢女人的妩媚，喜欢异性对自己磁石般的引力，但封光石能克制住并保持与万事红的距离。

一曲完后，三人回到座位，夏琳呷血腥玛丽，封光石给万事红加冰块倒威士忌。夏琳说，你喝什么？封光石说，我什么也不喝，一喝就醉。夏琳说，才怪，从没见你醉过。夏琳叫服务员送来三杯火焰沃特加，酒上飘着火，三人一同举杯，一饮而下。夏琳又叫服务生送来沃特加和雪碧，夏琳给封光石做"深水炸弹"。

封光石清晨被闹钟叫醒，封光石不记得家里有闹钟，他以为在做梦，但被子被人掀开，他才猛地坐起，面前一个人背光站在床前，起床，洗漱，吃早点，上班。封光石像做梦一样发现自己赤身裸体。万事红吃喝完，穿鞋准备出门。

封光石坐在床上，嘴像粘了橡皮膏。封光石怎么也想不起昨晚怎么来的这里以及夏琳去哪了。

封光石想给夏琳打电话，但很快放弃了这个愚蠢想法，兴许夏琳也喝醉回家了，干吗让夏琳知道自己在万事红的床上睡了一宿觉，夏琳准不会饶他，绝不会相信他什么也没干。

再说，真的什么也没干？封光石自己也不敢确定，就算自己没干，万事红干了什么也不好说。万事红关门的瞬间，封光石觉得完了，她俩可是姐妹，她能不告诉她吗，就算她不告诉她，她能不问？

封光石下地去卫生间，洗了脸，漱了口，发现厨房餐桌上有油条和豆浆，封光石一边喝豆浆，一边想怎样跟夏琳解释，不管她知道不知道，封光石决定必须否认在万事红家过夜的事。

看来万事红是独身，家里布置得很简单，甚至简单得有点儿寒酸：独单房型，没有像样的家具，连快捷酒店都不如。封光石有点儿怀疑自己的眼睛，光鲜、大气、高端上档次的万事红，竟住这样的房子，跟她的身份和形象极其不符。

封光石本想看看镜框里面的照片，但没有时间了，7点半的班车已经赶不上，封光石赶紧走，打车走，不能迟到，不能叫夏琳看出有什么不一样。

13

封光石从万事红家出来，发现这里离夏琳家不远，每次封光石把夏琳送到前面的岔路口，夏琳就不叫他送了。

封光石叫了一辆出租车，车奔向工厂。小赵在厂门口吸烟，封光石没理小赵，奔办公楼上四楼软件开发室，封光石坐在转椅上冥思苦想，今天该怎样面对万事红，封光石越想脑袋越乱，怕陷入说不清道不明的麻烦里面。

封光石最终想出辞职的办法，何不辞职，一走了之一了百了，但他又舍不得夏琳，如果辞职，就意味着跟夏琳拜拜。封光石打心眼里喜欢夏琳，他觉得夏琳也喜欢他。

整个上午封光石都荒废在冥想上，中午吃饭，封光石拿着饭盆碰见万事红，万事红问锁好门没有？封光石说，碰上了。万事红说，打饭去吧。食堂里封光石又遇上夏琳，他忽然想起整个上午夏琳都没找他。夏琳从后面上来插队站在封光石身后，昨晚玩儿得嗨吗？喝大了，不记得了。夏琳说，我也喝大了，我让万事红送你回的家。封光石说，你怎么回的家？夏琳说，打车。封光石松了一口气。

夏琳总问黑客到底怎样黑人家计算机？封光石说，用黑客软件，黑客软件有成千上万种。夏琳问，咱厂财务系统会被黑吗？封光石说，那要看黑客为什么要黑？夏琳问，如果被黑怎样防范？封光石说，拔网线，断电源，抓黑客。夏琳说，如果黑客转走资金，能马上发现吗？封光石说，迟早会发现，但域外地址会迟些，如果黑客把钱转域外就不好追了。

你啥时给我写"SARS时期的爱情"？封光石说，早写好了，放你苹果电脑里了。夏琳说，啥时放进去的？封光石说，进你的苹果电脑易如反掌。封光石教夏琳怎样启动他写的软件，屏幕上弹出夏琳和封光石的亲密照和一行艺术字："爱对了是爱情爱错了是青春"，夏琳看得心里美滋滋。

晚上夏琳请封光石喝咖啡，其间对封光石说了一件事让封光石很头疼的事。

夏琳对封光石说，姐姐需要一笔钱。封光石听夏琳提到钱，脑袋有点蒙，觉得夏琳知道自己昨天晚上在万事红家过夜的事。封光石觉得如果夏琳知道肯定质问他，让他说清楚，甚至拿钱解决问题。

夏琳见封光石脑门出汗，说，没打算找你要钱。封光石问万事红要多少钱？夏琳说，200万。封光石觉得夏琳在开玩笑，万事红不像缺钱的人，卖掉奢侈品都不止200万。夏琳说，奢侈品买了再卖就不值钱了，现金为王的道理懂不懂？夏琳催促，到底帮不帮？封光石说，要这么多钱干什么用？夏琳说，你先说帮不帮？封光石说，帮，帮。封光石想找明圣借钱，估计明圣手里没有200万也有100万。封光石又说，我可以找人借。夏琳说，与其找人借不如找厂里借。封光石说，那干吗跟我提这事，万科长本来管财务，找厂里借应该不难吧。夏琳说，难，怎么不难，八只眼睛盯着呢。封光石说，那该怎么办？夏琳说，先不让人知道呗。封光石说，你的意思？夏琳说，用你的黑客技术别让人知道。封光石说，不行，坚决不行。夏琳说，放心，姐有实力还，现在急用而已。封光石说，日方已开始监督做清算，肯定会发现。夏琳不说话。封光石问，万事红要这么多钱到底干什么用？

夏琳说，你刚才说得头头是道，来真格就尿！封光石说，跟日方有端口协议，款进出异常会报警。夏琳说，报不报警还不是你说了算。封光石说，端口协议相当于银行保险柜有两把钥匙，中日双方各拿一把，就算我帮万事红打开保险柜，日方那边也得同步打开，否则钱也划不走。夏琳说，既然这样，做假账可不可以做？封光石说，本来刘姐就有两套账，哪个真哪个假，日本人不知道万事红清楚得很，但刘姐冒不冒这个险就不知道了。夏琳说，反正你说帮，你就得帮姐想办法，姐不会让你白帮。

夏琳最后说，我不逼你，但你要说话算数。

14

夏琳确实没有逼封光石，一周后封光石以为事情过去。周四晚上封光石把明圣姐夫的五菱之光开回家，明天一早开车去接夏琳，然后去云罩观。云罩观在云峰，过桃花堤往北开两个钟头就到，虽近封光石却头一次去。

夏琳有心情爬山，封光石巴不得和夏琳一起去散心，这段时间写代码有点累，玩一玩封光石想让自己心智放松一下，封光石计划先爬山，晚上回来把车给明圣再跟明圣撮一顿，最近没怎么下馆子，肚子里没油水眼前总发黑。

车过十里桃花堤，再往北开一会儿是广袤的田野风光。封光石心情舒畅起来唱起《春天花儿开》。夏琳爱听这首歌，觉得歌词就像专门给她写的。

封光石一边唱，一边想万事红兴许搞到了 200 万，所以夏琳高兴去爬山。而且宿醉万事红家的事，封光石觉得夏琳不知道，否则早已跟他提分手。

路上夏琳给封光石讲云峰上的故事。封光石觉得夏琳懂得很多，山民生活，山村一草一木一情一景，夏琳讲得头头是道，像是在云峰上生活过，而且封光石佩服夏琳爱读书。

封光石开了3个半小时的车，夏琳说肚子饿了，封光石看了看表，中午12点整，感觉自己也饿了。夏琳说，车还能往上开，半山腰上有个停车场。车进停车场，没有几辆车，估计是疫情闹的，往年这个时候车满为患。夏琳说，云罩观里有饭，我请你到观里面吃。封光石停好车，两人徒步往山顶走。

夏琳要封光石背，封光石说刚下车就要背？夏琳说膝盖要省着用，要不到老了就没有用的了。封光石说永葆青春多老都会有人背。夏琳说你说的是让护工背个老妖精。封光石夏琳有的没的乱说，往前走了两百米有个村，村口有小卖部，封光石说要不在这儿吃点饼干面包？夏琳说，不吃，观里的饭特别好吃，不吃就白来了。封光石听得有望梅止渴的感觉，重新背上夏琳也不休息狠命往山顶走，其实山顶近在咫尺，总共七八百米的山，从半山腰停车场往上走一会儿，转十几个弯就到了。

云峰之所以叫云峰，真不是峰有多高，而是峰上雾有多大。再往上走忽然云雾缭绕，山忽然罩在云雾里。而且路开始变窄，夏琳说别往两边看，也别回头。封光石说你说得怎么这么恐怖。夏琳说不是恐怖是真的两边是悬崖。两人说着说着迎头差点儿撞到门。夏琳说是云罩观的门。夏琳又说，来云罩观的大多是官员，"云中不知有观，拨开云雾是官"。

封光石伸手朝前摸索走，夏琳把手搭在封光石肩上，两人像盲人，夏琳教给封光石，"云里别往左右看，雾里才能再相逢"。封光石说，哪来的一套一套。不看左右看哪里？夏琳说，看脚下。封光石说，我现在都快饿瘪了，就想填饱肚子。再往前摸就进了一间屋子，没有了云雾，太上老君端坐上方。封光石和夏琳给老君拜了三拜，然后封光石跟夏琳转到老君的背后来到后院。

15

后院霍亮，没有云雾，一片空地干净利落。空地中央有一张石桌，四个石磴。石磴上一个老道趴在石桌上睡觉。封光石想老道也不嫌潮，全是露水，天气不冷也难受。看来道家无为散漫懒惰一点儿不假，慈禧用道家无为而治，把一个好端端的600年大清毁于一旦。这时一个道姑从后厨房端出来酒菜。比起佛家的清规戒律，不一样的修行真是相差很大。

夏琳跟道姑谦逊客套地说话。道姑让老道起身，让封光石和夏琳坐。道姑让老道去厨房里吃饭。道姑又端来土豆白菜炖粉条排骨。夏琳去厨房自取碗筷，封光石迫不及待吃喝起来。吃着，封光石问夏琳，这顿饭多少钱？夏琳说，不要钱。

酒饭不要钱，饭后夏琳上了一炷香求了一卦，挂是上上签，夏琳掏1000块给道长解签。封光石在屋外雾里看花。夏琳出来问看的什么花？封光石说山茶花，问夏琳喜欢不喜欢？夏琳说，看缘分。夏琳领封光石走出道观，从后观下山。封光石觉得夏琳对云峰很熟，后山云雾不是很大，走一会儿，看到漫山遍野五颜六色的小野花。

夏琳带路沿山道三转两拐，走进一个非常小的村落，好像只有三户人家，还都不挨着。夏琳带封光石走进一户人家。这个院不是很大，篱笆围墙，两间土坯房。院里坐着个老太太，她在晒太阳。老太太膝下席上坐着两个小孩，约莫七八岁，或者十岁，因为两个小孩相互抱着席地而坐，封光石看着觉得很奇怪。封光石有些疑惑，夏琳凑近老太太喊大姨我来了。大姨露出笑容，用手指孩子比画。封光石看老太太是聋哑人，夏琳一边看老太太的手势一边点头。这时屋里出来个老汉，夏琳抬头叫大姨夫好。大姨夫拿来板凳和马扎让封光石和夏琳坐。大姨夫也在跟夏琳用手比画，封光石没想到夏琳会手语，他们一边比画，夏琳一边逗两个孩子玩，孩子倒是会说话，但是说的是山里话，封光石听不懂。夏琳从背包里取出许多零食给两个孩子。

封光石立马高看夏琳一眼，没想到夏琳是个非常有爱心的人。两个孩子始终抱在一起，不能分开也不能站立，封光石忽然意识到什么，想问夏琳又不好问，夏琳正教两个孩子下跳棋，跳棋也是夏琳带来的。

半个小时后，夏琳跟他们告别，走时夏琳还亲了两个孩子脏兮兮的小脸，并交给大姨夫一沓钱，大姨夫攥在手里。出来后，封光石和夏琳找到一处青石坐下。夏琳给封光石讲，这三户人家叫三户村，壮劳力都出去打工了，留下孤老户和孩子。刚才那里是我大姨家，我姥姥家住在前山村口有小卖部的那个村，姥姥生大姨前吃错了保胎药，结果生下我大姨先天聋哑，大姨长大后嫁给后山的我大姨夫，大姨夫也是先天聋哑，他们生了我姨姐万事红。姨姐倒是没事，没有被遗传。我妈是二姨，我和姨姐一起长大，后来姨姐遇上一件事，被一个求签的官员强奸了，大姨夫追强奸犯时，强奸犯从山上掉下去摔死了。再后来我姨姐就怀孕了，10年前，生下这两个孩子，就是你看到的这个样子。他们是连体儿，共用一个心脏。姨姐跑遍医院，想做人体分离手术，但是很贵，最关键的是找不到匹配的脏源，这么多年一直没有合适的脏源，事情就耽搁下来。去年红十字会联系了一个捐赠者，脏源匹配，但人家孩子是脑死亡，身体还没有死，但命肯定是保不住了，孩子爸妈同意把孩子的心脏捐给同龄人，这样觉得孩子就活在别人的身体里。现在的难题是手术费，两个孩子人体分离和心脏移植手术费需要上百万，还不包括日后护理和终身药费。10年前我和姨姐来城里打工，多少坎坷我们都过来了，姐吃了不少苦才干到现在财务科长的位置，她的工资都给孩子存下来，你不要看她金玉其外，其实她的命很苦。再有，工厂要合资，姐的位置恐怕不保，一朝天子一朝臣，日本会派科长替代她，姐就没法干下去了，后面的情况还不知道怎么样。关键是那个捐心脏的小孩，一旦去世，就得在最短时间内做心脏移植和人体分离手术。红十字会说现在等待心脏移植排队的患者有很多，所以现在万事俱备只差钱，只要能尽快筹到钱，姐说一定用一生的时间报答恩人，她发过誓。

夏琳说，你帮姐等于帮我。封光石说，孩子的命要救，但是如果不作奸犯科能救孩子就好了。夏琳说，姐想过很多办法，都不行，这么做也是没办法的办法，而且现在等不及了，等合资后就更没有办法了，姐说只要能把钱从网上转出来，账面的事她来办，清算时肯定不会被日本人发现。封光石说，与日方的端口协议是难题，钱的进出都会被日方监管。封光石说，万事红手工记账时怎么不转走钱？夏琳说，刘姐把得严，刘姐是寇总的人，一直盯着万事红，而且刘姐一直反对用软件记账，她不懂软件，怕万事红在里面捣鬼，不管怎么说，万事红没办法绕过刘姐。夏琳又说，刘姐是王忠义的老婆。封光石吃惊地说，王忠义知道万事红孩子的事吗？夏琳说，知道，也知道我姐不易，但人各有志，他是亲日派，一直是日本人的狗，虽然不会咬我姐，但不咬人的狗叫得欢。

封光石夏琳下山后，转到停车场，疫情期间停车费全免，但封光石的心情不好，开车回去的路上一句话没说。夏琳在副驾驶上昏昏欲睡。车开进市区，夏琳说，别回家了，给家里打电话说连夜班。封光石给家里打了电话，然后夏琳指路来到万事红的家。

封光石以为夏琳带他去见万事红，进门，封光石才知道，夏琳和万事红住在一起。封光石马上意识到夏琳知道自己在这里过夜的事，但封光石沉住气听夏琳说，今天是周末，姐回家看孩子了。封光石说，万事红去刚才咱去的那个地方？夏琳说，对，回娘家了。

封光石仔细看上回没顾得上看的照片，其中有夏琳和万事红抱着连体孩子的照片。晚上夏琳和封光石做爱后，又提两个苦命孩子，还有夏琳和万事红刚进城打工时的事，夏琳还说了很多为孩子出钱捐款善人义举的事。封光石一宿没合眼，心里的事情像大杂烩，都搅和在了一起。

周一上班，封光石还在做思想斗争，直到下班终于鼓足勇气对夏琳说想了一宿，转钱的事还是不能干……当晚夏琳跟封光石闹翻了，封光石夜里烦得要命。

16

夏琳跟封光石闹后，封光石下定决心马上辞职。封光石想找明圣商量，又怕明圣笑话，毕竟明圣反对封光石出来应聘，被人绑住手脚，自讨苦吃。

封光石回想在人才市场与万事红相遇，或许是天意，万事红慧眼识珠，毕竟独立开发财务软件的人才少之又少。封光石想起自己是毫无牵挂的人，谁也挡不住他的行动，但封光石何尝不觉得万事红的孩子可怜，但不能因为同情怜悯而触犯法律，如果从同情心出发去犯罪，其包袱也会相当沉重。

沉寂两天后，封光石一早来单位辞职。封光石进财务科，刘姐请事假没有来，封光石敲门进了万事红办公室，夏琳正和万事红说话。

　　进屋后封光石说，万科长，我的工作已经完成，现在在测试阶段，今天来辞职，如果软件运行出问题还可以找我，我也会留意其他人才，推荐他们来您这里应聘。

　　万事红说，你先不要辞职，软件运行好了再辞职也不晚。今天我没空跟你谈这事，公司等着财务报表去开会，我得马上走，夏琳跟你谈。

　　万事红走后，夏琳对封光石说，外面谈还是这里谈？封光石想了想，这儿说吧，有什么事？

　　夏琳说封光石是冷血动物，毫无感情可言。封光石觉得夏琳说的是气话，不愿和她理论。让封光石没想到的是，夏琳从一个信封里取出两张照片。照片是封光石和他老婆抱小孩的合影，孩子被封光石抱着，封光石回忆起，当时孩子在喊救命，梅花鹿正舔孩子的屁股，孩子吓得惊叫着往封光石肩上蹿，封光石大笑，老婆也笑。还有一张是他把孩子扛在肩上，孩子喂长颈鹿吃树叶的照片。孩子笑着叫着，长颈鹿探下脖子去够孩子手里的树叶。封光石端详两张照片，回想，那天是星期四，夏琳妈妈生病，夏琳请了两天假，他请了一天假，然后带老婆和小姨子的孩子去动物园，没想到被人偷拍。封光石意识到偷拍照片跟万事红的事有关，本来好好的，这是要干什么，这些照片能把他怎么样？

夏琳说，照片不能把你怎么样，你不用怕，照片只说明你伤害了我对你的感情。封光石解释说，女人是我老婆，但我俩早已没有感情，而且分居很久，至于孩子是她妹妹的孩子，那天她给我打电话，说孩子过生日，妹妹出差，孩子非要去动物园，孩子皮她怕一个人弄不了出危险，才叫我帮忙一起去照看孩子。

封光石怀疑夏琳要他离婚？果然，夏琳说，我知道你们男人有气力招惹没力气离婚，要是没有照片你都没胆量承认有老婆，所以我拍照的目的是给你离婚的勇气。

封光石感觉掉到爱情和欺骗的旋涡。封光石不敢问夏琳是否早有预谋。如果夏琳说没有预谋，那么封光石是在欺骗夏琳的感情，如果有预谋，就说明这是一场阴谋，用照片的事来要挟封光石就范万事红的事。夏琳说，你真心爱我吗？封光石说，真心爱你。夏琳说，其实我不想打扰你的家庭，只要你帮帮姐，我答应你永远离开你。封光石说，我没有撒谎，我是真心爱你。夏琳说，不对，你骗人，你早跟老婆分居却没有离婚就证明你还爱你的老婆。

下班后封光石没有坐班车回家，打车直接去丈母娘家等老婆下班。去之前封光石买了好多菜，还买了老婆最爱吃的凤爪。丈母娘是个厚道人，从来不打听他们两口子的事，来了就做饭吃饭，不多说不多问。这次封光石给丈母娘还特意买了糕点，老丈人前几年病逝，这几年老婆陪丈母娘比陪他的时间多。老婆回家前，封光石把饭菜做好和丈母娘一起等老婆回来吃。

饭后，封光石和老婆沿滨河路遛弯。封光石跟老婆说了这段时间厂里忙清算软件开发的事，跟日本财务区域模块链接也成功，端口协议也订完，现在在测试。封光石的老婆也是干财务的，在美资一家药厂当财务总监，虽然不会开发软件，但财务能力不比封光石水平低。封光石再往深处说万事红孩子的事，但他没有说他和夏琳的事。老婆知道万事红孩子的事和万事红要他网上转钱的事后，坚决反对。老婆让封光石清醒一点，这明显是圈套。老婆建议封光石在没被万事红抓到短处前赶快离职，老婆说万事红不是善茬，弄不好会毁在她手里。

封光石还说了动物园被偷拍的事，老婆怕封光石作奸犯科，以后前途就没了，嘱咐封光石没做亏心事不怕鬼叫门。老婆埋怨封光石不该离开明圣，封光石从没跟老婆讲过明圣已经到了黑吃黑的程度，也走上了极端。

封光石很高兴老婆在这件事上跟自己站在一起，本来封光石没底气跟老婆说这些事，毕竟两人已分居两年，双方谈妥，虽然没了感情，但还是好朋友。两人也达成默契，不干涉各自再交朋友，其实离婚手续办不办只是一个形式。封光石想好，不再去单位了，自动离职是一了百了的上上策。

封光石晚上做了个梦，重当黑客，修改万事红的财务软件，倒腾出好多钱，然后给了红十字会救助她的连体儿，孩子成功分离后，自己去自首，然后锒铛入狱。

17

封光石离职后，每天感到无比轻松，他也不着急找工作，消停了几天。一天晚上，他约明圣喝酒，刚出小区就被万事红堵住。万事红穿着工作服来找他，万事红看上去比较憔悴，没有化妆的脸显得老气横秋，但万事红谈吐从来不急不躁，她办任何事都不会表现出急于求成的样子。

万事红请封光石去喝咖啡。封光石不去，终于解脱出来，没有了烦心事，万事红的出现又让封光石感觉沉重起来。封光石想起万事红的两个孩子，于是答应跟万事红喝一杯咖啡简单聊聊。他对万事红说，只能聊一小会儿，刚才约了朋友一会儿要去见面。

万事红带着笔记本，他们走进一家咖啡店，万事红主动给封光石买了杯咖啡，自己什么也没有买，坐在封光石对面。她看了会儿封光石，封光石的眼睛一直看窗外。

万事红打开笔记本电脑进入系统，然后推到封光石面前。封光石知道这台电脑的系统，没想到这次这台电脑里安装了双系统，新安装的系统里有一个国安内部的黑客软件，封光石无法判断万事红对黑客软件掌握的程度？封光石对国安黑客软件太感兴趣了，他一直在寻找这款软件，终于在这台电脑上发现，只是这个软件已经解压，无法拷贝，封光石如果得到这个软件，会使他如虎添翼。

万事红开门见山没跟封光石兜圈子，你能看到这台机器里有什么，这是你们黑客都想要的软件。封光石未置可否。万事红继续说，这台笔记本和这个软件是专为这件事准备的，当然这事是违法的，但只有这样才能救我两个孩子。我向你保证两点，一是这个软件可以伪装端口协议骗过日本，公安和国安都侦破不了，你知道这个软件强大到命令执行后即刻清除无迹可查，且带自动销毁硬盘功能。二是事成后，我把软件源代码给你。

封光石晓得这个软件几乎可以做到万无一失，如果能拿到源代码，自己的黑客技术将提升一大截，再有这也是为拯救孩子出一份力。一旦出现意外，硬盘自动烧毁能保全自己不受牵连，万事红把事情考虑得很周全，封光石却想不通，这种黑客软件万事红是怎样得到的？万事红如果自己精通，为何自己不干？

封光石想了想完全没有必要知道这么多事，知道的事情越多越对自己不利。封光石只需想好干还是不干，从私利来讲国安的这个黑客软件他太想要了……迟疑的时候，万事红让封光石考虑清楚再作答复。

晚上，封光石和明圣喝酒，封光石说自己辞职了，但没有说具体原因，他不想把明圣牵扯进去，明圣也晓得端口协议已经完成，封光石退出是件好事。最多硬件不找他采买了，不过这几个月采购清单已经完成五分之四，该挣的钱都挣了，公司还多养了4个员工，就算5%的保证金年底不结，明圣也没啥损失。

封光石和明圣一直喝到打烊，两人才歪歪斜斜各自回家。明圣叫封光石回来重操旧业干黑客侦探，明圣说咱们现在有底了，跟雇主打交道能游刃有余些，不会像以前为钱跟人家豁命。封光石摆手不愿意干，明圣也没有强求。

3天后，万事红像上次一样在小区门口等封光石。万事红依旧是上次的打扮，封光石还是没有下决心为万事红办这件事。封光石说万事红完全可以自己干，知道的人越少越好。万事红说，当然知道人多不利，不瞒你说，我这方面技术已生疏，所以希望你来帮我。封光石说，万科长您想清楚，渎职罪是重罪。万事红说，不用你管，为了孩子什么罪我都能承担得起。

没想到转天早上夏琳来敲门。封光石没问夏琳是怎么知道他家住址的，既然来了就请夏琳进屋，老娘从屋里出来，封光石介绍是同事，夏琳提了一袋子橘子放在桌上。

封光石一边给夏琳剥橘子一边说，烦劳你给我们拍照，我把照片的事跟老婆说了，她说没什么，反正已经协议离婚了，只是没去办证，我们得空就去。夏琳说，我来不是说这个，想好了没有，总不能叫我姐三顾茅庐，你也不是什么大人物，都是为了孩子，你就发发慈悲，回头我姐一定烧高香供着你，两个孩子长大了也会知恩图报。

封光石知道夏琳的来意，孩子的事换谁都是难过和棘手的事，让万科长再想其他办法吧，条条大路通罗马，会有大善人帮助两个孩子的。封光石以为夏琳会生气，但夏琳面无表情看窗外窗台上啄食的鸽子。夏琳问，谁在窗台上放的小米？封光石说，我。夏琳说，你是个好心人，姐没看错。然后夏琳从包里取出两张照片的底片放在桌上，我只是听说你有老婆，才去偷拍。

夏琳走出房间，老娘在厅里坐着，起身送夏琳。夏琳在楼道里交给封光石一个优盘，让封光石回去看，并说，看来这个也没用了，留作纪念吧，再联系。封光石问是什么？夏琳说，看完就知道了。

18

封光石打开优盘，里面是一段小视频。视频录像清晰，有一张床，时间是早上，封光石心里咯噔一下，床上那人正全裸着环顾四周，一个女人叫全裸男人起床……没穿衣服的男人是自己，女人是万事红。封光石没想到自己被拍得这么清晰，从镜头位置判断，针孔摄像头应按在电视机位置。封光石再次肯定自己落入了万事红和夏琳的圈套，看来女人为了孩子什么事都豁得出去。现在夏琳也明白视频奈何不了他，最多加速他和老婆离婚。封光石稳下心，抽出一支中华慢慢抽起来。

封光石给夏琳发短信"爱你的心超出了界限"。好半天没见夏琳回复，封光石便拿着优盘去找夏琳。当然，封光石也已做好见万事红的准备。封光石敲开门，夏琳没想到封光石来得这么快。封光石进屋看电视机机顶盒上的针孔摄像头，后面连接着网线。

这种做法已经超出救孩子的行为准则，无异于把拯救变成犯罪，如此不择手段，封光石跟夏琳大发雷霆。封光石让夏琳告诉万事红世上没有两全其美的事。夏琳委屈地说，你说的我全懂，但两个孩子太可怜了，你能再好好想想帮姐姐的事吗？而且捐心脏的小孩也一直坚持着。你知道吗，姐刚进城打工时候，都是我帮姐带两个孩子，姥姥姥爷是聋哑人，照顾自己都困难，我对两个孩子的感情比姐对他俩都深。

封光石该说的全说了，优盘上的视频从电脑中也删除了。夏琳说，姐刚来短信，说有重要的事叫我带你去见她。夏琳带封光石打车去了桃镇的一个村子。出租车一直朝村里面开，在沿河的一条小路上又开了好半天才停下来。夏琳说，姐让你一个人过去，我回了。封光石下车，万事红的车停在河边不远处。

万事红从后视镜看封光石走来，摇下车窗让封光石坐在副驾驶位。封光石上车，万事红车头正对河对岸，正用行车记录仪拍对岸的情况。

河对岸有 3 个人正从一台车上搬东西，一个是寇总，1 米 9 的大个特别显眼，另一个是王忠义，矮胖敦实的一个男人，再一个是刘姐。车是总务后勤的厢式货车，他们轮流从车上卸下编织袋，来回往院子里搬。万事红说这是第 10 趟，每趟 30 个编织袋，还在搬。封光石不是傻子，猜出编织袋里装的是什么。

封光石终于明白，万事红之所以敢动用公款给孩子治病，是因为寇总的罪状捏在她手心。因为厂里盘子大，寇总往外折腾现金，现金流的缺口一年半载日本人发现不了，但却给万事红抓住了把柄。万事红说，厂里已经腐败透顶了，所以，你用黑客手段帮我忙，其实更隐蔽，关键是孩子在世上就不遭罪了，如果有一天东窗事发，一切都由我来扛，否则咱们一定让这事成为藏在深处的秘密。

封光石虽然心里不愿藏着秘密，但一想到两个孩子的惨状和聋哑的姥姥姥爷就又动了恻隐之心。几天后封光石的老婆让他去娘家找她，结果老婆还是拿到了视频，很明显，就算万事红和夏琳知道封光石和他老婆已经协议离婚，这个视频根本要挟不了封光石，但她们还是要在这上面做文章，封光石忽然感到一阵恶心。老婆当然不屑听封光石解释，当天下午两人就带着协议离婚书去民政局办手续。老婆奉劝封光石，吃一堑长一智，远离那些不择手段达到目的的人，不管他们的目的和动机是什么。

离婚了的封光石忽然觉得亏欠老婆太多，明圣给他的回扣，一分钱没花在老婆身上，都花在了夏琳身上，封光石觉得对不住老婆，毕竟老婆跟自己这么多年，没有功劳还有苦劳，可是夏琳给他带来了些什么？

有一天，明圣接到夏琳的电话，让他去维修计算机。维修后，夏琳交给明圣一个信封，让他转交给封光石。

封光石接到信封有种不祥的预感。封光石把信封里面的票据倒出来，全是圣明高科技给慧谷工厂开出的发票，还有供货单和结款单，最关键的还有一份明圣给封光石老娘卡上的打款明细单，这明显是警告封光石这些是吃回扣的证据。封光石拨通夏琳的电话，你又在要挟我？夏琳说，没有，这些东西是我从万事红的办公室里偷出来的，现在给你，我不想你再被她要挟。万事红的事如果不想干你就不要干但也不要去报警，千万别把万事红想得那么简单，夏琳提到万事红的美容院，说美容院是专门给市局头头的太太们开的，而且老板也不是万事红，她背后还有大BOSS。封光石问大BOSS是谁？夏琳说不知道，夏琳叮嘱封光石一定要把单据全部烧掉。

19

我就是那个被明圣和封光石嘲讽，嫁到海南杧果种植园吃软饭的王同学。封光石离婚后彻底跟前妻断了念想，一次跟我电话长聊，知道我现在不再是穷光蛋，便带着老娘来海南投奔我。我把他娘俩安顿好，晚饭时他告诉我，明圣给了他90万回扣，40万花在夏琳身上。我说还不错，剩下50万。封光石说，哪啊，最后一次跟夏琳见面都给夏琳了，叫她给孩子治病用。

封光石的到来打断了我吃软饭种杧果的生活，我和他开始合作写小说，他说，我写。一晃数年过去，明圣突然联系封光

152 | 保 镖 |

石，封光石告诉明圣跟我在一起，明圣叫我俩去找他，他说刚从狱里出来，肚子里没油水想吃涮羊涮锅。我和封光石二话没说，封光石把老娘托付给我媳妇，然后我俩就北上去找明圣。

老同学见面格外亲，我想请明圣吃横着走，封光石说兜里没钱不比当年，想吃海鲜去市场买，回家涮着吃。我和封光石在涮羊涮锅等了明圣一个钟头他才来。几年没见，明圣性格没变，外表却沧桑许多，没了以前的大肚腩。我们先说些上学时的事，后来明圣切入正题，他被判7年，改造得不错，在狱里还当了教师，给狱警培训计算机，还编写了"狱墙管理系统"，所以提前3年出狱。出来后监狱局想特招他去省里建"狱墙系统"，他不愿意去，愿意自己单干。

封光石：这几年万事红的孩子，情况怎样？

明圣：你还蒙在鼓里？

封光石：我和老王早逍遥，跳出三界外。

明圣：你不帮万事红，万找我，给我200万说解铃还须系铃人，当时我没搂住上了万事红的当，钱被与她配合的日本黑客转走6个亿，紧接着万事红也失踪了。

封光石：万事红孩子的事到底是真是假？

明圣：孩子和聋哑老人跟万事红、夏琳压根儿没有关系，万夏假借义工之名跟孩子和老人熟络，就是为了骗你去上套……

万事红和夏琳被捉拿归案后她俩交代：她俩压根儿没有亲

属关系，两人均为城市户口，最早认识是在美容院，她俩都给强姐打工，万事红是出纳，夏琳是美容师。美容院是强姐父亲强国开的，强国是慧谷汽车集团公司董事长，后来强姐进慧谷桃镇工厂当办公室主任，其父怕影响不好，叫强姐改做办公楼前台接待以掩人耳目，之后强姐把万事红招进工厂当会计，很快当上科长，后来万事红又当上美容院二老板，强姐控制万事红，另外还有一个幕后指使是强姐的舅舅。强舅是市经侦局局长，因合资后强国不再担任董事长职务，强舅就出谋划策在合资前捞上一把。之后强姐招夏琳进厂配合万事红完成任务，再有强舅年轻时是黑客出身，现在老了玩不转黑客技术，便叫万事红在人才市场上物色人选，并在万笔记本里安装国安黑客软件，以备后用。最后因封光石不从，万不得不贿赂明圣，并雇用海外黑客伪装日本软件开发人员套取明圣端口协议口令，明圣钻进万事红圈套，被日本黑客转走巨款。万夏还交代，她俩住处是出租房，屋里照片全是骗封光石的道具。得手后，强家人躲到安道尔，红色通缉令发布后，在强大的威慑下，几个月前强家涉案人员全部回国自首。

再有，王忠义、刘姐、寇总是另一条线上的蚂蚱，他们从厂里厂外截流现金，藏在上桃村寇总老家的后院、埋在地下一口棺材里，一共61个编织袋。刘姐一直是寇总的姘头，一直在为寇总做假账，这次合资清算，寇总躲不过去，便让王忠义帮他转移现金，3人合伙侵吞人民币1亿元。

芙 蓉

1

　　学生会为我们大一新生举办了一场隆重的欢迎舞会，这意味着我长大了，可以搂着做梦都想搂的女生跳舞了。

　　舞会没有开在我们校园的学生礼堂，而是开在英租界一栋有着百年历史的小洋楼里。这栋小洋楼一百年前是英国的领事馆，中学时代，我天天从这里走去学校，却从来没有发觉这栋小洋楼有什么与众不同。一百年后的今天，我竟然在这个"职工之家"跳起舞，感觉有点怪怪的。音乐从晚上 8 点开始响起，我混迹在小洋楼一楼的大厅里，音乐是从有着四只喇叭的三洋牌双卡录音机里传出来的，这一首是迪斯科，下一首可能就是慢摇或者快三慢四，其实同学们压根儿就没有人在意放的是什么乐曲，好多人没有舞伴，就一个人随性地随迪斯科的节奏狂扭身体，有舞伴的同学就抱着自己的舞伴跳慢摇……我初来乍到，既不会跳迪斯科，也没有舞伴，便混在人堆里凑热闹。夜里十点钟刚过，所有人都跳得正嗨，我就坚持不下去了，可又没有地方去，索性沿着弧形楼梯往二楼爬。二楼好像是"职工之家"的办公室，一个门挨着一个门，看上去极为紧凑。我走了两步，随意转动一扇门的把手，门被我推开一条缝——嚯，我看到，这间屋好像是一间展厅，偌大的展厅四面墙上挂着许多职工们画的字画，桌椅摆在室内四周，奇特的是，展厅中央正有两个女孩儿在跳贴面舞。

她俩就是芙芳和燕蓉，这是我第一次踏进校门、参加舞会，第一次看到这两个女孩。此时此刻，她俩跳得正投入，以至没有发觉有人进来，或者她俩看到我进来，却把我视为空气，而我却拽着门的把手站了半天，不知是进是退。最后我选择关上门，悄无声息地踅进展厅里的一处角落，毕恭毕敬地站在墙边看她俩跳舞。

此间展厅垂落于空的水晶吊灯点亮着，迷离间，有一种伏尔泰笔下两个贵妇人在跳舞的景状，仿佛是在同样的这间大厅，四壁辉煌，色彩丰富的拼花方砖铺在地面，乐曲从楼下传上来，舒缓而有张力，她俩哪个是安娜·卡列尼娜？恍惚间，我觉得她俩都是，唯有不同的是，安娜是女人，她俩却是女孩。我从来没有看过两个女人跳贴面舞，而且她俩贴得那样的亲切，相互搂着对方的腰，胸脯与脸一样相互贴在一起，她俩脚下的步履一致得简直与拍子贴合得天衣无缝，音乐就像她俩共同披的一件斗篷，两个娇小的身姿，在斗篷里旋转、与斗篷一起飞扬，不知不觉间，仿佛一切都融合到一起，包括时间和空气，包括她俩微合的眼神和我的目光。

忽然间，展厅的门再次被推开，谢立群探头探脑地闯了进来，紧接着说："原来你俩在这儿，两女一男在这里搞什么名堂？"

谢立群的到来一下子打破了展厅里优雅和谐的氛围，音乐声好像被他沙哑的嗓音给盖住了，迷离耀眼的灯光似乎也被他突如其来的闯进吓得散逸而去。我的目光转向不速之客的身上，谢立群非常干瘦，矮小得很，其貌不扬，一对儿小眼睛倒是炯炯放光，正诣笑般地看着我。

芙芳搂着燕蓉随旋律转到谢立群的跟前，张眉努目地回敬道："少管闲事，跳你自己的去！"说完又随旋律和舞伴飘走了。谢立群看了我一眼，嘴里"呵呵"地笑两声，走出了展厅。

"他叫谢立群，才被我们选了当学生会主席，"芙芳搂着燕蓉转到我跟前说，"舞会就是他张罗的。"

"谢立群舞跳得倍儿棒，"燕蓉小声地补充说，"女生们都爱跟他跳。"

"瞎说，跳得好你跟他跳去！不跟你跳了！"芙芳火气很大，说怒就怒了，刚才还和燕蓉卿卿我我，转瞬间张眉怒目起来，随后甩掉燕蓉真的不跳了。正巧这支曲子也要结束。片刻，新的一曲慢摇翩翩然从楼下传到楼上。

"你们俩跳吧，我真的不跳了，累了。"芙芳说。

"我不会跳，踩不上点。"我说。

"不用踩点，别踩到她的脚就行，否则你这个大块头非把她的脚踩肿了不可。"

"别听她的，两步不用踩点。"燕蓉过来对我说。随后，我慢吞吞地将手搭在燕蓉的肩上。燕蓉两手回敬在我的胯上（她的手应该放在我肩上，我的手应该放她的腰上，但她的个儿头实在太小了）。这是我有生以来第一次跟一个女生挨得这么近，感觉都要蹭到她的乳房了。说老实话，那一刻我的心脏跳得倍儿快，终于我有了一个舞伴，我真的长大了吗？燕蓉长得那么漂亮，瓜子脸尖下颌大眼睛，脸上的皮肤白皙得就像一张纸，尤其她的肩，骨感得要命，乳房像两只才露尖尖角的竹笋，坚挺而有力。其实那种滋味并不好受，我僵硬地、使劲地挺直腰板，尽管燕蓉一个劲儿地叫我放松放松再放松，可是我还是把胸和头挺得一高再高。如此，我脚下的步伐是如此的铿锵有力，像砸夯似的有力。

"小心点儿，别踩着她的脚，跟砸夯似的。"芙芳坐在椅子上胆战心惊地嘱咐我。

燕蓉也说："你怎么越跳越高了，跟金刚似的。"

我没有吱声，不知道该怎样回答。芙芳笑我说："大一新生都是这样子，一个比一个傻，咱俩以后就叫他金刚吧，简直傻死了。"

"你俩叫啥，大几的？"我稍作放松，不太自然地反问道。

"反正比你大，叫什么你甭管。"芙芳一边张望外面的夜景，一边说。

我看芙芳的工夫，一分神，脚下便拌了蒜，还真踩到了燕蓉左脚的内侧。燕蓉噉地一嗓子吓了芙芳一大跳，燕蓉赶紧说："没事，没事。"芙芳把头甩过来，问道："他碰到你哪儿了？"我说："怎么可能，脚，我踩到她的脚了。""除了脚哪儿都不准碰，小心点儿，甭看你长得像金刚，我一样能制服你。"我说："是，是，一般高大威猛的人心脏也不比娇小玲珑的人大到哪里去。""跟学姐不准耍贫嘴，最看不得油头滑脑、虚与委蛇的人。""芙芳，别说了好不好，他不是有意的，"燕蓉诺诺地说，"再说，他第一次跳舞，别看他长得大还跟小孩儿一样，是不是？"燕蓉说完，仰着脖子眼睛直往上看我，我不知道这一眼意味着什么，但似乎，这一眼，让我切实地朝成熟的标志迈进了一大步。"燕蓉，你今晚是不是疯了，什么小屁孩，他一看就是一个超大号的大灰狼，考到咱们校的有几个是好东西，全是披着羊皮的狼。"

我想跟芙芳矫情，但她说完，立马又把头转向窗外，芙芳的头仿佛扎到夜空里，软软热热的风吹进屋，芙芳迎着风张开嘴，喝进一口口的热气，临近午夜的风将斑斓的夜光吹拂得四散飘逸，外面静静的，四周的小洋楼沉寂在静夜中，唯有我们这栋"职工之家"灯火璀璨、光芒外泄。我本来笨嘴拙舌，芙芳突然休战，让我松了一口气，楼下的乐声持续传来，我和燕蓉慢吞吞地移动着脚步，芙芳丰满的背影明显要比燕蓉好看，燕蓉真的太瘦了，几乎皮包着骨头，而芙芳却有小鹿一般的脊背、腰和臀，她的腿虽然不比燕蓉的细，但反以身材来说，我更喜欢芙芳那种丰满的身材。

也许是不经意的，燕蓉的乳尖轻轻地抵在我的腹部，我刻意地往后躲了躲，但随之而来的是燕蓉的头再次抵在我的胸膛，我闻到一股好闻的洗发水的香气，那种熏香般的气味似乎能够阻止我刻意躲避，但我的眼睛始终瞄着芙芳，生怕她突然间一转身，愤怒地把我的金刚之躯掀翻在地。

那晚细看芙芳和燕蓉，她俩都有一种外在的美，这是我从小到大没有感受过的感觉，而这种美频频在我的脑海里闪现出一个信号。这种若隐若现的信号，好像是一种优柔寡断的欲望，或者也是一种患得患失的感觉，这是我第一次迈入社会，第一次接触女孩儿——燕蓉穿着苹果绿色的连衣裙，显得端庄体贴，典雅又不失矫情；芙芳的装束虽然简单，却极为性感，上身隐秘的部位一点儿不亚于燕蓉——低低的 V 形胸口袒露出她白白的胸脯，猩红色抹袖的上衣，像着了火似的迷人艳丽。她俩的性格又是如此格格不入，燕蓉骨子里透着蓝调般的期许与庄重，不时放出一点儿忧郁的光；芙芳则像一个野地里长大的孩子，她活泼、开朗、随性，时不时爆发一下让人接受不了的脾气。

最后一曲她俩跳起探戈，活脱脱像一对儿男女，跳得潇洒自如。她俩到底是怎么走到一起的？在我看来，她俩的脾气、秉性简直是两个时空里的人，只要有人在场，比如我，比如谢立群，她俩的性格就跟没有人在场时不一样，奇怪得很，我很好奇她俩为啥这样，比如现在，我好像又成为她俩的空气，不被她俩呼吸，亦不被她俩看在眼里。

凌晨 1 点钟，芙芳和燕蓉从卫生间里走出来，同学们都已经走得差不多了，一楼大厅里只剩下最后的一对儿情侣相拥着在跳两步。芙芳和燕蓉收拾好东西，我们一起走上大街，此时夜海微澜，星光璀璨，仲夏之夜，出来时还觉得有点冷。我犹豫一下，说："我是走读生不住校，我先送你俩回校吧，然后我再回家。"

她俩好像装作没有听见，也没有回话。芙芳的右手紧扣燕蓉左手的五指，两人身体挨得像跳舞时一样近，而且两人向前走的步调也一致地和谐，但她俩并没有朝学校方向走。我紧随其后，听见她俩四只小蹄子毫无节制地打在石板路上发出清脆的嗒嗒声，这种声音好像忽然能传出很远，又忽然传回到眼前。她俩行进起来的身影，好像对黑夜有一股穿透力般的强劲，且带着魔幻般的身影如微风徐徐地向前飘远。对，是微风，一股浪漫、有力、紧张、有度、迷人，又让人恐慌的两股微风……忽然间，芙芳的嗓门再次穿透黑夜，她回头说："我俩也是走读生。"当还有几步就要走到一个岔路口时，芙芳又尖声说："你先送我俩谁？我俩可能是一个方向也可能不是一个方向哦。"芙芳的话，让我摸不着头脑，两个女孩见我的囧状，弯腰笑作一团。而后，燕蓉细语绵绵地说："不用你送，你先走吧，但不准跟踪我俩哦。"

2

最近我爸妈打得都打没劲儿了，说是打，头两年我妈把家里几乎能吃饭的家伙什全摔了一个遍，我爸则是冷战，他从来不跟我妈对着干，我爸好像更深谙谋略，开打时，基本上是敌进他退，敌退他也不进也不言语的状态。时间短还好，时间长，比如这次开打半年之久，双方已经开始进入拉锯战的阶段，我爸长期冷战的战略比我妈热战的威力可大许多。我爸的沉默让我妈无可奈何，无计可施。我爸任何事情不理我妈、不跟我妈讲话也不看她，这种"绝户"人的做法，我妈哪里受得了，两口子在一起过日子，长期一方不跟另一方说话，其实比拿刀子捅人还疼，我妈都快要疯掉了，就是被我爸这招儿给逼的。

去年我刚上高二那会儿，我姐问我，他俩离婚后你跟谁？我反问我姐你跟谁？那会儿我姐已经有了一个当医生的男朋友，我自知白问，我姐说，说正经的你到底跟谁？我谁也不跟，考上大学后我就离开家去住校。

那晚回家的路上，我就一直在想这件事，两年来妈被爸的冷刀子捅得够戗，连我高考都没有考好，只考了一个末流大学的走读生。跟芙芳和燕蓉分别后，我真的不想回家了，且不说家离着还远，得沿海河走三公里，过了一座桥还得再走两公里才能到家，就算近在咫尺我都懒得回家，再说，我半夜三更到家，我妈又该跟我大呼小叫，要是回学校去住，我们校区是大学的分校，在闹市区的中心地带，倒是离"职工之家"不算远，随便找一个地方眯一宿挨到天亮再上课也不错。转念，我忽然又想起我的姥姥，很久没有去过姥姥家了，恐怕得有一年的时间了，姥姥家就在海河的对面，过了眼前这座大铁桥就是，我正犹豫过不过桥去姥姥家住，忽然后面有人捅了我一下。我吓了一跳，马上回过头，捅我那人却一惊一乍地说："这么大的块儿头也尿。"那人原来是谢立群，旁边跟着一个女孩。

"最后是你俩搂着跳两步是吧。"我问道。

"没看出来吗，我两步跳得还不错吧？"谢立群说。

"看出来了，比我好。"我说。

我一边说一边看站在谢立群旁边的那个女孩，女孩长得比化妆年龄要小，妆很浓很艳。

"她不是咱们学校的，外面的，我带来的。"谢立群说。

"哦，"我说，"听说你是学生会主席，以后请你多多关照。"

"多关照多关照，"谢立群说，"还请你多关照，没想到你挺能耐，一上来就搞定俩女孩。"

"俩？"我问。

"芙芳和燕蓉，"谢立群说，"这两人忒难搞定哪，没想到你初来乍到就给搞定。我们哥俩说会儿话，你先走——认识家吗？"

谢立群打发女孩先走,女孩哼哼唧唧地仰着脖子说:"喊,就知道你这样——比你认识家。"说完,女孩扭着腰嗒嗒嗒地迈着小碎步走远了。

谢立群又说:"你住在哪儿,杵在这儿犹豫啥呢?"

我说:"犹豫回家住还是去姥姥家住,姥姥家就在海河的对面。"

"咦,"谢立群端详着我说,"对面,对面是哪儿?"

"金库旁边。"我说。

"金库旁边?"谢立群说,"金库旁边是左边还是右边,你是老魏家的?"

"呀——"我说,"对啊,你怎么知道,你是——"

"对呀——"谢立群说,"我是'裙子'啊,哈哈,你是胖大傻?"

事情就是这么巧,天地就是这么大,裙子是我小时候去我姥姥家的玩儿伴,他比我大两岁,一直是海河边上的孩子王。裙子从小就有号召力,在孩子们中间具有极强的领导才能,甚至有的比他大一点儿的孩子都归他管。唯一美中不足的是,他三个叔叔参加越战死后,谢家唯一剩下的男丁就是他爸。待谢立群出生后,他爸怕以后打仗再把儿子搭进去,就从小就把谢立群当闺女养,冬天给谢立群穿花棉袄,夏天给谢立群穿花裙子,但不论怎么打扮,谢立群还是猴了吧唧,到处踩人家的房顶,跟人家打架。冬天还好,夏天只要穿裙子,一被人笑话,他就敢于"亮剑",人家笑话的时候,他就撩开裙子给人家看自己的小鸡鸡。不管是老婆子、小媳妇，还是一块儿玩儿的小女孩，他都给人家看过，证明自己不是女的，是小爷们。后来我妈不让我跟他在一起玩儿，说他是小流氓，有一段时间我妈都不带我去姥姥家了。但我只要去，他必带我们玩儿"江洋大盗"的游戏，盗窃的目标是我姥姥家旁边的国家金库。

"还记得我姥姥家旁边的金库吗？"我问。

"怎么不记得，现在还是金库，一直说要拆迁，但没有拆，我还住在金库的旁边，不过现在的金库早已经转移到地下了，墙也加固成铜墙铁壁，"谢立群说，"那会儿，金库跟你姥姥屋一墙之隔，还记得吗，我还设计过一张图纸，从你姥姥屋的北面墙根位置钻个眼，然后钻进去偷金子，然后把金子藏在你姥姥家的茅房里，哈哈。"

我说："可不是，你说洞不能打得太大，够你一个人往里面钻就行，你说我胖，让我在外面守着，来人就喊。"

"可不是，没想到胖大傻都长成傻金刚了，也不傻不胖了。"谢立群说。

一宿，我和谢立群就这么海阔天空地聊，我们像小时候一样，坐在海河护栏外面的边沿上，小腿垂直耷拉在河面上，河面距离我们的脚心足有一丈之高。我们俩一直聊到天亮，还强睁着睡眼手指海河对面的检阅台，我们学抽烟就是在检阅台上学领导抽烟的样子学会的。现在夜班工人正在给检阅台两侧的"中华人民共和国万岁"和"世界人民大团结万岁"的标语刷红漆，为明年"十一"大庆做准备。我市每5年一小庆，每10年一大庆，每次庆祝的时候，检阅台上都会张灯结彩，白天受阅，晚上会在检阅台前面的海河广场上放烟花。最让人期待的是今年又在检阅台右前方的三岔河口位置建造一座巨型的摩天轮，摩天轮的下面还要修建一个游轮码头和水上乐园。另外，检阅台左前方有一座一百年的大铁桥也要恢复中间开启的功能，为明年"十一"通游轮做准备。据说游轮会通过中间开启的大铁桥，经过检阅台，一直开到摩天轮下面的游轮码头。

"上去过吗？"谢立群手指正在建造的摩天轮说。

"怎么可能上去，还没有建好啊。"我说。

"回头我带你上去，"谢立群说，"我叔叔是建造摩天轮的监理。"

我说："不必，我家就住在它的下面，天天仰头能看到，都看了一年多了。"

3

我比别的同学多嗨皮了一个晚上，转天上课，作为大一的新生我实在不该，但我实在没有办法，一上午的课被我睡了一上午。我也没有睡觉的地方，只能趴在书桌上面睡。大学老师跟中小学老师不一样，他们连管都不管，只是在我打出鼾声时，才走过来敲我两下桌子，同学们都笑我，我也只得当作是一次睡觉表演给同学们带来笑声。中午我没有吃饭，只喝了口水，上了一趟厕所，回到教室接着睡。

下午在阶梯教室上大课，大课是从外校特聘来的搞人类学研究的教授，当他讲到人与兽的因果关系不是出于会不会说话，会不会钻木取火、会不会思考、会不会创造剩余价值……而是出于会不会做爱和如何做爱的时候。教授还没有讲完，芙芳和燕蓉就收拾书包走出教室，我揉了揉睡眼，也收拾书包跟在她俩后面走出教室，谢立群看了一下我，我冲他挤咕了一下眼睛，他朝我歪嘴坏笑了一下，我走了，他继续听课。芙芳和燕蓉走出阶梯教室向图书馆走去，我尾随在她俩身后，听她俩在前面说什么人类学的教授，简直是人类学的禽兽……待她俩走进图书馆的阅览室钻进一排排书架间找书，我则躲在离她俩最近的一排书架后面佯装看书。

　　"昨天舞跳得不错。"声音从一排书架间隙中传过来。舞会过后，这是芙芳第一次跟我说话。

　　就在我迟疑之际，声音再次传来："找到了。看。"

　　两个女孩儿如获至宝地找到一本书，竟然高兴得跳起来。

　　"找到什么好书这么高兴？"我好奇地问。

　　"《论世界人种的兽性与人性》，"芙芳歪着脑瓜从书架间隙中露出一对儿月牙弯弯的眼睛对我说，"刺激吧。"

　　芙芳话音洪亮，简洁迅速，之后，芙芳又对燕蓉小声耳语，燕蓉笑而不语地频频点头。

　　"叫你'金刚'真没错。"芙芳调皮地说。

　　"其实高中同学也这么叫我，但小时候都叫我胖大海。两位学姐我想请教你们，怎样才能学好统计学？"

"刚上一次课我就挨马千里的批，都郁闷死了。"我又说。

"是呢，她也教我们统计学，其实我们学得也不好，她还是咱们两个年级的班主任呢。"

"她的课我一上来就听不懂，两位学姐给我补补课好不好？"

"唉，可别，教你跳舞可以，统计学还得你自己搞定，我们俩可没有闲工夫。"

"要不让谢立群给你补，"燕蓉一边翻书一边说，"听说你俩一宿没睡，畅谈了一宿现实与理想？"

"哪里是理想，"我说，"我俩光扯小时候发小在一块儿玩儿的事呢。"

"你和谢立群是发小，打小就认识？"芙芳好奇地从她书架后面转过身来说。

"何止发小，"我说，"他还是我们小时候的头儿呢，全都听他的。"

"他还当头儿，"芙芳说，"其貌不扬的。"

"你别这么说，"燕蓉说，"人家好好的，确实有领导能力，咱们选他当学生会主席不就是因为他比别人能张罗？"

"我能投他一票还不是因为你，"芙芳愤愤地说，"下回我就投金刚的票，你投不投？"

"我投你的，只投你芙芳的票，"燕蓉无可奈何地说，"别生气啦，我以后谁都不投就投你的票。"

"我也投你，"我说，话还没有说完，芙芳就截住我说："关你什么事，我们姐俩说话呢，小毛孩子一边儿去。"

但我还是果断地说："我肯定投你，你以后准是一个女领导，有魄力……"我的话又没有说完，就被芙芳转身举起的拳头拦住，好像告诉我，别说了，再说就给你一拳。

恍恍惚惚的一天终于过去了，今天跟昨天芙芳和燕蓉给我的感觉一样，她俩好像属于两个世界不同性格的女生，她俩从来都是像拴在一起一样，独来独往，从来不跟其他同学接触。其实我也不爱跟同学们交往，但芙芳和燕蓉两人给我的感觉是她俩好像要在我身体上生根发芽，我知道这是一种异性之间的吸引，这几天晚上我天天手淫，不像过去只是梦遗，这是我手淫的开始。

不久，我的"金刚"的雅号便在学校里传开，这并不奇怪，我是全校长得最高的人，一米九八的身材，不论高年级或者同年级，就算不认识我，也见过我，而我却在接下来的一个学期，甚至连本班的同学都还没有认全，因为我整天跟芙芳和燕蓉，还有我的发小席谢立群待在一起。

这个学期，我们四个人整天待在一起，玩玩闹闹嘻嘻哈哈没有正事可干。有一天我们学校新调来一个体育老师，如果只是体育老师也没有什么可说，可他是体工大队的拳击教练就不一样了。最先来精神的是谢立群，他原先或者说小时候，就爱打架，逮谁跟谁打，这下可好，学校来了一个拳击教练，而且是教过体工大队队员的专业拳击教练。谢立群马上找到我，让我离开篮球队跟他组建拳击队。谢立群虽然身材矮小，但喜欢拳击喜欢得要命，说我也是练拳击的材料，身高臂长。我拍拍谢立群的肩膀说，干！谢立群拍着我的肚皮说，别打老子就行，老伙计。

很快谢立群组建起拳击队，我是队里的核心队员，拳击教练也特别赏识我，从一开始练，教练就说我的身体素质优于别人，而且练习过篮球，身体灵活性也都不错。

一晃大半年过去，我和谢立群及其他队员一周训练四天，每次训练芙芳和燕蓉都过来看，她俩非常专注地看我的拳击训练，似乎像拳击迷一样热爱这项运动。每次她俩来，我的肾上腺素就开始飙升，教练教给的各种技术动作都被我做得很到位。两个女孩的四只眼睛像射出的四支小火苗，一直灼烧着我的肌肤和神经，我欲罢不能地在拳击场上快速挥拳、躲闪、不停地流汗、不停地把拳出得不能再快。总之，芙芳和燕蓉看我的神态像鞭策我一样，让我愈练愈勇，愈练愈娴熟，每次训练完毕，我都好像朝真正的男人迈进一大步。

4

很快第一个学年就要过去，美好的暑假就要开始。当然，想要过好暑假就要先过好考试的关。但在这一年里我们玩心太重，也确实玩儿得太疯，整天除了旷课就是逃学，谢立群、我和芙芳、燕蓉除了能准时到拳击场训练，其他时间我们很少出现在学校，白天我们游走在大街小巷，饿了就胡吃海塞一顿，实在没有地方去，我们就坐在海河边上看风景。反正我们就是不愿意去学校上课，一到晚上，就到了我们最嗨皮的时刻，我们吃完火锅就去百年老街上的一家倍儿火的迪斯科舞厅去跳舞，要么我们去打台球、看电影、吃夜宵，怎么说呢，除了上课，我们宁可闲着无事可做，也不愿意看到班主任马千里的那张大马脸。

凡是都有因有果，我们不去上课，也不复习功课，带来的后果可想而知，挂科其实对我们倒不重要，关键现在学校改革成学分制，拿不到足够的学分就不让毕业。快要到考试的前一周，我们四个人才感到迫在眉睫的压力，着急也没有捷径，我们四个人分别借来其他同学的学习笔记，然后通宵达旦地恶补。虽然我们四个人只有芙芳和燕蓉在同一年级同一班，但也不妨碍我们四个人扎堆在一起学习，学饿了我们就一起出去吃夜宵喝啤酒，学累了我们就待在阶梯教室里睡一宿。

考试前一天我们各自做了一堆小纸条，打算在考场上抄。芙芳和燕蓉不但做了小纸条，还把手腕手心写满字迹，芙芳还在大腿根上写了字做了文章。燕蓉嘱咐芙芳，考试那天别忘记穿裙子。芙芳说我没有裙子全是短裤。谢立群说，对，芙芳的短裤全是超级短的那种，啥都盖不上。芙芳顺手抄起马千里的教材朝谢立群扔去。我和燕蓉哈哈直乐。我说，要不把谢立群的裙子借给你穿。她俩听完直纳闷。我正要讲，谢立群又把马千里的教材扔向我。燕蓉说穿我的。芙芳说你的太瘦。燕蓉说瘦你也得穿啊。

考试那天我抄得比较顺利，监考老师见怪不怪基本上没来管。谢立群考试的那天出来后说他抄得也很顺，跟监考老师都是老熟人。又过了两天轮到芙芳和燕蓉两人考试却出了事。

"出事了，"燕蓉一出考场就紧张兮兮地对我和谢立群说，当时我和谢立群正坐在教学楼外面的篮球场地边上看一场本校和外校的篮球比赛。燕蓉说芙芳出不来了，被马千里抓了一个正着，不但抓了考卷，还把芙芳带到卫生间脱个精光，非要看她大腿根上写的什么？

"这个不通情理的老玩意儿！"我听到后第一反应便咬牙切齿地骂马千里。

"栽到这个老古板的手里可就没有救了，芙芳怎么这么不小心。"谢立群沮丧地说。

"别提了，芙芳总撩起裙子看答案，旁边的男生总看她撩裙子，没承想监考的那个男老师临阵跑肚子拉稀，刚换来马千里就被马千里抓个正着，这下可死老娘裤裆里了。"燕蓉说。

"这是什么话？"我说，"燕蓉怎么不斯文了。"

"什么斯文不斯文，芙芳都快死人了，"燕蓉急得要哭说，"马千里又是班主任，你说怎么办？"

"等死呗，我有啥法，要不叫芙芳想个'千金不死，百金不刑'的辙？"

"得了吧，咱哪有钱送礼，就算送礼，马千里还不把咱们的礼当呈堂证供？"谢立群说。

正说着，芙芳抹着眼泪从教学楼里走出来，抬头见到我和燕蓉、谢立群在等她，慢吞吞地朝我们走过来，临到跟前没能坚持得住，哇的一声，像见到亲人一样冲我们号啕大哭起来。

"不活了，没有脸活了，我要跳河去！"芙芳哇哇大哭地说，引来正在打篮球的队员分神朝我们这边看。

"跳了不就更没有脸了吗。"燕蓉安慰芙芳说。

"你带我去。"芙芳泪眼模糊地对我说。

"不至于吧，多大一点儿事情就寻死觅活。不过，要是我，我也不活了。"

"别废话，带我去跳河。"

芙芳闹着去跳河一直闹到傍晚，我们一直哄一直劝。我说这样吧，既然你没有脸见人，想跳河也得做一个饱死鬼，到阴曹地府不能叫小鬼们笑话。所以我说，咱们就把这个月的全部零花钱全捐出来请芙芳吃最后一次晚餐，然后大家伙儿再护送芙芳上路。谢立群举双手赞成。燕蓉说我说的话不吉利，吃就吃呗，说那么多废话干啥。

大家都同意后，谢立群选了一个吃饭的地点，地点就在正在兴建的摩天轮下面，水上乐园的旁边有一个老字号的鱼宴饭庄。鱼宴饭庄是专门吃鱼的地方，海鱼河鱼中国鱼外国鱼要啥鱼有啥鱼，要啥吃法有啥吃法。

谢立群还说，等吃饱喝足后，咱们就护送芙芳跳河，跳湖也行，水上乐园里面的湖也通着海河。再不行，我还可以带芙芳上摩天轮，从摩天轮上跳下来也不错。

你俩有完没完，燕蓉怒了……芙芳说，就去吃鱼宴，吃死你这个大傻金刚和你小矮子谢立群。

我和谢立群异口同声地说成！

水上乐园和摩天轮修建在三岔河口的中心地带，三岔河口顾名思义，像"丫"字形的河口，河口上面的两条叉是通往上游的两个城市，"丫"子下面的一竖就是海河，再往下走就能路过检阅台，再走就是明年"十一"要开启的大铁桥，过了大铁桥再走70公里就到海边。

我们进了鱼宴饭庄，谢立群选了一个临窗户的卡座坐下，透过窗口一仰头，我们就能望见高大的如车轮子一般行走在空中上的摩天轮。再放眼望去，四周围全是望不见尽头的马上要竣工的水上乐园的工地。

"好大的水上乐园，"我说，"哪里像要有竣工的样子？"

"伙计，你这就不懂了，"谢立群说，"现代化的乐园讲究的就是野性，看过一个作家写的小说《动物凶猛》没有？男女跟动物一样凶猛的情爱故事就在这儿拍摄的。"

"真的吗？"芙芳问。

"拉倒呗，"我说，"听他瞎说，《动物凶猛》里讲的跟'动物世界'里讲的动物是一回事，只不过小说里讲的动物比'动物世界'里要凶猛一点。"

"真的吗？"燕蓉又问。

"拉倒呗，"谢立群说，"听金刚瞎编，反正两种动物都凶猛。"

"到底哪两种动物?"燕蓉问。

"人和兽。"我说。

"谁更凶猛?"谢立群说。

"当然是人。"我说。

谢立群说:"错!谁能睡谁,谁就更凶猛。"

芙芳说:"别听他俩瞎扯,两人都是披着人皮的屎壳郎。"

"哎,此话差矣,"谢立群说,"这可是研究人类学教授讲的,那天你们提早退场,我可是从头听到尾,到快结束时,教授才说出谜底,就是人与兽最能使社会进步的方式是取决于做爱的方式……"

"别讲了别讲了,我不听。"燕蓉说。

"就是,男人都是禽兽,"芙芳说,"再讲你俩都给我滚出去。"

说话间,燕蓉和芙芳正在翻看菜谱上的鱼。我和谢立群被芙芳和燕蓉禁止说话后,便趴在窗口上一边举着烟抽,一边欣赏外面的风景。

别看现在乐园里还是泥泞满地没有像样的路可走,但占地面积相当大的水上乐园到处都是水,而且路与水之间建好了许多交叉往复的长廊亭榭,将一段段水流分割成类似湖湖相连,桥桥相接的样子,一眼望去碧波荡漾、凉亭榭宇百转幽回如大观园之意境。

为给芙芳壮行,我点了一瓶高度的红星二锅头,没过多久,服务员端上来一锅贴饽饽熬小鱼和一只大个儿的胖头鱼的鱼头。谢立群说了一句就吃这个，然后就顾不上说话跟我们抢起鱼头来。

我们借着热乎乎的劲儿，从头一直吃到尾，一瓶高度的红星二锅头，谢立群只喝了半杯，也就是一两酒，剩下的酒我一个人全部喝光，最后我们把贴饽饽熬小鱼吃到几乎让人家连锅都不用刷的程度。而后，他们打着饱嗝，我喝得醉醺醺，我们一起走出鱼宴饭庄。

此时夜色阴郁，华灯初上。起初我没有打算再说刺激芙芳的话，燕蓉和谢立群也沉默不语。我们就这样漫无目的地朝水上乐园的泥泞湖畔走去。初夏的夜晚，草蜢蛙虫早聚集在刚栽好的芙蓉下面的水洼草坑里，它们迎着一阵阵的晚风此起彼伏地叫着，潮湿的晚风吹得我们脸颊舒畅荡漾，也吹得芙蓉花悠然自得……后来我提议找船去湖心岛上玩儿。谢立群突然发现在泥泞的岸边果然有一条铁船，好像是给湖心岛运送砂石料的船，它正好泊在岸边没有人看管。我抢先踏上铁船，发现桨还在，然后手牵手把芙芳燕蓉和谢立群接上船。大家坐好，我便开始划桨，朝湖心岛划去。

我双臂用力，手腕与木桨合二为一，就在距离湖心岛的不远之处，忽然吹来一股强劲的风，湖面波澜大作，悠悠波澜瞬间竟变成波涛汹涌，湖波打在小船的身上，像打在我们的身上，让我们上下左右摇摆得欲罢不能。

顷刻，偌大的湖面竟似海波，眨眼间泛起一层层的白沫。

这在海河上是不常见的，两个女孩儿被突如其来的情形吓着了，我吓唬芙芳，水妖听说你来投湖，就兴风作浪赶来要你的命。

此时举目张望，天空犹如盖上一层厚厚的黑布，显然大雨将至，我停下划桨，犹豫是往前快速划到湖心岛，还是赶快掉头上岸。空旷的湖面只有我们这一只孤零零的小船，我忽又担心起芙芳和燕蓉会不会游泳，即便会，但在不知道湖水深浅的情形下，掉下去也不是闹着玩的。

谢立群说行了，就这样吧，咱们赶快回头是岸。我说你不会游泳吧？谢立群说你丫的怎么忘记了咱俩打小在海河里游泳，我水性可比你好。

刚说完，芙芳却不依不饶地说，跳啊，你俩不是让我跳湖吗？！不是我，是他让你跳，谢立群用手指着我说。

对呀，跳啊，我说到底让谁跳啊？我让你跳，死金刚你给我跳下去！我不跳，我又不是没脸见人。好，你不跳，我跳，芙芳气哼哼地摇晃起船来。我正好站着，一米九八的大高个儿站在船上，重心不稳，船刚一摇晃，我就掉到水里面去了……

倏然，我在水势汹涌的湖里展开双臂，像一只雄鹰贴在水面展翅翱翔，我的双臂犹如雄鹰的翅膀一样好使，瞬间就能拨开水波，快速向前游去。当我重新由鹰变人踏上冷风习习的湖心岛时，两个女孩儿对我的神情犹如神一般地看我。

我自觉也是气度不凡：她俩肯定没有想到，我如铁塔般的身躯，在水里竟然这么好使，如水中尤物般出入自如……我抖抖身上的水，甩甩头，随后叫芙芳他们抓紧过来。快要下雨啦，我冲他们喊，快过来接我回去。我越喊，谢立群的桨划得越快，他载着两个姑娘正朝岸边逃之夭夭。

我重新回到水中，滂沱大雨已至，我在水中基本上半潜泳游了回来。反正我早已湿透，已不顾及暴雨再次把我浇透，我淋着雨踩着泥泞的小路去找他们，他们却在摩天轮的一个没有窗户的包厢里喊我——我们在这儿，死金刚快上来避雨。

从下面往上看，芙芳跟燕蓉冻得抱在一起，好像两只被冷雨冻得没有地方躲藏的燕子。谢立群则潇洒地湿着手掐着烟屁股正在往雨中吐着烟圈。

我让他们下来，太危险啦，我喊他们。谢立群却一连串地吐给我一个接一个的烟圈，狂泻的暴雨瞬间把烟圈全部打散，烟雾四散逃逸。谢立群喊，我吐给你一个最大的烟圈，你把烟圈套在身上，然后腾云驾雾上来。

我奇怪他们是怎么样上去的？这么高，离地面足有五层楼房这么高，在摩天轮没有转动的情形下，他们到底是怎样上去的？我呆呆地淋着雨抬头看着他们，忽然间，我好像失忆了似的，感觉他们离我好远好远，尤其芙芳和燕蓉，她俩现在抱得更紧了，两个人的嘴唇在打着哆嗦，又冻得发青和发紫，而且她俩的身上也全都湿透了，可是她俩却一点儿也不畏惧，一不畏惧高度，二不畏惧电闪雷鸣，三不畏惧身处伸手不见五指的黑夜里，下面没有灯光，上面没有星光，却能登上这么高的地方，简直是一个奇迹。

后来我一度认为，其实他们并没有看见我，在这样漆黑暴雨如注的夜晚，一切情形都是我的想象，客观地说，他们其实并不存在，甚至这条河，这片湖，这个乐园，这座摩天轮，芙芳和燕蓉，谢立群，他们都是我脑海中幻影，可是如果是幻影，那我到底又是谁？为什么我湿漉漉地在这个瓢泼大雨的漆黑夜晚，一个人来到这个巨大的摩天轮的脚下，被犹如上帝之眼的摩天轮看得清清楚楚，我的存在到底意味着什么？

"我——意味着什么？"我喊，我想让我头顶上的人听清楚。

"你不意味着什么，你什么都不是"

我听不清楚这话是谁说的，但我晓得，我听清楚了，他们告诉我，我什么都不是。

"你们敢从上面跳下来吗？"我又喊，我想让头顶上的人再听清楚一点。

"雨太大了，我们听不清。"

我怀疑我的耳朵开始有问题，为什么我的问话他们听不清楚，我却能听清楚他们说话。这是一件不可思议的事情，难道声音往上与往下行走的速度，或者说分贝不一样？

我再次扯起脖子喊："我再说一遍，你们小心一点，地上滑，手抓稳了，怎么上去的就怎么下来，千万不要朝下面看，下面的水很深，我刚才试过了，比咱们小时候游泳时的水还要深，谢立群你听到了吗？告诉芙芳和燕蓉让她俩也小心一点，抓稳了千万不要撒手，千万不要撒手。"

当暴雨停歇的时候，工地上的探照灯才打亮，扫射般地往五层楼高的包箱里照。我被探照灯照得睁不开眼，还好，雨停了，灯亮了，工地上也来人了，我听见芙芳、燕蓉和谢立群在下面大呼小叫地叫工地上的人上去救我下来。工地上的人骂骂咧咧，不情愿地往上爬，一嘴一个混小子怎么上去的，敢上去不敢下来，简直一个臭蛋包。

不管他们怎样骂，我就是下不来，我的身躯太庞大了，每下一步，我就觉得摩天轮在摇晃，比刚才芙芳摇晃船还可怕一百倍。我天旋地晕地被工地上的人连背带托扛，晃晃悠悠地终于被大家伙齐心协力地接到地面，我感觉大地都快要散架了，摩天轮在我的眼前终于倒下，我的头枕在泥泞的水洼里，耳畔响起芙芳和燕蓉叫唤我的哭声，我还听见谢立群在跟赶来的警察说：

"他脑子有病，神经病，大下雨天的我们没有看住，让他一个人跑出来了，责任在我们，我们回去一定把他拴住，请你们回吧，真是劳你们大驾了。"

"既然报案了就回派出所备个案。"一个民警说。

"不是我们报的案，搞错了，所以不用备案，再说他在精神病院有备案，你们放心好了，不行我马上叫辆救护车把他拉走，回医院吃点药输点液就好了，您们放心吧，请回请回。"

当 120 赶来接我时，我已经晕的一塌糊涂，高度红星二锅头的劲儿把我的胃翻了一个底朝天，刚才吃的鱼头、馒馒和小鱼一股脑地吐到了人家的救护车上，幸好车装不下我，平躺时后门是开着的，我的脚伸在外面，这样车里的味道还能让大家好受一些。

到了医院，我的胃里已经吐得空荡荡，都想吃砂锅排骨了。

芙芳和燕蓉说不行，你得输液，她俩也不哭了，嘴唇也不青不发紫了，谢立群的烟屁股还没有掐掉，烟圈在晴朗的夜空中，扩散得像摩天轮那么大那么圆。他妈的，像一只独眼龙一样的烟圈，把我和整个医院都给圈到了里面。

5

成绩下来，芙芳只挂掉马千里的一科统计学，其他科她都刚过及格线，明显是老师给她撩及格的。作弊的事情，马千里依旧没完没了，发下话来要办芙芳，说等开学时教务处就会拿出意见。我以为芙芳这个暑假会过不好，但暑假伊始，芙芳就像要与学校永远断线的风筝，拉我、燕蓉和谢立群去野三坡和十渡玩儿。我说咱们哪儿有钱跑这么远的地方去玩儿，不如就在家门口玩儿吧，芙芳不乐意，但没有钱是不争的事实，于是我们便商量，过几天天再热一点儿一起去海河里游泳。

芙芳是一个急性子的女孩，还没有等到天热，她就天天吵吵去海河里游泳。她说冬泳她都敢游，何况现在不冷不热的天气，完全可以下水。其实现在还是挺凉的，料峭春风一直抵抗南方吹来的暖风，时冷时热的天气确实还没有到下河游泳的时候，但芙芳执意要游，游就游呗，我们每一个人身上都焕发着青春的热气，这种热气完全可以扛得住寒冷。

一天午后，芙芳和燕蓉先后从大铁桥上面跳下去，前些日子大铁桥刚大修完，现在油漆工正在给桥身刷灰色的油漆。芙芳和燕蓉事先穿好游泳衣，在桥底下背人的地方脱下外衣，丢给我和谢立群，然后两个人叽里咕噜地跑上桥，趁油漆工没有注意，两个丫头就站上大铁桥的桥膀子上一个做燕式往下跳，一个直棍儿往下跳，两个人刚跳下去，油漆工们就跑过来，刚刷好油漆的桥膀子，四只脚印和手印历历在目地按在还没有干透的油漆上面。接着油漆工就往桥下张望，见两个女孩先后冒出头来，油漆工们还给她俩拍手叫好。

我和谢立群在大铁桥下看得清清楚楚，我俩还一直在谈论芙芳和燕蓉穿着泳衣的身材。芙芳穿的是深蓝色的连体泳衣，我比较喜欢芙芳的身材，被深蓝色的泳衣紧绷鼓胀的乳房和光滑翘起的臀部，我觉得一个女人最完美的时候或许就是这个年龄段儿吧。芙芳的身材无可挑剔，裸露的地方像雪花银一样的白净，让人有一种欲要触摸的渴望。

说老实话，燕蓉的身材和肤色都没有芙芳的好，但燕蓉的脸蛋漂亮得几近极致，是人见人爱的那种。燕蓉穿着裙式的游泳衣，上身紧绷在身上，显得乳房和臀部都特别的小，但衬托出她的腿比芙芳的长，像两颗纤细的白藕。燕蓉身上其他地方的肤色略比芙芳的暗，不像芙芳那么明亮。很明显，谢立群喜欢燕蓉，他说别看燕蓉直棍儿跳水，她的姿势一点不比芙芳燕式跳水的姿势差。我说是呢，的确，芙芳跟燕蓉比起来，芙芳虽然展翅，却像一只笨重的燕子落水，水花四溅，而燕蓉垂直落进水里，像一支雕翎箭射入水中，不见半点儿水花。

你俩别聊大天啦，快去钓鱼去吧，芙芳在水里喊，我俩游到检阅台那儿就回来。

不一会儿工夫芙芳和燕蓉两人的身影就越游越远，越远越小，最后只剩下两个小黑点浮在水面上。我和谢立群拎着事先准备好的鱼竿坐在桥底下甩竿钓鱼。其实我俩压根儿不会也不喜欢钓鱼，游泳也早失去小时候的兴趣，况且即便重回小时候，我俩也没有胆量像芙芳和燕蓉那样从大桥上面往下跳。我打小晕高，谢立群是知道的，之于我这么高的身高，光从桥上往桥下面看，就会晕得我脸色发白，心脏怦怦怦地跳。

这会儿工夫有一条大概70马力的运冰船，正打下游驶过来往上游开。运冰船上整齐码放着大概半个立方大小的冰砖，在阳光折射下显得晶莹透亮。

我和谢立群木木地看着运冰船突突突地朝上游驶去。我说，哎呀，会不会撞到芙芳和燕蓉。哎，怎么会，开船的又不是瞎子，再说她俩难道不会躲？海河河面这么宽，不会碰到她们的，放心吧。我看谢立群一点儿也不担心，我也把心放下来。好像工夫不大，远处河道中间就没有了马达声，却传来男女的吵架声，运冰船停在河道中间，芙芳和燕蓉两人的四只小手扒在人家的船帮上，好像正在跟人家理论什么？我和谢立群站起身，手搭凉棚瞭望，听不清他们在吵什么，但我和谢立群下意识地扔掉手里的鱼竿要去看看究竟。忽然船上那个跟芙芳和燕蓉吵架的男人，往河里推下来两大块冰砖，芙芳和燕蓉一人擒住一块，得意扬扬地抱住它们，运冰船这才突突突地又开走了。

"你俩跟人家吵什么？"芙芳和燕蓉离我们近了一些谢立群

问道。

芙芳和燕蓉两人一人骑在一块冰砖上，手划着水，脚踢着水，嘻嘻哈哈地朝我和谢立群笑。"没吵什么，"芙芳诡异地朝燕蓉笑了笑，"你问她。"

"都怪芙芳，"燕蓉说，"她赖人家的船推出来的波浪让我呛了水，非要跟人家理论。"

"然后你俩就跟人家理论了，"我说，"然后人家就赔给你俩一人一块冰。"

"哈哈哈，傻金刚真聪明。"芙芳说。

"得得得，你俩屁股不冻得慌？"谢立群说，"上来赶快换衣服。"

芙芳和燕蓉两个人上了岸，芙芳还回头留恋她的冰，问我冰该怎么办？我说什么该怎么办？土归土，水归水，别担心它们的安危，多关心自己的死活。说话时，谢立群已经从包里拿出一个床单，我和谢立群一人牵住一个角，把床单拉成幕帘让芙芳和燕蓉躲在后面换衣服。

芙芳说傻金刚不准偷看，就你个儿高，不准偷看。我说我再高也没有桥上的人高。此时桥上的油漆工们一个挨着一个正巴头探脑地朝桥下面看。谢立群你再抬高一点，都被人家看到了。谢立群说抬不高了，老娘没给俺生出这么高的身材。说着谢立群朝燕蓉瞄了一眼，然后朝我挤咕了一下眼，伸出了大拇指。

芙芳和燕蓉换好衣服后，我们并排坐在桥下面的河沿边上，一边光着脚丫伸进水里，一边看周围的风景。初夏海河的水瓦蓝瓦蓝，比天空颜色深蓝一点，愈往深水区看，水越深越蓝。

芙芳说："谢立群你给我和燕蓉讲讲你和傻金刚小时候的故事吧。"

我说："有啥好讲的，其实我俩小时候也不常见面。"

谢立群说："对，他妈妈嫌我是一个'小流氓'，不让他跟我玩儿。"

芙芳说："哈哈，他妈妈说得还挺有前瞻性，我看现在你也是一个'小流氓'。"

谢立群说："瞎说，他妈妈说我是小流氓，他妈妈还是'海河一枝花'呢。"

燕蓉说："啥是'海河一枝花'？"

我说："住嘴'裙子'！你要是说，我就揭你老底。"

谢立群说："你都揭了，我干吗不说。"

芙芳说："哈哈，你俩故事还真多，揭吧，互相揭吧，我们不笑。"

谢立群说："好啊，那就叫金刚先揭。"

我说："揭就揭，谢立群小时候我们都管他叫'裙子'，他爸拿他当女孩养，夏天给他穿花裙子，他就到处给人家撩裙子看。"

燕蓉说："看什么？"

芙芳说："看那个呗，哈哈哈。"

谢立群说："看又怎么样，该我揭了，他妈妈是出了名的'海河一枝花'……"

"不用你揭，我说吧，我比你说得客观。过去我姥爷是一个船长，解放前自己有一条散装货船，比刚才大家看见的运冰船长宽大两三倍之多。我妈是我姥爷的独生女，我姥爷每次出海三五个月，快回来时，我姥姥就让我妈在这座桥的桥头等我姥爷回来。当年这座桥的下面就是散装货船的码头。那时我妈年岁还小，但我妈从小就长得大眼睛双眼皮瓜子儿脸身材高挑，谁见都要多看上几眼。后来一群占码头的流氓看上我妈，给我妈起了一个外号叫'海河一枝花'，后来有一个流氓招惹我妈，就被我姥爷给打了。你想，我姥爷是海狼啊，也血腥得很，后来那个被打的流氓召集一伙人又把我姥爷给打了，我妈也被他们虏去当人质找我姥爷要医药费，我姥爷就不干了，拿船撞他们的码头，把这伙流氓吓怕了。再后来就归了巡捕房，那会儿这里是法租界，巡捕房的一个长官看上了我妈，要把我妈带到法国当女儿养。这还了得，我姥爷当然不干，拼死把我妈留了下来。再后来，'海河一枝花'就被这伙流氓们传开了，当一个恶名传，说什么的都有，就是谢立群这伙流氓干的……"

"嘿嘿嘿，瞎说呢，哪儿有我的事，那时我还没有出生呢。"

"后来你传没传？为啥我妈说你是一个'小流氓'？"

"你妈说得对！"芙芳不解气地说。

"说正经的，'海河一枝花'，不，你妈妈现在她老人家还好吧？"

"好，也不好，正跟我爸打冷战闹离婚呢，都打了好几年，估计快离了。"

"离了好，我爸妈早离了，回头你那边离了，你跟我住，我还住在老院儿。"

"说什么哪，"芙芳说，"念人家一点儿好，好不好，死裙子！"

"念不念，大家都一样，对不对，胖大傻。"谢立群说。

"死裙子，小流氓，死裙子……"芙芳说。

"哎，不用为他说话，我们哥俩好着呢，谁也伤不着谁。"谢立群说，"对了，金刚，等哪天带这俩姐去你姥姥家再探一次金库——去年我有一次潜水，无意中发现金库下面有一个大排水管，管口还挺大，兴许能直通金库。"

"什么意思？"芙芳问。

"我先问问你俩会潜水吗？"谢立群说。

"何止会，"芙芳说，"我和燕蓉潜水技术不一定比你差。"

"好啊，比我好才好呢，"谢立群说，"一定要小巧玲珑的，潜水比我好的。"

"到底什么意思？"芙芳问。

"哎，你就别问了，到时带你和燕蓉一起玩儿，你们就知道了。"谢立群说。

6

暑假刚过去两周，忽然一天上午燕蓉接到学校教务处的通知，让她回学校取一封加急的挂号信。那天我们本来约定去海河玩儿潜泳，我和谢立群都穿好了游泳衣，呼吸器也都准备好了，我们在海河桥底下碰面时，芙芳和燕蓉才说要回学校拿信的事。看燕蓉挺着急的样子，谢立群说怎么不早说？燕蓉解释说刚接到教务处的通知就跑来告诉你们，如果你俩愿意留下来游就游，芙芳陪我去，我们兴许一会儿就回来。谢立群说那哪儿成，要去咱们一起去，缺一个都不行。芙芳说这还像一句人话，咱们赶紧走吧，回来再游。

从海河的桥头到我们学校的距离也就两公里多一点，我和谢立群都骑了自行车，我俩身后一人坐一个就飞奔往学校赶。到了学校芙芳陪燕蓉去教务处取信，我和谢立群跑到拳击场看有没有人在训练。等到我和谢立群回来的时候，燕蓉已经哭成一个泪人，芙芳正陪在燕蓉身边不停地宽慰她。

"咋的啦，怎么哭成这样？"谢立群问。

我也问，但燕蓉就是不说话，哽咽着什么话也不说。

谢立群问芙芳燕蓉出啥事啦？芙芳说她也不知道，看得出来，芙芳满脸不高兴确实像什么也不知道的样子。

谢立群说看看信不就知道啦。芙芳说燕蓉不让看。我说那怎么是好，总不能这么哭下去啊。

燕蓉也不听我们说，哭得愈加厉害。芙芳摩挲着燕蓉的后背，好像宽慰的话都已经说尽无话可说了。我和谢立群站在她俩的身边不知道如何是好。

大概过去半个多钟头，燕蓉才缓过神来，不哭了，但依旧哽咽着。燕蓉忽然说，你们陪我去买票，我要回家。我和谢立群马上说好好好是是是，而后驭着她俩便往火车站赶。一到火车站我们就分头到窗口排队，我们问来的结果都是早已经没有了当日去扬州的火车票，卧铺票更是早就卖完没有了，即便到扬州周边小城市的火车票也早在一周前售罄了。

不得已，我和谢立群又驭着芙芳和燕蓉直奔长途汽车站。没承想，长途汽车票一样难买，每周两班车，最近一班也要等到后天傍晚才能发车，而且也不是直达扬州，下了此班长途汽车，还要换乘其他长途汽车。我说后天就后天吧总比没有票强。燕蓉果断地点了点头，谢立群掏钱要替燕蓉买票，燕蓉果断地拒绝了，待燕蓉买好票，将票小心翼翼地揣进衣兜里，我们才看到燕蓉的表情安静下来。

此时已经过了吃中午饭的钟点，我们饿着肚子跑到一家早点铺去吃中午饭，早点铺对过好像要开一家国外知名的洋快餐店，现在正在紧锣密鼓地进行最后的装修。我们一边吃东西，一边看那家即将开业的洋快餐店。芙芳说等开业了我就去那里打工。谢立群说缺钱吗，还用得着打工，回头我给你。芙芳说，德行，想得美，你养得起吗，还得养燕蓉呢。谢立群和芙芳有一句没一句地闲扯，我和燕蓉闷头吃饭，看得出来，燕蓉只是表面上把心放在了肚子里面，其实心思早没有在这里了。

"燕蓉后天才走，"芙芳说，"让你们俩多陪陪燕蓉，回头带你俩去看看我俩的闺房，也有你俩睡觉的地方。"

"敢情你和燕蓉住在一起。"我说。

"你才知道。"谢立群说。

"你怎么会知道？"我问谢立群。

"我啥不知道，没有我不知道的事情。"谢立群说。

"你俩到底陪不陪燕蓉，不陪没有人央求你俩陪。"芙芳说。

芙芳带我和谢立群去她家。我跟芙芳认识一年了，都不知道芙芳家在哪里，更不知道燕蓉和芙芳住在一起的事情，总以为燕蓉是外地人，既然没有住校，肯定是在校外租房子住，没承想她俩竟然住在一起。

芙芳家离学校简直太近了，用近在咫尺来形容都不夸张。芙芳带我们来到她家的楼下，很明显这是一栋很破旧的50年代盖的三层楼到顶的筒子楼。芙芳领我们上楼前嘱咐我们说，楼里住的全是她家的亲戚，说话一定要小声一点，赶快上楼，趁楼里的亲戚们还都没有下班，千万不能让他们知道我带你们回家，要不然又会去找我爸告我的状。

芙芳家在三楼，整个楼道里没有电灯，楼道里的窗户黑黢黢得像是一辈子没有清洗过的样子，下午外面的阳光很充足，却一点儿也照不进楼里来。而且楼道里堆满了杂物，我们深一脚浅一脚地像脚底下拌蒜一样慢慢地上楼，时不时碰倒了这个踢到了那个，制造出不同的响声，芙芳一个劲儿地叫我们小心一点，轻一点，慢一点。好半天我们才上到芙芳家在顶楼的家门口，芙芳从后面上来摸黑掏出钥匙，又摸黑却轻而易举地将钥匙插进钥匙孔，然后打开门让我们进了屋。

进到屋里，我眼前一亮，屋里的光线还是很明亮，照亮屋里黑黢发黄的墙壁、脏兮兮的玻璃，还有很久没有洗过的窗帘和被罩，还有一些斑驳不堪的旧柜子和像长了苔藓似的水泥地面，这哪里像一个家？

"你就住在这里？"我问芙芳。

"啊，怎么了？"芙芳说

"这哪里是闺房啊，简直是猪圈。"我说。

芙芳也不理我，燕蓉从厕所里出来，换芙芳进去。燕蓉说我俩睡在这儿，说着，燕蓉打开卧室旁边的另一扇门。我扒头往里面看，这是一间只有五六平方米大小的小厨房，已经被改造成一间小卧室，小卧室外面有一个小阳台，阳台上面有几只锅碗瓢盆和水杯，晾衣绳上晾着芙芳和燕蓉两人的衣裳。小卧室里只有一张单人床和一个小衣橱，床上堆着干净的、略带芙芳和燕蓉体香的被褥和枕头。

"你俩睡在一张床上？"我问。

"对啊，冬天挤着睡暖和，现在睡不了了，天热了。"燕蓉说。

"现在你俩睡在哪儿？"我问。

"睡在上面，"燕蓉指指头顶说，"上面还有更大的一间房子。"

"想上去看看吗？"芙芳从厕所里出来说，"但是就怕你爬不上去。"

"怎么可能，还有我上不去的地方，"我说，"再说，这不已经是三层楼到顶了吗，上面还有一层吗？"

"我说谢立群同志，你在我爸屋里干吗呢，鬼鬼祟祟的，不准偷看！给我出来！"芙芳说。

"没偷看，没偷看，看看老照片而已，怪有意思的。刚才你们说什么，上面真的还有一层？"

果然，我想更上一层楼还真的是很费劲，因为上面根本没有什么房子，而是屋顶，而且得从楼道里的天井才能爬上去。我人高马大，天井的口又小，差一点把我给夹住，多亏谢立群在上面拽我，我才挣脱天井口的束缚登上了屋顶，随后芙芳和燕蓉也跟着上来。芙芳刚上来就嘱咐我，走路轻一点，千万别把屋顶给踩坏了，已经有漏雨的地方了。

这是我长大以后，第一次爬上人家的屋顶，举目四望（我晕高不能一下子往下看，得先适应一下），有点纲举目张的感觉。谢立群还像小时候一样猴了吧唧，这瞅瞅那瞧瞧，不够他兴奋的。不一会儿，谢立群便安静下来，他凑到一个凸起的烟道口往里面瞧，还往里面吐口水。燕蓉说谢立群你缺德不缺德？谢立群说里面有说话的声音。芙芳说有说话的声音你就更不能往里面吐口水了，以后不让你上来了。

他们吵吵闹闹，我独自一个人双手握紧栏杆四下远眺。北面有一座假冒的张学良的将军府，东面有一座山寨版的西班牙高迪的瓷房子，还有一栋栋保存很好的已经是历史文物的百年前的联排别墅，别墅里面的庭院格局错落有致，掩映在繁茂的枝叶当中……

我正惬意地欣赏着外面的风景，谢立群又生事说，哎哎，快过来听一听，此时谢立群已经跑到远处另外一个烟道口处，正侧着耳朵趴在上面听什么。

听到了什么，我走过去。下面的说话声嗡嗡的，像是一个老太婆在训斥自己的老伴，说他几十年前偷鸡摸狗跟戏子做的那些事她都知道。老头正在狡辩，老太婆好像在摔盆儿……

"唉，谢立群你怎么这么没有闲着的时候，燕蓉说不准你偷听，以后真的不再让你上来了。"芙芳也过来数落谢立群，我则踱步走到另外一个烟道口，也许是我幻听或者幻觉，但我确信我的耳朵和神经没有出现问题。因为很明显，男欢女爱的叫床声就是从眼下这个烟道口里传上来的，他们的叫声带着淫声浪气，一股脑全部灌到了我的耳朵里。

我们在房顶相安无事地待了一会儿，我发觉燕蓉不像中午之前那样伤心了，但她还是没有笑模样。而芙芳确实挺为燕蓉担心，我想因为燕蓉没有告诉芙芳信上写了什么，出了什么事情，才造成芙芳脸上始终也没有笑容，甚至整个一下午，芙芳一直是哭丧着脸。

我们就这样无所事事地待着，或溜达，或四处张望，看行人与其他房子上的屋顶或者街道上的风景。我们一直因为燕蓉的心情，谁也没有再说话，大家伙就这样一言不发地一直挨到傍晚。其间，我好像一度迷恋上芙芳这般如此的屋顶生活，以及楼道里的漆黑一片和屋内狼藉不堪的现状，这似乎增加了我对芙芳日常生活的兴趣，这是一种什么心理？我不知道，也不想知道。

直到太阳越走越远，光线越变越暗，忽然间，天气好像一下子跟着我们的心情一样变得阴霾起来。开始起风了，我们站在屋顶上，看到风把地面上的灰尘、纸屑和垃圾，全部翻卷起来，有的地方还形成一股强劲的小旋涡。树叶早已经开始摇晃，在我们的眼前和耳畔哗啦哗啦作响，眼下下班如潮的人流，骑自行车的人加紧蹬车，步行的人开始小跑起来，眼前的情形大有山雨欲来风满楼之势。

7

风猛烈地刮起来，雨说来就来，夏日的雨点异常猛烈，刚一下便是豆大的雨点，下面小跑的人开始加快跑起来，骑车的人猛蹬自行车，逛街的人像苍蝇一样乱撞头地到处去找避雨的地方。芙芳和燕蓉两个人手忙脚乱地跑到屋顶的另一头，另一头有一个没有上锁的铁皮柜子，她俩打开柜门取出一顶折叠的帐篷。

哎呀，还有帐篷，谢立群和我兴奋地喊道。接着我们就开始支帐篷，这时我们的身上早已经湿透，但支帐篷的兴致让我们忘记了此时还在被雨淋。帐篷先被我们支起一个大致的形状，谢立群和我忙活着将帐篷四角上的绳子分别拴在四个方向的烟道口上。芙芳和燕蓉去支帐篷里面的支架，很快帐篷被我们支起来了，没想到这顶帐篷还挺大，几乎到我胸口的高度。随后我们钻进帐篷，芙芳和燕蓉把卷在帐篷里的防雨布垫在地上，防潮垫盖在防雨布的上面，床单被褥铺在防潮垫的上面。

我和谢立群把渗进雨的地方又用防雨布塞严实，等一切就绪后，我们就坐在防潮垫上，这时外面的雨好像是从天上泼下来的，啪啪地倒在我们头顶的帐篷上，听上去有一点儿揪心的感觉。这时，外面的风越刮越大，雨助风势，风把帐篷吹得歪歪斜斜，还好，绳子被我和谢立群拴得牢固，完全没有把帐篷吹飞之虑。

我和谢立群蜷腿坐着，芙芳和燕蓉互相抱着，倒在防潮垫的上面，好像在抱团取暖似的。这时我们都没有说话，沉默中，外面的风雨声显得更加大而恐怖。燕蓉说"上面还有更大的房子"，没想到说的是帐篷，其实燕蓉说得也没有错，这顶大帐篷对于两个女孩来说的确算是够大的了，但一想到冬天她俩睡在小厨房里，夏天睡在楼顶的帐篷里，莫名的我心里就有一种说不出来的难受。从眼下芙芳家里的现状来看，真没有想到，整天嘻嘻哈哈没有愁苦的芙芳，家里的境况竟然是这样的糟糕。

此时，燕蓉还阴沉着脸，她虽然不肯说出心里的话，但很明显，她的心事一直都挂在她的脸上。芙芳不愿意看到燕蓉这个样子，就一直贴心地搂着她，保护着她。

这算什么雨？来得快走得也快。谢立群一边嘟囔一边把帐篷的拉链拉开一条缝儿。外面的雨砸在帐篷上的力度明显小了许多，风也忽然间不刮了，但雨还在淅淅沥沥地下个没完。我扒头看看外面的屋顶，屋顶靠屋檐的地方已经积了不少的雨水，雨点掉到积水上面，溅起一个又一个小酒窝似的水洼。我说排水管好像给堵住了，半天不见水流到下面去。谢立群不关注积水的事，他说肚子饿了，问我们饿不饿？我倒是真感觉到饿，估计芙芳和燕蓉也饿坏了，但是芙芳和燕蓉两人没有吱声，我和谢立群回过头，看见燕蓉香香地已经睡在芙芳的怀里。

芙芳竖起指头嘘谢立群小声一点。谢立群小声地又对芙芳说，咱俩去买吃的吧，让金刚陪着燕蓉。你和金刚去吧，我和燕蓉肚子不饿。还是咱俩去吧，金刚上上下下不方便。谢立群问我想吃啥？我说你买啥我吃啥。芙芳说那就买饺子吧，咱们给燕蓉送行，送行的饺子回程的面。对了，再买一只烧鸡吧，我爱吃烧鸡，我说。你怎么跟我爸一样都爱吃烧鸡，芙芳说。我说懒人都爱吃烧鸡，图省事。

芙芳和谢立群下楼去买吃的，我把帐篷的拉链重新拉好后坐在燕蓉脚下的防潮垫上。这是我头一次看到燕蓉的睡姿。燕蓉睡觉时呼吸很轻，就像没有呼吸一般的轻。我下意识地将手指接近燕蓉的鼻孔，微弱温暖又富有弹性的气息立马碰在我的手指上，我赶忙将手缩回来，燕蓉没有动，她没有意识到我的手刚刚凑到她的跟前。她在做梦吗？我猜她正在做一个好梦，醒来时一定会忘记今天的不愉快。

外面的雨还在下，听上去比刚才下得小又轻了一些，好像合着燕蓉呼吸的节拍。我把芙芳临走时盖在燕蓉身上的被子给她往上提一提，但在我刚碰到被子的一刹那，她的手忽然抓住我的手，我一激灵，想必燕蓉以为我是芙芳。燕蓉眼睛并没有睁开，手却在使劲儿地拉我躺下，我正欲说我是金刚，她旋即说抱抱我好吗？我躺下，抱住她，像刚才芙芳抱她的姿势那样，但我此刻是出于爱、怜悯、关心，还是迫不得已？我不晓得我这样做的目的是配合，还是出于我内心真实的想法？当燕蓉睡在我的怀里，她的胳膊伸入我身体的内侧，直到她的嘴唇与我的嘴唇贴在一起，我才知道爱情的滋味多么甜蜜。

外面的雨点忽然大了起来，似乎又在切合着我和燕蓉两个人的身体轰轰烈烈的爱。燕蓉始终微闭着眼，但我知道，她心灵的窗户是打开的，我们始终没有说一句话，但雨声代替了我们的说话，我们的肌肤之亲代替了一切不能说也不愿意说的话。其实声音全部藏在我们的体内，声音的源泉又是那么虚无和缥缈，随着烟雨迷蒙，朦胧而至又清晰远去。

此时此刻，我俩好像忘掉了一切，一切的时间、空间，友情、爱情、屋顶、帐篷，谢立群和芙芳，以及外面时舒时密的雨，还有黑色的天空。我们甚至都没有意识到外面的天已经黑了，唯有街道上的路灯从地面反射上来昏黄的光，影影绰绰照亮我们的帐篷，才让我们知道我们隔着的光与隔着的黑夜是那么的远又那么的近……就在我俩大脑忽然短暂空白的那一刻，我们才晓得，其实我们是在黑暗里挣扎，即便外面的光多么的柔软或者多么的刺眼，也奈何不了帐篷里我们两颗脆薄的心。

8

谢立群在楼下喊我。我匆忙钻出帐篷跑到围栏朝下面张望。我问芙芳去哪里了？谢立群说我俩有点儿事，办完事再去买吃的，你和燕蓉再忍一会儿，芙芳说让你去屋里拿点儿醋和碗，一会儿我们就回来。对了，你先借给我一点儿钱，回头我还你。我摸摸口袋，掏出50块钱，递给谢立群。谢立群接到钱，嘴里嘟嘟囔囔，就这么点钱够什么用。我哪儿还有钱？一个月的零花钱都请你们吃饭花光吃净了，就这些了，爱要不要。要要要，谢立群一边说一边扬手朝我拜拜。50块钱，谢立群嫌少。我对帐篷里的燕蓉说。

"他要买什么？"我问燕蓉。

"不知道。"燕蓉说。

燕蓉继续赖在帐篷里不肯起身，外面的雨不下了，热风又开始袭来。我让燕蓉出来透透气，她说你下楼去拿醋吧，一会儿他俩就该回来了。我说你自己待着，我一会儿就上来。

我打开天井的盖，从天井口退了下来，回到屋里。刚下过了雨，屋里马上就开始返潮，我打开灯，第一眼看到的是屋里房角处在漏雨，而且洇湿了一大片的墙壁，大片大片过去绿色的霉斑，遇见雨水后像是复活了一般。此刻，水还在不停从墙角处往外流。我赶紧拿来一块儿像抹布的毛巾，站在椅子上面擦墙面上的水，但怎么擦也没有用，直到抹下来一大块墙皮后，雨水反而渗得更多了我才住手。

索性我丢掉抹布去找醋和碗。我不是一个特别爱观察事物的人，但芙芳家里的照片还是把我的目光吸引了过去。我从椅子上面下来，打开窗子透透气，看到五斗橱上摆满了芙芳家的照片。所有照片中，正中间最明显的位置显然是芙芳家的祖上——两张人物半身像，一男一女都穿着满清时期的服装，黑白大照片，显得庄重和威严。其他照片和相框大大小小有十数个，摆放在祖上照片的周围。其中一个相框里，应该是芙芳家里几代人的照片，照片左侧边上白字写着"一九二九年摄于十月照相馆全家福"，照片上人头密密匝匝，有五六十号人之多，芙芳家过去像是一个大家族，这印证了刚上楼时芙芳说的，住在楼里的全是她家的亲戚。

全家福的旁边，我猜我看到的是芙芳的爸爸，一张十多寸的黑白照片，照片上的男人梳着油亮、一丝不苟的大背头，站在灰幕背景的前方，仪表堂堂，不苟言笑，一身藏蓝色的中山装，把人装扮得帅气十足……但在这个男人旁边还有两张彩色照片，我就看不懂了。这两张彩色照片上的女人，一个像北方女人，粗犷豪放，一个像南方女人，娇小玲珑，她们两人长得都很漂亮，而最让我感觉到奇怪的是，她们各自怀抱的孩子，看上去一岁多，都是女孩，一个女孩表情严肃，一个女孩张开嘴乐。我拿起相框，打开相框底盖，一张照片背面写着"芙19××"，另一张照片背面写着"蓉19××"，同一个年份，我迟疑地将照片装入相框，盖好底盖，这时忽然楼道里响起脚步声和说话声，我听到芙芳和谢立群嘻嘻哈哈的说话声和跑上楼的脚步声。紧接着，芙芳就在门口喊我：

"大胖傻，醋找到没有？"

"没找到。"

"在床铺地下，猫腰去找。别拿错了，酱油也在底下，再拿四只碗上来。"

"碗在哪儿，没有找到。"

"哦对了，碗你别找了，不够四只，我去亲戚家借。"

接着，我又听见芙芳砸旁边亲戚家的门去借碗，而后听见她和谢立群爬天井的声音。我安下心来，看完所有照片后才去床铺底下找醋。就在我猫腰够醋的节骨眼，芙芳忽然从楼上扒着护栏压低声音喊我，窗户正好打开的，我清楚地听见："金刚你快上来，我爸回来啦，你快点儿出来，别让他看见。"

我听到后马上够到醋，拎着醋瓶子就往屋外走，刚关上门，就听见有一个人的脚步声已经上到了二楼。我再想往天井上爬恐怕已经来不及，索性我把醋瓶子藏在身后，大大方方地朝楼下走去。

刚走到一半，就跟一个很魁梧的男人擦身而过，那个男人满身酒气，男人看不清我，我也看不清男人，楼道里黑得伸手不见五指，男人醉醺醺地"哼"了一声，像是在跟我打招呼，我也"哼"了一声回应。男人回头，用凝视的目光在看我的背影，我能感觉得到，因为有一丝丝的寒气直逼我的脊梁。

听见芙芳爸关门的声音，我才又悄悄地潜回到三楼，爬上天井。我从天井冒出头来的时候，谢立群和芙芳轻轻地拍手为我叫好。他们此时已经开始吃上，谢立群回身举起正在啃的半只鸡爪子，然后又闷了一口二锅头。芙芳和燕蓉正在捏饺子吃，谢立群说一瓶二锅头咱俩分，我说我戒酒了，不能再喝了。谢立群说，好，你不喝别馋酒，我一个人全喝了。我把醋挨个给他们倒在碗里，撕了一块儿鸡肉，捏了一只饺子，慢条斯理地往肚子里面填。

　　雨彻底不下了，云也彻底没有了，天上的星光开始泛滥，楼下的路灯也越发璀璨，我们就在两种光的掩映下，吃着说着笑着喝着，但我们的声音明显都降低了，芙芳说别让她爸听见，虽然我们降低了声调，但燕蓉重回常态的快乐，让我们大家都舒了一口气。燕蓉最爱吃鸡脖子，可惜鸡只有一条脖子，我果断地让给她，芙芳说她也要吃鸡脖子，这让我很为难，鸡只长着一条脖子，你让我怎么办？好办啊，我吃你的脖子行不行，芙芳说。燕蓉马上说不行，他的脖子跟轴承似的，又脏又啃不动。谢立群酒醉三分地说，吃我的吃我的，我还是一只小雏鸡的脖子。芙芳说不爱吃，哪儿凉快哪儿待着去。

　　晚饭后，出来散步的人们相互在散步的人群里懒散地穿行，一个个像小鸡啄米似的，在步行街上笃笃笃地四处游走。天边又现绯红的积雨云，没有经历晚霞的傍晚，好像让夏日的晚上过得出奇的漫长，时间慢慢腾腾不差一刻一秒地走着，我最后一个吃完最后一块鸡肉和最后一个饺子，收拾好醋碗和垃圾，他们三个早已经闭上眼睛猫在帐篷里闭目养神。我一个人围着网球场大小的楼顶开始转圈，有好一会儿，我都感觉到，楼下懒散的人流好像一下子都涌到我的体内，大家都背着手在我的身体里慢悠悠地走，眉头紧蹙、含胸低头，像在找遗失在我身体里的宝贝，那宝贝会是什么？能容大家都钻进我的身体？难道想把藏在我心里的秘密全部挖掘出来？而唯有一种秘密不是我的，是燕蓉的，是燕蓉托付在我体内的，难道他们是在找燕蓉？我甚至在怀疑我自己，为什么这么快就爱上燕蓉，而不是芙芳？

晚风与热浪一起袭来。楼下的窗户，砰砰地有的关上有的打开，我还睁着双眼，明明看到夜色已经把城市推向遥远的尽头，在眼前一个人都没有的情形下，我却冥冥听见有人在喊：

"小芙小蓉你俩还下来吗，我锁门了。"

我转过身看了一眼帐篷，帐篷里没有动静，也没有芙芳和燕蓉回答的声音。我想是不是芙芳和燕蓉睡着了，还是她们根本就不想理会楼下喊她们的人？就在刚才，我的手刚搭在燕蓉的背上，燕蓉反过手将我的手擒在她的手里，她的手那么的软那么的细，当触碰到我的那一刻，如电流轻轻颤动了我的神经和心房。而她的眼睛是那么的可爱，细细长长双目微闭。我俯身，在她的眉头吻了又吻，她依旧微闭着眼，我俯身，吻她的唇，吻她年轻的乳房……

有一度燕蓉转身，燕蓉的脸庞与眼眶，透着湿润，像雪白墙壁洇出的雨水，又像刚初出茅庐的女子被月光浸透周身的月色。那一会儿，夜色被路灯与霓虹灯照耀得无比灿烂，那一会儿，我们隔着厚厚的帐篷，听夜来风雨之声吹过城市高矮起伏的楼群，如风吹麦浪，我们在麦浪中摇摆，麦穗抚摩我们裸露的肌肤和偾张的神经，与此同时，楼下一家商铺的录音机里放响"爱上一个不回家的人……"，直到现在这首歌还在循环地播放，其实，我们何尝不想回家，何尝不想被人爱，和爱他人？

我一个人突兀地看着帐篷，我觉得芙芳和燕蓉首先要有一张床，属于自己的、固定的、一辈子不用换的一张床，床不必有多大、不必有多豪华，关键是床的四条腿必须粗壮，必须牢牢地固定在卧室的地面上，谁也搬不走、搬不动，自己的床能让自己舒舒服服地躺在上面，不被人家欺负和赶走，芙芳和燕蓉她俩现在没有，以后能有吗？

或许，她俩已然在帐篷里进入梦乡，我好想等她俩静静地醒来，无论醒来时是白天还是黑夜，我都想让她俩在每一次醒来时都像鱼儿一样快活，无论在深与浅的河流里，都能带着自身光芒四射的鳞片在游泳，从逆境到顺境，从顺境到逆境。当然，我期待我的脉搏能搭在她俩脉搏的上面，我们就能在同一个频率上共生死，共患难，在共同的时间里推动我们生活的双桨，划向我们共同的彼岸和希望。

9

一切好像是一个谜。

我好像掉到芙芳和燕蓉设下的谜团之中。她俩不是有意为之，我知道，那些照片，尤其两个女人抱着两个孩子，背面写着"芙"与"蓉"的照片，照片的年代相同，女人与孩子的姿势相同，甚至照片的尺寸、背景和照相馆都是出自同一家、经过同一个照相师的手拍摄的。所以，我觉得我看到了不该看到的东西，毫无疑问，我不能告诉谢立群，我要为芙芳和燕蓉保守这个秘密，但我也不能肯定，这会是芙芳和燕蓉不能周知的秘密吗？但我还是最后决定，不对任何人，包括她俩问及这些照片，学会缄默是一种美德，也是一种成熟的表现。

我睡不着，再说也没有到睡觉的时间，谢立群像一个喝醉酒的婴儿似的，小巧地蜷缩在帐篷里，正睡得昏天黑地。我在外面守候，不知在守候他们醒来，还是在守候我不可预知的未来？反正我有的是时间，况且现在空间又这么大，我站立其中，忽然有天为地人为王的感觉。

就在这时，芙芳从帐篷里出来，问我困不困？我说我不困，还没有到睡觉的点儿。芙芳说她也不困，燕蓉其实也没有睡着。那封信里到底写着什么？我问芙芳。我也不知道，我太了解燕蓉了，如果她不想说，任何人都不会问出来的。我说那就别问了，她自己的事让她自己去处理吧，咱们关心她，支持她，有人做她的后盾，她心里也许会踏实一些。其实时间也不算太早了，楼下街上的人流不像刚才那么多那么密集了，在没有人流的情形下，夜混合进灯光就让人感觉到异常的诡异和扑朔迷离。时光虽不能倒流，但它的能量却强大无比，就像突然出现在芙芳身后的燕蓉，仿佛她一直在温暖的黑暗里窥探着我和芙芳。

燕蓉在芙芳身后突然说，你把手腕举起来我看看。燕蓉的话让芙芳吓了一大跳。芙芳猛然转身，诧异的目光注视着燕蓉，然后从容地把手腕举起来给燕蓉看。我和燕蓉同时看到，芙芳的手腕内侧红肿着，红肿的地方刺刻着一个图案，好像是一只鸟，又好像是一条没有长肉的鱼。这是什么，谁给你弄的？燕蓉冷气逼人地问芙芳。然后一把抓住芙芳的手腕。你抓疼我啦，快松手。我不松！这是什么你说清楚？我站在旁边不知道该如何是好？我的身体好像靠在一根锈迹斑驳的栏杆上，只要我再用力往后面靠一下，我就会从她俩的生活中一闪而过。好一会儿，芙芳和燕蓉站在原地一动不动，直勾勾地互相看着对方。

接下来燕蓉说的话，像流星一样掠过天际，不知从哪里来，欲飞向何处。

"你凭什么这样对我，为什么这样对我？！"燕蓉的哭声几乎动容了整条安静的大街，她依旧攥着芙芳的手腕，但明显松软了，直到她松开芙芳的手，双手去抹脸上的泪。燕蓉哽咽着、哭着，眼泪止不住地往下流。芙芳要上前去抱她，燕蓉往后退了一步，芙芳刚伸出的手臂，又离燕蓉远了一步。

燕蓉像流星一样的话，也许只有芙芳自己知道，这颗流星打哪里来，要飞向何处。我不知道，但我看到，这颗流星击中了芙芳的心，似乎快要穿透芙芳的身体。此时，她俩一个沉默，一个哭泣，没有谈话的场面是生活中最让人受不了的，就像我爸跟我妈打冷战，几乎都快要把我妈逼疯。而我同样束手无策地站在一旁缄默不语。也许答案就在她俩的沉默当中，我想，沉默中的生活，痛苦是多种多样的，我不是在跟自己争论，我也不想说服别人，我只是看到眼前满是虚无的东西，就像燕蓉的话，芙芳的眼神，燕蓉的眼泪，芙芳的沉默。而最让我不愿看到的是，燕蓉那充满忧伤又灵性蒙眬多泪的眼神，这会成为让我无法释怀和磨灭的记忆。此时，虽然还未到我需要记忆的时刻，但在我面前的燕蓉和芙芳，就如同我在记忆中的影子一般，被情感磨砂得模糊莫测，飘忽不定。但，此时此刻，我坚信，唯有我的理智仍还存活着，即便理智不能战胜情感，但情感只要不脱离现实，理智就会存在。

谢立群从帐篷里出来，迷迷糊糊、晃晃悠悠地跑到一个烟道口处往里面撒尿。你给我过来！谢立群！芙芳朝谢立群喊。谢立群还没有顾得上拉裤子拉链，便脚底下拌蒜地朝我们小跑过来。

"杜丘，你看，多么蓝的天，走过去，你可以融化在那蓝天里，一直走不要朝两边看，明白吗？杜丘。快，去吧！"

"从这儿跳下去！昭仓跳下去了！唐塔也跳下去了！所以请你也跳下去吧！你倒是跳啊！"

谢立群一边过来，嘴里一边念着《追捕》里的台词。你们仨倒是跳啊，"杜丘"都已经跳完了，该轮到你们啦。

谢立群嘴里还在说个不停，芙芳忽然厉声说道，都怪你，死谢立群，都是你闹的，都怪你！怪我什么啊，金刚把我灌醉了，我一直在睡觉，你们仨又说我什么坏话啦，准是胖大傻说我坏话了，甭听他的，听我的，从小他就听我的，现在他是在报复我。

不怪谢立群，燕蓉止住眼泪哽咽着说，怪他干什么，这是咱俩的事，难道你心里不清楚吗？

　　谢立群酒劲儿还没有过去，燕蓉和芙芳的话让他听得糊涂倒账。我说，你刚才带芙芳到底干什么去了？我知道这不关谢立群的事，但芙芳和燕蓉的事情既然她俩都不愿意挑明，不如先把她俩闹得不可开交的情绪岔开。

　　谢立群说，没干什么，买吃的去啦。我说，买这点吃的钱还不够，下午我看你要给燕蓉买车票，掏出一大把钱？哦，对了，是不够，找你借了50块钱买瓶酒，就为了你才买酒啊，你还不喝，回头我把钱还给你，别这么小气。

　　我说，不是买酒的事，你还带芙芳去干了什么事情？

　　哈哈，我还带芙芳去文了身，你看，谢立群抬起右手手腕，他的手腕内侧也文了一个跟芙芳一样的图案。

　　我问这是什么？谢立群说，这是一条会飞的恐龙，呵呵，其实是一只……你猜，是一只什么？

　　我说，是凤凰，凤凰涅槃？土包子，什么狗屁凤凰，这是一只加拿大的始祖鸟，你简直是土得掉渣啊。刚才买烧鸡时，正巧，烧鸡店旁边我一个上高中时的哥们开了一家文身店。哎，其实钱够用，但我那个哥们说店不是他开的，是一个什么台湾老板开的，特牛 ×，美国技术英国原料加拿大图案，本来三个钟头的活儿，怕你和燕蓉等着急，结果两个钟头就给我和芙芳做完活，手艺超牛 × 吧，你看，你仔细看看。

　　我说我不看。谢立群说不看不行，我都跟哥们说好了，回头带你和燕蓉也去，你俩也一人文一只，钱我出，咱们四个人每人手腕上都文一只，芙芳那只文的是红色翎羽的，我的那只是蓝色翎羽，你和燕蓉挑自己喜欢的颜色来文……

"什么啊，谢立群！"燕蓉吼道，"你拿金刚的钱去文了这个狗屁文身，你凭什么去文这只鸟，你凭什么花人家金刚的钱文这个破玩意儿，你凭什么带着芙芳去文这只怪鸟，你凭什么要这样、要这样对我……芙芳，你说啊，你凭什么要这样，这样对我？！……"

10

我们这个暑假本该过得很有意思，但芙芳挂科，燕蓉马上就要回南方的家，这弄得我们怅然若失。

送燕蓉走的那天下午，燕蓉只背了一个双肩背的背包，说开学就会回来，不用带太多的行李。芙芳、我和谢立群给燕蓉送站，我们在长途汽车站的月台上挨个儿跟燕蓉拥抱，像燕蓉不回来了似的。当我抱住燕蓉，燕蓉悄悄地塞给我一张小纸条，并且悄悄地在我耳边说："等我回来，不准忘了我。"

燕蓉与芙芳抱得时间最长，都快发车了，她俩都不愿意分开，但她俩只是抱着，哭着，两个女孩什么话都没有说，只是沉默，自从燕蓉跟芙芳大发雷霆之后，她俩就一直保持沉默到现在。

长途汽车载着燕蓉走后，傍晚夜幕低垂，我们三个人更是心情低落，晚上又没有啥地方好去，便各自回家。

当晚我按照燕蓉小纸条上面留下的地址即刻给燕蓉写信，恨不得她一进家门就能看到我的来信。之后我每天都要给燕蓉写一封既浪漫又充满幻想的信，其实信里并没有说什么实质性的话，但也没有说燕蓉不爱听的肉麻的话。总之，我在信中写的都是我实实在在的想法和思念的情绪。

很快暑假又过去两周，我和芙芳还有谢立群隔三岔五地就能接到燕蓉的来信，有两封信的署名还是署我们三个人的名字。燕蓉来信全部寄到学校的门卫，芙芳离学校最近，接到信后她即刻转给我和谢立群。

但好景不长，从燕蓉走后的第三周起，燕蓉的信就逐渐没有了，好像要跟我们中断联系似的。其间，我和芙芳、谢立群依旧给燕蓉写信，但不管我们怎么写怎么寄，我们等来的却是是一场空。我问芙芳、谢立群，是不是燕蓉只给你俩写信？芙芳和谢立群矢口否认，说怎么可能，我们还想问你，是不是只给你写信？

燕蓉为啥不再跟我们联系？这事情来得比较蹊跷，我们仨每次在一起时都讨论这个问题，但一时无法搞清楚，只能等开学见到燕蓉再说。这段时间，我一个人时，时常愣神，常想或许我和燕蓉在哪一个环节上出了严重的问题？

我们担心的事情终于发生了。

燕蓉果然没有如期归校。三个月的暑假生活，被我和谢立群和芙芳过得没滋没味。我们仨也不是每天都在一起，即便在一起，也无非坐在海河边上吃吃冰棍，说说马千里的事情，或者谢立群问问我爸妈离婚了没有，当芙芳什么话都不说时，我就跟谢立群聊拳击，芙芳也不带我和谢立群去她家了，有几次我和谢立群跑到芙芳的楼下去喊她，她也不愿走出她的帐篷，她说她在听歌，我和谢立群便去学校练习拳击。

开学的头几天，我们还在想燕蓉也许耽搁几天就会回学校上课，但是一直等到开学都快一个月，燕蓉都没有露面，这更加重了我们对燕蓉的担心。

我始终都在给燕蓉写信，几乎每天都去一趟邮局给燕蓉寄去挂号信，但我寄出的每一封信又都如泥牛入海，杳无回信。燕蓉好像人间蒸发了似的，谢立群跟教务处的主任问燕蓉为什么没有返校上课，教务处的主任还有其他老师，包括班主任马千里在内，没有一个人知道燕蓉不来上课的原因，甚至燕蓉的下落都没有人清楚。

谢立群对我和芙芳说教务处和马千里确实不知道燕蓉的情况，看来燕蓉遇到了麻烦，或者她的家里出了什么事情？

这可是大学啊，芙芳埋怨燕蓉，毕业后，我们还要等着学校分配工作，这会影响她日后分配的，影响了分配就影响了她日后的前途，难道燕蓉不想要以后的前途了吗？

这段时间，我和芙芳、谢立群在一起时总是眉头紧锁，尤其是我，芙芳说我都快要变成小老头啦。我对芙芳说，你相信燕蓉会无缘无故放弃学业？芙芳非常迟疑地看着我，她没有回答我的问题，本来我还想问芙芳家里为什么会有燕蓉的照片？

但我晓得芙芳不想说别人是问不出来的。后来我也在想，其实她不说，也是一种述说，甚至比述说还来得真实和可靠。

11

燕蓉不在的这个学年的时间过得飞快，新一个暑假又要开始了。虽然这个学年过得飞快，但这个学年过得是有代价的，沉重即是它的代价，不光时间的沉重，虽然时间沉重得并没有拖延脚步，但更沉重的是在时间上行走的我们，因为我们每在时间上的刻度上走一步，心就沉重地跳一下。

放假前两个月教务处就安排期末考试了，整比往年提前了一个月。考试结果出来，芙芳一共挂掉4科，我挂掉3科，谢立群挂掉1科。这证明我们在这一年里几乎没怎么学习，我们也不打算补考，我们一心只想着燕蓉快一点回来，哪怕不提前告知我们，突然出现在我们面前也好，给我们一个惊喜。

但无论告知也好，惊喜也罢，我们持续等来的还是空无和迷茫。离放暑假前的半个月，本来课程还在进行中，芙芳就按捺不住非要到南方去找燕蓉。

芙芳对我说她马上就走，要去找燕蓉，我没有迟疑地就答应了她，我们就开始商量去找燕蓉的路线和行程。后来我和芙芳找到谢立群，谢立群正在拳击场跟教练商量暑假期间去外校巡回打拳击赛的事。我和芙芳见谢立群犹豫，便马上替谢立群做出决定，谢立群你还是别去了，一来要组织拳击比赛，二来你在学校看家，一旦我和芙芳有紧急事情，你也好在学校接应我们。我们约定，每隔三天的中午 12 点给谢立群打电话，电话打到教务处，你在教务处等着，有事说事，没事给你报一个平安。

燕蓉的家在扬州，事不宜迟，我和芙芳说去就去，为了省钱，当然也为了尽快买到车票，我们还是去坐燕蓉回家坐的那趟长途汽车。

我和芙芳背上行囊，三天后的傍晚，我们便坐上奔往南方的长途汽车。算上换乘，我和芙芳整整在路上奔波了两天一夜才到达扬州。准确地说，燕蓉家其实并不在扬州市里，而是在距离扬州市两百多公里远的 T 县 R 乡的一个村庄里。

此时正赶上南方的梅雨季节，我和芙芳是北方人，极不适应南方潮湿阴冷的天气，何况我俩又是第一次出远门，带的衣服、吃的东西，以及药品，等等，都不充足。

扬州，岂止扬州，整个江南地区都笼罩在梅雨的天气里。我和芙芳整天被这个鬼天气困扰得心情极不舒畅。我俩洗好的衣服干不了，吃的喝的又极不适应，开头水土不服天天跑肚子拉稀，身体都给拉虚脱了。我们拖着病恹恹的身体坚持到达 T 县城的当晚，双双开始发起高烧来，一下子倒在小旅馆的床上起不来。

我俩裹着棉被在小旅馆里整整躺了两天，第三天的一早我的高烧已经退成低烧，芙芳却一直高烧不退，身上滚烫滚烫，我对芙芳说我出去给你买药，买回药吃了就好了，你再坚持一下。芙芳没有吱声，随后我穿好衣服打着伞跑到大街上去找药店给芙芳买药，顺便还在药店旁边的小卖部给教务处打了一个电话，这会儿刚好是中午 12 点整。

铃刚响一声，电话就被人接起，谢立群在电话里面说，怎么晚了两天才打来电话？我说我和芙芳都病倒了，发着烧出来买药，芙芳高烧一直没有退，情况不妙。

谢立群不容我说芙芳病得有多严重，他忽然话锋一转，急切又严肃地告诉我，我通知你和芙芳，你俩赶紧返回学校，找燕蓉的事情回来再说。

我问学校出了啥事？忽然，电话里传来马千里的声音，马千里生硬地说："学校还没有放暑假，谁准许你们跑到外面去？！后面的课全部按旷课处理！而且你们必须马上返校，没有商量的余地，学校马上要开展一次大型的活动，这是一项政治任务！"然后啪的一声就把电话给挂断了。

就这样，我赶紧在药店给芙芳买了药回旅馆喂给芙芳吃下，我对芙芳说咱俩得赶快回学校，之后我就去长途汽车站买回程的票。芙芳不肯回去，我好说歹说硬是拖着芙芳病病歪歪的身体，乘转天一早的长途汽车先回到扬州市的市区。

我们又在扬州市住了两天才买到回程的票。回到家，芙芳在家里歇了两天身体才开始好转在之后的三个月里，发生了让我和芙芳终生不能忘记（至少是我终生不能忘记），而且是最忐忑，对人生，以及命运最为关键的一件大事情……

也是在这三个月里，我"抛弃"了燕蓉，跟芙芳走到了一起……还是在这三个月里，我和芙芳分别被校方隔离和审查……校方必须让我和芙芳说清楚去南方的真实目的和意图……而最为难过和难受的是，无论我和芙芳如何地解释和说明，或者说是如何地交代——去南方只是去找燕蓉，再无其他意图——校方就是不肯认可，最终我和芙芳写下深刻的检查，而且检查被装入我们的档案，校方才对我俩的隔离和审查告一段落。

前面说这段时间我"抛弃"了燕蓉，的确是，这段时间，可以说是我与芙芳"患难与共"，共同经历了一小段挫折的时期。但对于我们还处于成长期，或者对于我们一只脚刚步入社会的年轻人来说，这无疑是给我们在人生的最初阶段上了一堂"政治课"，既是对我俩的鞭策，也是对我俩的警告。

这个事件之后，我和芙芳的关系便往前迈进了一大步，要说我和燕蓉过去仅仅是男女初恋的关系。那么，我和芙芳可谓比我和燕蓉除肌肤之亲之外更添上一层精神层面的关系，虽然当我和芙芳上床的时候，我的内心深处还摆脱不了燕蓉的影子，但对于我来说，其实我思想里已然对燕蓉释罪了，不再承载太多的心里负担和包袱。

有一段时间，我和芙芳除了在床上不吵架，平时总是有事没事无端端地吵架。其实都是一些芝麻大的小事情。有一次，甚至为我爸妈离婚的事也跟芙芳吵了架。那天，我跟芙芳说我爸妈终于去民政局领离婚证了，我说我该怎么办？这句话惹恼了芙芳，她像个煤气罐突然爆炸，说我打小在蜜罐里长大，这点屁事就不知道该怎么办啦。

最近我不太敢理芙芳，一是在生活上，二是在挂科补考上，三是在燕蓉身上。总之方方面面，我只要一说话，不管提哪一个方面，芙芳都会生气爆炸……反正日子正过也是过反过也是过，我和芙芳几乎每天都睡在她家屋顶的帐篷里，而且一睡就睡一整天醒一整天。大好时光被我俩过得百无聊赖，有时抽冷子，芙芳性起，拽着我能花大把的时间在马路上走。有一天，我被芙芳拽着从一条大马路一直走下去，一直走累了走不动了才为止，那天我俩花了7个钟头走到一片大洼地，看到远处的天边才往回返。而更多的时候，我俩则会把时间花在帐篷里，做完爱，我俩就四仰八叉地躺在防潮垫上，她想她的心事，我想我的心事，或者我压根什么都不想，就这么脑袋空空地躺一天。

12

这个学年又要快过半，我和芙芳已经旷课无数，几乎不敢再跨进学校，不敢再见班主任马千里的面，也不敢见教务处主任和同学们的面。现在只有谢立群是我和芙芳跟学校联系的纽带，谢立群虽然有时也旷课跟我和芙芳待在一起，但他的大部分时间还是要去学校上课，见面时谢立群就跟我和芙芳聊学校里发生的新鲜事，比如教务处主任正跟校长研究开除我、芙芳和燕蓉的学籍，比如拳击比赛打赢打输的事……谢立群善意地警告过我和芙芳，你俩旷课已经成常态，会有什么样的下场你俩可要做好思想准备。但我和芙芳两人哪里还有什么思想，或者说我们两人的思想就是破罐破摔，摔个稀巴烂变成废铜烂铁才好。我爸妈离婚后已经没有人再来管我，芙芳爸是一个酒鬼，整天喝得醉醺醺，连自己都管不好，恐怕早已经忘记还有芙芳这个人。

芙芳爸是一个酒鬼。没过多久，芙芳爸的死对芙芳震动很大。

那天夜里，可能是凌晨两点钟，芙芳从帐篷里出来说要到下面的屋里拿点东西。不一会儿她上来说她爸到现在还没有回来。我问她不会出什么事情吧？她说不会，一个酒鬼准又睡在大街上了，他总是这样。然后我们又各自睡去。大概早晨5点多钟，天刚亮，我们就听见楼道里有动静，接二连三地传来脚步声和说话声。紧接着，芙芳家的亲戚就喊芙芳，让她赶快下来，有人找。

找芙芳的是三位警察，警察让芙芳跟他们走，我征求警察同意后，也跟着芙芳坐上警车。警车将我们带进一个大院，大院门口牌匾上写着"××市法医鉴定中心"。芙芳看到这块牌匾心里不免紧张起来，紧张的时候她的手总是紧紧抓住我的手。

警察在前面走，我陪着芙芳在后面跟着，我们跟警察走进一座大楼的里面，昏暗楼道尽头的门楣处写着"太平间"三个字。当我们随警察走进太平间昏暗又漫长的通道时，芙芳的脸都给吓白了。

走过通道，走在最前面的警察推开太平间的大门，太平间里面的空间豁然开朗，冷气特别的足，偌大太平间里的白炽光，一下子把太平间里的氛围点得阴森恐怖。

太平间里有三面墙的不锈钢冷柜，我知道里面装的是死人的尸体。警察走近一个冷柜，打开柜门，抽出一副担架，担架上面白布蒙着一具尸体。警察撩开白布，芙芳爸爸的面容就露了出来。芙芳吓了一跳，抱着我向后退了一步。芙芳爸爸脸色惨白，面容还好，看上去死时并不痛苦。警察让芙芳指认尸体是谁，叫什么名字，年龄，与芙芳是什么关系，在什么地方住……而后警察把我和芙芳带出太平间，带上警车送到警局。

到了警局，我和芙芳得知，芙芳爸爸是被一早在海河边上晨练的群众发现并报的案，晨练的群众发现海河里漂着一具尸体。警察说，初步判断死者是酒醉后掉到河里溺水而死，但必须要等尸检报告出来才能够下最后的结论。然后警察又问了芙芳很多其他的问题，包括她爸爸是否酗酒，快到中午的时候警察才放我们走。

下午我们把芙芳爸爸的灵堂布置好，谢立群也逃学过来帮忙。我们把最新给芙芳爸爸洗的遗照放在五斗橱上面所有照片的最后面。芙芳脸上始终没有表情，好像看见什么都熟视无睹的样子，芙芳一直在耐心地收拾她爸爸的遗物，从下午开始，芙芳家里的亲戚就没有断流地来来走走，来的人都不言语，鞠几个躬，坐也没有坐转身就走。

一周之后，警局让芙芳去拿尸检报告。果不其然，警察按尸检报告上的内容给芙芳解释说，死者醉酒后掉到河里溺水死亡，死亡时间大概是当天午夜时分，目前还没有证据证明是他杀。

之后，我和芙芳撤掉屋顶上面的帐篷，又和芙芳把下面的卧室打扫干净，我俩就搬进卧室里来住。

也许是芙芳紧绷着的神经开始放松，有好几个晚上芙芳都在梦中念叨着"燕蓉，爸爸死了，你快回来吧，爸爸死啦……"芙芳醒后问我刚才说了什么梦话？我每次都告诉她什么梦话也没有说，快睡吧，接着睡，接着睡。然后她又沉沉地睡去，而我却怎么也睡不着，每次挨到快天亮，我的眼睛才开始睁不开。

芙芳爸爸去世后，我和芙芳又享受了一小段逃学没有人管的日子。后来有一天我俩忽然发觉，日后我俩的日子根本没有办法过下去。我这边是因为，我爸妈离婚后，我的学费和生活费都没有了着落，我妈单位不景气，马上就要一刀切下岗，厂里给的一刀切的钱勉强够我们全家生活半年。而我爸自从跟我妈离婚后，就再也找不见了。比我更要命的是芙芳，芙芳一直在收拾她爸的遗物，竟然没有找到一分钱的存款和存折。芙芳眼看手头就没有钱了，急得她都快要绝望了，没有钱又没有生活来源，吃喝都成了问题，拿什么去交学费？

其实我们何尝不想当好学生，我们念大学的目的不就是为了以后能分配到好单位，好好地工作过上好日子？没想到，竟然在我们这个年龄就尝到了人间沧桑的味道。不得已，我和芙芳只得放弃学业，想方设法地去找工作找钱找能养活我们的活路。

就在一次没有希望的应聘中，我和芙芳竟然同时被那家即将开业的洋快餐店录取为小时工。我和芙芳穿着崭新的工作服到快餐店，上我们的第一天班，为此我们欣喜若狂。

13

洋快餐店开业第三天，我就被当班经理派到前台"打桌"（术语收银）。店长原先规定，"打桌"必须由长得顺眼，眼疾手快的小女生来干，而我，一个人高马大杵天杵地的大家伙，在顾客面前委实大煞风景，但快餐店开业两天就累倒了三个小姑娘，我就这样被店长推上"打桌"的前台。

其实我已经尽己所能，却还是笨手笨脚的不如其他姑娘麻利，芙芳嫌我傻大笨粗，但我的优势在于臂展长省脚力。芙芳没有这项优势就又费鞋又费脚地跑来跑去。上午还好，到了下午芙芳就喊脚疼腿疼，疼得受不了时，她就蹲在柜台下面佯装取东西休息。我就利用这会儿工夫，多瞅几眼年轻貌美的女性顾客。当一个身材高挑、步履轻盈的女顾客映入我的眼帘时，尽管被我定睛凝视良久，但还是被对方认定我什么也没有看到。

"不认识我了？"终于，这位女顾客从队伍后面排到我的眼前。

"真认不出你了。"

"变丑了，还是变美了？"

"什么都没有变，但是也变了一点。"

她好像没有点餐的意思。我凝视着她，她也凝视着我。

"你一年多跑哪儿去了，不辞而别，这么彻底？"

"其实哪儿也没去，只是不想让你们找到。所以，也不能说是不辞而别。"她说完眼睛闪烁了一下。

"反正是找不见了。"

"请您先点餐。后面的人等着急了。回头找个没人的地方你俩再约会！"芙芳打柜台下面钻出头来说。

"嗬，早就看见你了，还以为你跟我捉迷藏呢。"

"我哪儿有工夫跟您捉迷藏。不就是为了给你们创造单独说话的机会吗。"

我为燕蓉点餐的时间比别人都长，当班经理过来示意让我动作麻利点，鉴于目前顾客太多人手不够，经理对我遇见美女没完没了搭讪也只得忍气吞声。

这天，我和芙芳正常下班，燕蓉和谢立群坐在马路对过的早点铺里等着我俩。此时早点铺不光卖早点，中午和晚上也开始卖起包子。燕蓉和谢立群见我和芙芳出来，他俩也过了马路，燕蓉没有跟芙芳打招呼，芙芳也没有理她。燕蓉只冲我笑了笑算是打了招呼。一路上，我们光听谢立群讲学校里面发生的事和拳击比赛的事。跟以前一样，谢立群和我走在燕蓉和芙芳的后面。傍晚天色昏暗，但我还是能看清燕蓉的手总是有意碰一下芙芳的手。我们大概往前走了十多分钟，芙芳便伸出手将燕蓉的手攥在自己的手心。随后，她们姐俩又说又笑起来，不再听谢立群瞎白话。

芙芳把燕蓉领回家，燕蓉走进屋左看右看，像回到自己的家一样。当燕蓉看到芙芳爸爸的遗照时，只冷冷地问了一句，他死了？芙芳也冷冷地回答说，嗯，上个月死的。然后她俩就谁也没有再说这件事。

此时厨房已经被我恢复成厨房的功能，我从包里拿出汉堡和薯条，然后走进厨房。我拿回来的汉堡和薯条，都是快餐店过了期，要丢的食品。我把它们放在蒸锅上加热，加热后我又在里面塞了一些卷心菜和黄瓜片，被我重新改造的汉堡，就像一个巨无霸。同样，我把蔫了的薯条又回锅炸了一下，出锅后的薯条颜色有些老，但撒上胡椒盐和番茄酱，口感比新鲜的还要好吃。总之我整了一大堆垃圾食品端进屋，我们又像从前那样，一边吃一边瞎扯。其间，我、芙芳和谢立群都没有问燕蓉这段时间在哪里、出了什么事？燕蓉自己也没有打算说。我觉得回来就好，过去的事就让它过去吧。

"屋里还是老样子。"燕蓉吃饱后，腾出嘴来说。

"可不是，你走后，金刚钻空子搬进来，就赖着不走了。"

"我住在这儿不就是为了方便候伺候您老人家吗？！"

"谁让你伺候，爱伺候不伺候，有的是想伺候我的人，到时还轮不上你，是不是谢立群？"

谢立群点头称是。像以前一样，我和芙芳、谢立群有的没的地瞎扯，燕蓉坐在一旁听，只笑不语。我和芙芳勾肩搭背地坐在燕蓉和谢立群的对面，不时会意地笑一下。其实我心里憋着一大堆问题想问燕蓉，但是在芙芳和谢立群的面前我没有办法开口，最后我还是把话憋在了心里。

燕蓉问起学校里的同学，谢立群说同学们还是老样子，只有金刚和芙芳不务正业在外面比翼双飞。之后，我们又都沉寂下来，屋里的气氛一下变得安静下来，而就在芙芳上厕所、谢立群在厨房的小阳台抽烟的工夫，燕蓉小声地对我说：

"谢谢你，你写给我的信我全收到了，但是我只能跟你说一声对不起。"

"都是过去的事情了。"

"我写给你的信你能还给我吗？"燕蓉说。

"好吧，当然能还给你，你就是走后的两三周给我写过几封信，回头我找出来给你。"我说。

"你只收到过几封吗？"燕蓉问。

"信不信其实已经不重要了，你要的话我就还给你，"我苦笑着说，"弄不好我还找不到呢。"

"不会找不到的，你不是那种人。"

"怎么不是，时间长了，人都会变。"

"好吧，我不要了，你也不必找了，咱们以后也不要再提这些事情了。"

14

那晚我们整整海聊一宿，之后我也没有找到能跟燕蓉单独说话的机会。芙芳天天黏在我身边，燕蓉也没有告诉过我她现在住在哪里。至于我和芙芳上班的时候，燕蓉的一切行踪，我一概不知。只有到晚上，我和芙芳下班的钟点，燕蓉会准是出现在马路对过早点铺的门口等我俩。

我在快餐店干熟络后，胆子越干变得越大起来，我已经不屑于每天拿过期的食品，我开始背着芙芳，从后厨偷新鲜的肉饼和面包，神不知鬼不觉地在厕所里简单包装一下，放进背包里带出餐厅。

燕蓉特别爱吃我做的汉堡，燕蓉比以前清瘦了许多，每次我都鼓励她多吃。芙芳因为累所以每顿饭也挺能吃，谢立群则是有一顿没一顿地蹭吃我的汉堡，尤其他练完拳，食量就大增，一次能吃掉两个汉堡。

一天晚上，燕蓉准时出现在快餐店的门口，见我一个人出来问芙芳怎么没有在店里？我说芙芳跟店长去公司开会去了，可能要升她的职。我和燕蓉一路走一路说，看燕蓉心情不错，我就问起燕蓉这一年多家里出了什么状况？燕蓉说不光是家里面的事，还有其他的事，而后她顿了顿，忽然在我的脸上停顿几秒钟，我也凝视着她，等着她说出答案，但转瞬间，燕蓉又啥也不肯说了，而且她的表情急转直下地变成无辜和无奈的样子。见她不高兴，我刚想解释，但在燕蓉一再掩饰的表情下，眼泪还是顺着脸颊滚落下来，我的心立马软了。沉默，我想到沉默，我应该继续保持"沉默"。但在燕蓉的面前，尽管燕蓉的相貌没有发生明显的变化，但我觉得她的心事变得复杂了许多，也太过沉重，压得她几乎喘不上气来。譬如她的眼泪，好像都比她之前的重。

在夜幕掩护下，燕蓉默默流着泪，我不敢再看她，我知道如果她不肯说，她的苦泪是一辈子也流不完的。

15

洋快餐二店开业在即，公司下调令将我调到二店，芙芳留在一店做店长的助理。很明显，店长看我不顺眼，借二店开业之际把我和芙芳分开。

自从上次见燕蓉默默流泪后，隔了好几天燕蓉才来二店找我，当时我正在大堂做清洁，燕蓉款款朝我走过来说，打老远看你没精打采，又不是两地分居，干吗总黏在一块儿。我放下手里的活儿说，你怎么知道我调到了二店？我刚从芙芳那里过来。我哦了一声，然后一边干活儿，一边看燕蓉从来没有穿过的一件新连衣裙。好看吗？燕蓉问我。好看，新买的？燕蓉说谢立群给我买的。燕蓉好像比之前爱说话也爱打扮了，性格也变得敞亮了许多。

另外，前些日子，我看出来，芙芳和燕蓉之间又有一些不对劲儿的地方，好像彼此在疏远对方。

其实没精打采是累的，刚开业有干不完的活儿，你是不知道我们快餐店的亚太地区的督导多能剥削劳苦大众……燕蓉坐在一旁一边看我干活儿，一边听我埋怨……有燕蓉在，恍惚下午我过的不是光阴，而是一种感觉。

芙芳当上店长助理后，更是加班加点在店里干活，而且她干得不亦乐乎，都快要把我和燕蓉还有谢立群给忘干净了。晚上回家，芙芳很少提起燕蓉，我也绝口不谈燕蓉找我的事。又是一天的下午，我在后区的冷库里卸货，燕蓉不知不觉地站在我的身后对我说：

"小心我把你反锁在冷库里。"燕蓉说。

"啊，你怎么进来的，小心我拿你当贼抓了。"

"有我这么好看的贼吗？"

"有贼说自己好看的吗？"

"哈哈……"

"等会儿我就下班，一会儿芙芳也来，我请你俩吃饭。"

"不！我说两句话就走，晚上还有别的事。"

"哦，行吧，说吧，两句话是什么话？"

"金刚，你真的别生我的气，我已经失眠很长时间了，天天心里烦得很。"

"失眠？我怎么从来没有听芙芳说过，你怎么会失眠？"

"不为什么，我什么都没有跟芙芳说过，所以你也不要说，你也不要瞎猜，有些事情讲了你也不能理解。"

"我当然理解不了，你不说，我又不是你肚子里的蛔虫。"

"我没有责怪你的意思，但你总该有一个理由吧？"我又说。

"以后你也许会知道理由，也许不会，但至少现在我不会给你一个理由。"

"我觉得你必须得信任我，我会像当初一样对你好。"

"你叫我怎么信任你，不可能……不可能回到当初了，你也没有理由像当初一样对我好。"

我被燕蓉的话噎住了。

第二天，雨下得特别大。燕蓉又来了，鬓上沾着雨珠，笔直的小腿湿漉漉的。我看到被雨淋湿的燕蓉，仿佛看到了时光在倒流。

"昨天我跟你说的话你别往心里去。"

"我特别希望你能跟我说明原因，我实在想不明白你到底出了什么事情？"

"信上已经跟你说了，其实出了什么事也跟你没有关系，所以我不想再跟你提过去的事。"

"你信上跟我说了什么？我就接到你给我的 7 封信，之后你就一直杳无音信。"

"怎么可能是 7 封信，不可能，70 封信都不止。"

我听到 70 封信后无言以对，如果我说我没有收到那么多的信，可想而知，除了 7 封信以外的信，都跑到哪里去了？如果我说收到了，同样可想而知，燕蓉该怎样加深对我的不理解，而我又无法从燕蓉的嘴里得知，我没有看到的那些信里燕蓉到底跟我述说了什么？

我和燕蓉见面的事，有一天晚上在被窝里我跟芙芳说漏了嘴。没想到芙芳听说燕蓉又去找我，她很大度地说：

"甭管她找你干什么，如果她想让你回心转意，你就告诉她，是我勾引的你，看她怎么说。"

我本想质问芙芳，燕蓉给我写的那么多信都跑到哪里去了，但是我转念一想，不能问啊，芙芳完全可以说不知道，而且她还会反问我，她给你写了那么多的信，比给我写的还多啊，你去问她真的给你写了那么多信吗？如此，我该怎样说，怎么回答？

我嘟哝说："怎么能骗她，我要是说也得说我欺骗了你，你要不然才不会跟我好上。其实我就是觉得燕蓉心里像装着的事情太多了，都系成了疙瘩，自己解不开，还不让别人帮她去解。"

芙芳说："别编了，一编就露馅，其实你心里还特别地想着她。"

16

记得第一次跟芙芳滚完床单后，我和芙芳四仰八叉地躺在床上，芙芳翻来覆去地问我："你理想中的女孩儿是什么人？"我跟她开玩笑说："窈窕淑女君子好逑的那种。"

她突然变脸，我发现这个玩笑开不得，我马上联想到燕蓉，然后委屈地说："现在谁还喜欢淑女型，一点不健康，我理想中的女孩是热情似火，又永远烧不化的那种。"

"你说的是我？"

"肯定是你，只有你才烧不化，你是一块儿非常好的钢，要硬度有硬度要韧性有韧性的那种。"

她还要让我发誓，第一眼看上的不是燕蓉。我忘记发誓没有，即便发誓，我也是口是心非昧着良心。我之所以在燕蓉消失后跟芙芳好，完全是看上她奔放的性格，而燕蓉才是我心中喜欢的女孩，但这话我怎么能说出口，我还想不想再跟芙芳上床？

　　芙芳非要我说时我就说："你俩我第一眼看上的是你。你穿的是猩红色，跟火一样带着温度的衣裳，跟你的性格无与伦比地匹配。她不行，哪里有你好。"

　　"你还记得研究人类学的教授给咱们讲的兽之所以不如人的根本区别在哪里吗？"芙芳说。

　　"我没有听，记得你和燕蓉也没有听，你们先离开的阶梯教室，随后我也离开了。"

　　"后来谢立群给我讲了，人与兽最根本的区别在于做爱，在于兽只会从背后插入对方做爱，而人则是面对面地做爱，面对面地做爱彼此就会产生眼神的交流，哪怕是闭着眼，也会有心灵的沟通。"

　　那段时间，每天晚上我和芙芳在床上面对面做完爱之后，芙芳总依偎在我的怀里，揪着我的胸毛，不言不语，好像我要抛弃她似的，那副可怜兮兮的样儿，想起来就让人受不了。突然有一天晚上她对我说：

　　"你别住在这儿了，明天燕蓉要来住。"芙芳说完，脸上又生出生离死别的表情。

　　我困惑地叫道："为什么！燕蓉来住，只来住一个晚上吗？"

"不知道，她来住了才知道。"

"我怎么没有听燕蓉说过要来住的事情？"

"你跟她在冷库私通时她没有跟你说吗？"

"谁跟她私通，她自己找来的，我这么高的个儿，光天化日之下跟她私通全体员工都能看得见！"

"这么说你要是个矮个头儿就能跟她私通啦？"

"我说你这人怎么变得这么多疑和爱矫情了？"

"她要来住又不是我让她来，你干吗这么激动。"芙芳说。

"来就来，谁激动了，她来这儿住我去哪里住？"

"一起住，不正是你梦寐以求的？"

"谁梦寐以求？咱们就一张床，你让我睡在哪儿？"

"睡在小厨房里，或者支帐篷睡在楼上，再不愿意就舒舒服服回家躺在你妈的怀里睡！"

"不准骂人！"

"行，我不骂你，那你就快给我滚回家去，从哪儿来的滚回到哪里去！"

"回家就回家！"

芙芳那股钢韧劲儿一上来，我心里就打起鼓，万一我背着芙芳，真跟燕蓉重归于好，弄不好芙芳先要把我杀掉，然后她再去跳河。让她们姐俩好好恢复关系也好，我可以回家躲躲清静。

之后的一天晚上，燕蓉在外面用公用电话给我家里打电话，说芙芳这么晚了还没有回家，问是不是跟我在一起？我撂下电话给芙芳店里打。此时店里正在打烊，白班和夜班正在做交接班。当班经理急了，接过电话吼我搞对象回家去搞……不得已，我撂下电话给芙芳亲戚家里打，芙芳亲戚接的，我听见芙芳在电话旁边小声抽泣，我便佯装是店长找芙芳谈工作，芙芳接过听筒，听是我，没有说话就把电话给撂了。

我很吃惊，燕蓉和芙芳这些日子她们俩谁都没有理我。我连续几个晚上都没有睡好觉，怎么会出现这种状况？我开始恨自己对芙芳不忠，因为我还是对燕蓉割舍不下……我想，要不跟她俩都说清楚，与其相互牵扯，不如都做朋友。

再有，芙芳为啥要跑到她的亲戚家里哭呢？我知道她跟她们家的亲戚虽然都住在一个楼里，除了接打电话她央求亲戚外，其他事情他们之间很少有走动。转天趁没有班我去找芙芳，她正在前台教新员工"打桌"。芙芳瞧我一眼，然后在柜台里面取出两个大汉堡，塞到我手里。是我买的，吃去吧。我举着两个大汉堡找地方坐下，过了一会儿芙芳来到我身旁，我特别不喜欢芙芳动不动就对我说：

"别对我神气活现的。"

"我今天都没敢看你。"

"没看才叫神气活现。"

我笑了："好，回头我真神气活现一把，举报你请我吃霸王餐！"

"你敢！讨厌，无聊！"

芙芳最后一句嗓门儿特别大，惹得许多只眼睛朝我们这边

瞧，跟着她就被店长叫走。其实我找芙芳也没有正经事情，见
她心情好我也就没有事了。眼下窗外白云滚滚，似波涛起伏，
阳光直接射在我狼藉不堪的桌面上，显得光彩斑斓。我坐在阳
光下看芙芳在柜台前忙忙碌碌，如果她能朝我诡异一瞥，嫣然
一笑，姿态优雅，更能使我心情愉快，但她没有。

　　我等芙芳下班出来的时候，已经是漫天星斗，我引芙芳抬
头往天上瞧，啊，多么壮观的世界，你说上面会有外星人吗？
我问芙芳。有吧。你就是，正常人哪有你这样的。它们在动，看
见没有？你没有觉出它们在动？我说，你说外星人也像地球人
这么是是非非？谁是非？！又没说你，干吗这么敏感。那你说
谁！？我要跟你断绝关系！芙芳话音刚落，我忽然冥冥之中感觉
芙芳说过这样的话。谁让你跟我断绝关系？燕蓉吗？到底是不
是她说的？是她说的怎样，不是又怎样？你还这么在意她！又
来，干吗总把我和她扯在一起？

　　层层叠叠的云说把星星们罩住就给罩住，但排山倒海的云，
无论如何也奈何不了纹丝不动的星星们。

17

　　芙芳、燕蓉重做闺密后，我就再没有和芙芳单独住在过一
起，每天我回家住，然后转天佯装上学实际上是去上班，下班
后我去找芙芳陪她一起回家。我问芙芳："你和燕蓉天天晚上睡
在一起说些啥？"

"没有，啥也不说。"

"瞎说，鬼才相信，你俩没有说我才怪！"

"说了。"

"说什么？"

"说你没劲。"

"我怎么没劲？"

"你不就是想问我燕蓉心里还有你吗！？"

"又来，行行行，权当我没有问。"

有一天晚上，燕蓉回来得特别晚，谢立群也跟她一起回来，我和谢立群出去给两位小姐买夜宵：砂锅豆腐、冬瓜丸子汤和4瓶啤酒。

我和谢立群拎着吃的东西和啤酒，摸黑上楼，走到芙芳家的门口听见燕蓉和芙芳在说话：

"你怎么变成这样？"

"我哪里变了。是你变了。"

"为什么你不相信我？"

"我只相信事实，只相信你没有对我说真话。"

"你相信也好，不相信也好，反正我说的全是真话。"

"你到底想走还是想留下？"

"该走时我会走……"

……

我和谢立群推开门进屋，芙芳和燕蓉的话戛然而止。我和谢立群佯装风风火火跑回来的样子，一进屋就说：

"来来来，换换口味，整天吃汉堡薯条受不了，尝尝咱们国产的砂锅豆腐和冬瓜丸子汤。"

芙芳和燕蓉的目光没有注视我和谢立群，而是一直看着姜黄的墙面。

"干吗呢？"我撂下啤酒，取来筷子和勺，"快吃啊，趁热吃，燕蓉你还像以前那样能喝啤酒？"

燕蓉冷冰冰地说："你们走吧，我和芙芳困了，要睡觉了！"

芙芳怀孕了。

傍晚正是上客的时候店里特别忙，芙芳用店里电话打到我们店里说她的肚子特别疼，可能有了。我说你别糊弄我了，你就装吧。芙芳忍着疼说让我看着办。这段时间，芙芳对我一直很冷淡，我说你准是压力太大神经过敏造成的。她说我是个神经病！说完她就把电话撂了。我没有跟芙芳治气，撂下电话请了假就往芙芳店里跑……芙芳捂着小腹趴在休息室的桌子上问我："燕蓉这样，你会着急吗？"

"不可能发生的事情，别打比方，你没有看出来，我只对你一个人好。"我信誓旦旦地说。

"你拿什么对我好，用嘴？"

我好像又要落入她的圈套了。

"我扶你走，咱们上医院看看去。"

"我想叫燕蓉来，让她陪我去。"

"她在哪儿咱们都不知道，我去哪里找她？"

"你真的不知道？"

"那还用说，她跟一个隐者似的，晚上只跟你待在一起，白天的行踪她从来没有跟咱们说过。"

没有等芙芳再说，我搀起芙芳就往外面走，出了快餐店我叫了一辆黄大发，直接奔向中心妇产医院。到了医院，芙芳说这个钟点燕蓉该回家了，你给我亲戚家打个电话叫她过来。我跑到医院外面打公用电话，燕蓉知道情况后在电话里骂了我一句"混账"就撂下电话……很快，燕蓉到了医院，先去挂号，然后扶着芙芳去诊室检查，我一个人坐在诊室外面等着她们。

果不其然，芙芳真怀孕了。

转天燕蓉陪芙芳来医院做人流手术，手术做了很长时间，我和谢立群坐在医院楼道的台阶上一边吸烟一边等待。

芙芳一个人走出手术室时，燕蓉赶忙上前去扶她。我看到芙芳脸色惨白，好像身上没有了血液似的……手术费是谢立群垫付的，转天我把攒了几个月的打工钱全部取出来还给谢立群。谢立群不要，让我给芙芳买补品。出于愧疚，我给快餐店打电话为芙芳请假，之后我天天来芙芳家里陪芙芳恢复身体。偶尔我俩也谈到未来，但困扰我俩的是学业没有办法再完成，生活还没有真正的开始。芙芳说她想要和我生活在一起，叫我只爱她一个人，别无他求。我觉得芙芳顾虑太多，鉴于她还是一个病号，我便全依了她。

芙芳身体好得很快，完全康复之后，我还是待在芙芳家里赖到晚上不肯走。芙芳没有办法，让我把小厨房收拾一下睡在小厨房里。前半夜我睡不着，偷偷溜出门爬上屋顶，坐在烟道口看天上的月亮，夏天夜晚的月亮怎么这么亮，它与我默默对视着，有时让我感到奇暖无比，有时又让我感到冰冷异常……后半夜，我又去了一趟摩天轮下面的水上乐园，月色撩拨着水上乐园里幽蓝的河水，河水轻轻击岸……

　　一周后的一天晚上，我和燕蓉坐在屋里看电视。芙芳这周上夜班，晚上就我和燕蓉住在她的家里。

　　中央一台正在播放安理会斡旋中东几个国家停战的新闻，中央二台播放的是西安事变后国共两党合作的纪录片……遥控器在燕蓉手上频道翻飞，我俩就在忽明忽暗之间看着电视节目。

　　芙芳上夜班这段时间，我和燕蓉独处是被芙芳准许的，也是她要求我陪燕蓉的。但是有一点，芙芳不准我碰燕蓉一根手指头。我说哪儿会呢，我以我的人格担保。芙芳最怕我说我以人格担保，因为她说过我的人格早就被狗吃掉了。

　　我把自己的厨房小窝整得舒舒服服，从屋里看完电视，回到小厨房的床上倒下，很快睡眼就蒙眬起来。燕蓉斜倚靠在床帮的枕头上。燕蓉继续加快换台的速度，电视闪烁的频率加快了我入睡的节奏。我刚要踏入梦乡，就听到隔壁芙芳的亲戚回家的声音。工夫不大，隔壁屋传来说话声，好像在说拆迁的事。我起身上厕所，回来的时候燕蓉已经把台定住，手上却端着一本书在看，我仔细看，发现燕蓉的眼泪已经在脸上流得稀里哗啦。

这是我没有料到的，燕蓉现在学会只流泪不作声。我问她怎么了，心里有话说出来会好受一点儿。燕蓉没有说话。我回到床上躺下，轻轻翻了一个身，脸冲着外面，望着朗月当空的天象，我怎么也想不明白，燕蓉和芙芳两人之间到底又发生了什么事情，现在我们之间怎么会变成这个样子？

"你想让我和芙芳分开吗？"我背对着燕蓉说。

"不想。"老半天燕蓉才吐出两个字。

"如果咱俩在一起，芙芳会怎么样？"

"不想跟你在一起，咱俩也不可能在一起。"

"你要是不走，在一起的准是咱俩。到底出了什么事，你真的不想告诉我？"

"别问了，芙芳问我也没有说。"

"那好，我不问，你想说的时候再说，心情好一点儿，日子会好过一点儿。"

"睡吧，不用陪我，我睡不着，你先睡。"

"失眠很痛苦吧？"

"别说了，睡吧。"

屋里安静下来，隔壁亲戚继续谈论拆迁的事，嗓音时而大时而小。其实隔壁的噪声无论大与小，也打扰不了我和燕蓉的静默之音。

转天我起得晚，芙芳进来，燕蓉已经不在了。芙芳去拉窗帘，我问芙芳："回来得这么早？"

"这还早？"

"几点了？"

"十点多了。"

"完了，今天的班又要告病假了。"

我穿好衣裳洗漱完毕跟芙芳出门，我问芙芳下夜班回来怎么不睡觉，现在要干什么去？

我还有工夫睡觉吗，你不知道咱们这栋楼要拆迁吗？我说我知道，昨天晚上听隔壁亲戚家说的。知道你还问。其实我也不知道，你没有对我说啊。你想让我对你说什么？对你说这栋楼拆迁后我就没有地方住，我马上就要无家可归？这间房子不是你爸留给你的吗，拆迁了还会再分给你一间的。你是真不知道还是假装不知道，这间房子不是我爸的，是我爸找亲戚家借的，他一辈子压根就没有自己的一间房子！那天我给你打电话，你在亲戚家里哭，就是为了这个？不是为了这个还是为了什么？你现在要干什么去？找房管站要房子去，凭什么没有我爸的房子？！

我跟在芙芳的后面，一路抬头望瓦蓝瓦蓝的天空，天空真让人迷醉，我真想飞到天上去，一路向南飞……

我从后面牵过芙芳的手，我们一起穿过熙熙攘攘的步行街，走上川流不息的大街。我一直喜欢芙芳开朗、热情、奔放、活泼的性格，与她在一起，整天都是快活的。即便我俩嘴上总在吵架，或者单方面地她对我动武，但这也只能解释为爱情的力量有多么强大。而此时此刻，再强大的爱情也容不得没有房子住。开头芙芳没有床，现在有了床却没有了房子，我不知道为什么芙芳一下子会凄惨到这个地步？我想，如果芙芳真没有地方住就跟我回家住，反正我爸也不知道去向，我姐已经跟我未来的姐夫同居在姐夫家，我家里有两间房还容不下芙芳？我在这么想，但是芙芳此时却说：

"咱俩还是分手吧。"

"怎么又提分手？"

"你找燕蓉去吧，"芙芳平静地说，"真的，咱俩分手，你跟燕蓉回她在南方的家，比跟我在一起好。"

"不好。为什么要分手，给我一个理由？"

"这么简单的事情还要什么理由？"

"当然得要理由，我是人，你也是人，人和人之间是有感情的，所以……"

"所以我要和你分手，长痛不如短痛，而且我知道你骨子里只爱燕蓉一个人。"

"你有点自欺欺人了吧，我股子里有啥连我自己都不知道。再说，我跟她怎么会比跟你有更深的感情？要说有一点儿感情，也是开头那一点点朦胧和缥缈的感情，怎么能跟与你的感情同日而语！"

"其实，咱俩的感情是形式上的，你和燕蓉的感情才是内在的。"

"想得太哲学了吧，我觉得你现在怎么这么没劲。"

"没劲就更得分手！"

恐怕我和芙芳真的是要分手了，芙芳态度坚决。

每天下班后，像以前一样我再去接芙芳下班，芙芳却躲着我不见，她的家也不让我去，我天天在芙芳家的楼下守着，有时燕蓉先到家或者有时芙芳先到家，她俩仍旧住在一起。没过几天，楼下的几处墙上就用白漆刷着一个大大的"拆"字，拆字外面罩上一个大大的白色的圆圈。

芙芳不跟我见面，我每天怅然若失地回家。我爸妈离婚后，妈一个人过，过去我不回家是常态，现在天天回家，对妈来说是一件新鲜事。妈见我天天回家特别高兴，总给我包饺子吃，吃不了我就隔三岔五地给芙芳和燕蓉带去。每次都是燕蓉代芙芳收下饺子。

"我想和芙芳结婚。"有一次我把饺子递给燕蓉时说。

燕蓉仰头看了看我，没有说话，眼神里却透出惨淡的光。

"我和芙芳现在算是有了一份工作，快餐店的工作能养活我们两个人。"我又说。

"芙芳同意和你结婚吗？"燕蓉眼里的暗光慢慢扩散到脸上，整个人好像都没有了魂儿似的。

"没有，我还没有跟她说。"

"哦，那你就去跟她说呗，我不会在你俩之间传话。"

"我没有想叫你在我俩之间传话，我只是把我的想法告诉你。"

"好，我知道了。对了，我也告诉你一件事。"

"什么事？"

"芙芳让我去她们店里应聘。"

"是吗？那太好啦。不过你最好别去，你不是芙芳，她体力好，快餐店的活儿特别累，你可能顶不住。"

"我顶得住，别小瞧我，天塌下来我都能顶得住。"

一周后燕蓉果然去芙芳店里应聘，一去就给聘上了。那天我没有班，估计芙芳和燕蓉快下班的时候我去找她俩。自从芙芳跟我分手以后，见面时我俩的话特别少，有时压根儿就不说话。

进店前，我站在店外落地窗前往店里看了一小会儿，芙芳和燕蓉正忙着给顾客备餐和"打桌"。外面天色已经黑了，店里灯火通明。一周没有见芙芳，她好像长胖了一点儿，大大咧咧的样子还跟从前一样。

"别干啦，干死了外国资本家不给你俩抚恤金。"走到柜台前我开着玩笑对芙芳和燕蓉说。

"你来干吗！"芙芳眯起小眼刻薄地说。

燕蓉在旁边忙手里的活儿没有顾得上跟我打招呼。

"干吗这么较真？脾气还这么大。"

"懒得理你，说好不见，没有事别来。"

"饿了，来买东西吃不行？"

"行，吃什么？掏钱！"

正说着，谢立群打后面的厨房里蹦出来——

"嘿，你不安分地当学生会主席，怎么跑这儿打工来啦？"

"呵呵，没有想到吧，芙芳介绍燕蓉来，燕蓉介绍我来。"

"没有想到，一周没见，你们这儿成婚姻介绍所了。"

"吃了没有？"

"没吃，正想买，可你们店员的态度不怎么好。"

"态度不好，芙芳是店长助理，脾气当然大，想找态度好的，去找燕蓉。"

"得了吧，我谁也不找，不吃了，减肥。"

"要不，你进来，帮我收拾一下冷库算你加班，你就有可以免费吃喝了。"

"够馋，最近我腿疼，沾不得凉。"

"瞎整，什么腿疼，别跟我嘚瑟，又不是不管你饭，我去给你找一件军大衣，你等着。"

收拾冷库的活儿没有人愿意干，外国资本家用人狠呢，一百多平方米的冷库，标准工时是一人一天要在里面干满 2 小时，每小时可以出冷库休息十分钟，免费喝一杯热咖啡，然后再进去。冷库最高温度设在零下 35 度。

"咱不缺这口吃的，回头你帮我找店长把我调过来跟你们一块儿干。"

"好啊，你来就热闹了。"

谢立群找来一件军大衣，我勉为其难地穿上就被他推进冷库。冷库里散乱堆放着一箱箱的肉饼和鱼饼，袋装薯条撒得到处都是，还有各种口味的调料酱，有的都破了口……我在冷库里面整整干了一个钟头，谢立群才放我出来，出来时，我的眉毛和头发上都结了白霜。刚脱掉军大衣，我就一连打了好几个喷嚏。燕蓉给我送来热饮，我接过来喝了，身体才感觉到暖和。

"吃的呢？我饿了。"

"叫芙芳给你拿，坐在大堂吃，随便吃。"谢立群说。

不一会儿，芙芳给我端来汉堡、薯条和草莓派，说："傻呀你，简直多余，谢立群多狡猾，最累的活儿叫你去干你就去干，你逞什么能！"

"还不是为了你。"

"为我什么，他是我的手下，他得听我使唤。傻！"

"傻就傻呗，傻人有傻福。"

芙芳一边批评我，我一边吃，先吃薯条，再吃草莓派，最后举起汉堡大口地嚼起来。芙芳看我吃得快要噎死，赶紧打来可乐……我喝着可口可乐幸福得有点忘乎所以。

"够狠！"

"狠什么？"

"这么多日子不理我。"

"谁让你跟燕蓉睡在一屋里！"

19

快入秋的时候，也就是说，谢立群没有来多久，就在洋快餐店里混了个工会主席的位置。要说谢立群确实是当领导的材料，他在这方面很会钻营，当然也很有才干和能力。

谢立群当上工会主席后，很快他就张罗员工分批次旅游。旅游的地方就是芙芳一直想去的十渡和野三坡。只可惜，谢立群安排好后，芙芳却不能去，原因是她得接受来自亚太地区督导的高级培训。芙芳去不了，燕蓉也不去。谢立群没有办法，定好的事情只能以大局为重。

十渡和野三坡两个景点挨着，十渡有水，野三坡有山。那天我们安营扎寨，在十渡和野三坡中间三面环山的空旷地带。十渡的水就是从野山坡的山里面流出来的。

驱车一夜，清晨抵达，妩媚的阳光照在悠悠流淌的溪流上，反射的光直刺我的眼睛。眼望清澈见底的溪流，阳光铺在它如缎面的身上，一路逶迤而去，令人心驰神往。溪边生长着许多艳丽的花草和植被，放眼望去，像是上帝的栖息之所，山外还有自然形成的村落，周边良田千顷，简直如同画境。

我非常珍惜这次出游，路虽不算远，就在我们生活的这座城市的近郊，但这里的景色简直美轮美奂，让人有一下子能融入其中的感觉。不消说，这个季节甚是宜人，柳绿山红，秋高气爽，白云朵朵，惬意得很。这次出游我们吃的喝的准备得非常丰盛，大大小小的冷藏箱装满一辆大轿车。上午大家安营扎寨后，下午就开始准备晚上的篝火晚会。

我们从车上卸下一箱箱啤酒放到溪水里冰镇，然后取出羊肉串和牛肉饼，支好美式煎炉和烤架。谢立群和我把瓶装可乐全部打开，倒进装满冰块儿的冷藏箱。之后我们三五成群地去拾柴火，准备晚上点篝火使用。我和谢立群一边拾柴火，一边不知不觉朝密林深处走去。刚穿过密林，忽然听到前方有嗒嗒嗒的马蹄声，随后一人一骑出现，他还牵着一匹花斑马朝我和谢立群过来。

我和谢立群迎骑马的人走过去。骑马的人是当地人，马是供游人租骑的。我们谈好价钱，谢立群抢先骑上主人的枣红马，有模有样地坐在马背上指挥我骑后面的花斑马。马，我还是骑过的，小时候跟我爸去呼伦贝尔大草原骑过马，还在草原上驰骋过。我上了马，和谢立群并行，两匹马的马头不时地凑在一起厮磨。没过多久，我和谢立群骑着马重回营地，大家见我俩骑着两匹高头大马回来，兴奋得不行，抢着也要骑。枣红马和花斑马有一点受惊，加快脚步朝溪流的方向一溜烟地跑过去。

"马过得了溪流吗，也不知道水的深浅？"

"应该不会太深，估计到马的膝盖。"

"过去后不会走丢吧？"

"走不丢，老马识途，走多远都能够回来。"

"老伙计，你认识路吗？"

花斑马打了个长长的喷嚏，像是在回答"认识"。

两匹马一前一后、不紧不慢地在溪流里行进。大概七八步之后，两匹马像商量好了似的，不约而同地停在溪流中间不往前走了。溪水的确不是很深，刚没过两匹马的大腿根，且水流也不是很急，缓缓地摩挲着我和谢立群的脚踝。好半天，两匹马一动不动地站在水里面，我和谢立群拽各自马的缰绳，我还踢了马肋、双腿加紧马肚子，也都无济于事，我们的马好像就是不愿意过河。

"怎么不走了？"

"水里凉快呗。"

"使劲踢再试一试。"

"踢了，不管用。"

接着我又试，抬起脚猛踢马的前腿根儿。突然间，我的花斑马刺棱一下子，两条前腿倏然腾空，马头向上大半个身子脱离水面。事发得突然，我被花斑马掀到水里……秋天里的溪水倍儿凉，我呛了一口水，浑身完全湿透了。

"你不是会骑马吗？"

谢立群伸长脖子笑我说："怎么样，痛快吧？"

"你也试试，水里倍儿暖和，特别舒服。"

"拉倒吧，骗子，自己舒服去吧。"

"下不下？"

"不下。"

"不下也得下。"说着，我抡起练过拳击的拳头猛砸枣红马的屁股，"算我拍你马屁了。"谢立群毫无防备，枣红马一惊，往前一蹿，谢立群也脱镫掉进水里。

"暖和吧？"

"暖和个屁！"

"总比你的冷库暖和。"

"马怎么办？"

"老马识途，甭操心。"

我和谢立群爬上岸，其他员工看见我俩在水里玩得嗨，也跳进水里打起水仗。天色将晚，我和谢立群点起一小堆火烤衣服和脚，我俩坐在火堆的面前，透过火苗看落日时分大山里鬼魅的景色。

山里不比平原，天说黑就忽然黑得一塌糊涂。员工们手忙脚乱加紧添柴点火，很快，嘈杂的人影中间就冒出来一个特大号的火堆，大火堆的四周是一个个小火堆……我们在小火堆上烤羊肉串，肉香四溢，没有等肉完全烤熟，我就欲罢不能地先吃起来。大家也都围拢各自的小火堆频频举可乐畅饮。不多时我们就喝美了也吃美了，四个喇叭的录音机响起迪斯科音乐，我们搂着抱着扭动起来。此时此刻，白天的好山好水好风景，一下子被火光和我们的身影，吞噬得干干净净、了无踪影。

闹够也疯够，我想起芙芳和燕蓉，尤其想起芙芳跟我说分手就分手，一点感情不留，弄得我很伤心。谢立群在一旁说，男人志在四方，别总黏着女人不放。其实这种话，芙芳也不止说过一次，就算好的时候，她也总挂在嘴边。

我当然不相信这是芙芳的真心话，以为她闹一闹就翻篇了。哪承想，芙芳对我和燕蓉睡在一屋的事情竟然这么挂在心上，而且我还能感觉得到，别看表面上芙芳对燕蓉好，但一沾我，芙芳就很敌视燕蓉……谢立群问我愣什么神？

我说想起孔夫子有一句话："唯女子与小人为难养也，近之则不逊，远之则怨。"

谢立群听后，二话没有说就朝我的头抡起拳头。我和谢立群一直在学校练习拳击，我们从跳绳，跑步和核心力量的基本功练起，后来练习跳滑步，躲闪和出拳的各种技术动作。刚开始谢立群不如我打得好，毕竟我的身高、体重、臂展、身体素质等各方面都跟谢立群不是一个量级，谢立群也从来不敢挑衅我跟我对打。

现在则不同，我离开学校不去训练已经有半年之久。谢立群还是每周4次坚持去训练，从这次我和谢立群在溪边的对打就能看出来，人的攻击力不在身高体重和臂展，而是在坚持不坚持系统的训练。

谢立群起先出的几记重拳全部命中我的面门，我打他却打不着，他躲闪灵活，腿脚移动极快。我却像一个大沙袋，被他打得团团转。而且我的体能也在急剧地下降，没打一分钟的工夫，我就气喘吁吁，心脏都快要跳出喉咙。紧接着，我又被他的右手勾拳勾中我的左肋，一下子打得我岔了气。在我猫腰痛苦喘气的节骨眼，他的左手摆拳又击中我的下巴。我偌大一个身躯被他一下子打倒在地……我听到员工们在周围欢呼着，为谢立群的胜利叫好助威。

好半天我才缓过来，谢立群递给我一杯可乐，说："见鬼呢，你连自己都养活不活，养俩女子，确实难养啊。"

谢立群又说："你知道吗，你、燕蓉、芙芳，你们仨学校已经把你们开除学籍了！你不要问我为什么，我告诉你，一是你们仨挂科太多，二是你们旷课太多。我为你们多次找马千里求情，马千里恨死你们了，就是她提议开除你们，整顿校风的。我还去找教务处主任和校长、副校长，都不管用。教务处主任说你们连肄业文凭都拿不到。"

……

我哭了，火好像跳进了我的眼里，我佯装被刺痛，抹掉两行眼泪，但怎么也抹不掉，跳进我眼里的那么多影子和往事。

20

之后的一周，燕蓉和芙芳两个人又在闹别扭。因为我？我思忖，因为芙芳又要跟我分手，她翻来覆去地跟我分手好多次了，可能女人都喜欢出尔反尔，而男人可能就是给女人出尔反尔预备的玩物。这一次我一反常态，不但毅然决然地同意跟芙芳分手，而且提出，以后咱们互相谁也不要再找谁，最好永不相见。

这次我的决心很大，而且我能够说到做到。有一天，我趁芙芳和燕蓉去上班，家里没有人，我便去芙芳家里取回我的东西。收拾东西的时候，我意外看到藏在芙芳褥子下面的信，信有燕蓉写给她的，更有燕蓉写给我的。但是写给我的信，信瓤已经不见了，只留下几十个信封。我想找到燕蓉写我的信看一看，但终究没有找到。我非常生气，但我转念，我不能再为信的事情质问芙芳，芙芳已经够可怜。我觉得作为男人应该大度一些，尤其是感情方面的事情，否则越折腾越乱。

芙芳和燕蓉回来得很晚，我没有走，给她俩收拾了屋子，还擦了地。芙芳进屋见我欲言又止，侧身靠在床上，从书包里拿出一本都快翻烂的英文高级培训教程来看。燕蓉则坐在梳妆台前面梳头发。镜子里，燕蓉白皙的脸与芙芳中性的脸泾渭分明。

"两人气性够大的，看看，把屋子祸祸成这样子。"

芙芳突然翻脸说："你不是不理我了吗！你有一点男人样吗？脸皮厚得跟猪一样。"

"怎么了，干吗拿我撒气？"

"你以为你是谁，是我爸还是我妈？燕蓉特别讨厌你，我也是，你知道不知道？！"

"你俩打架别总往我身上扯！"燕蓉对镜子里的芙芳说。

"你在我俩中间难道没有觉出别扭？"

我和燕蓉当然明白，芙芳一语双关的话，既说她也说我。

我站起来靠在窗户边上抽烟，把烟吐向窗外。抽到第三根时，芙芳说："学会抽烟了，你想死？"

"我是准备死，死前好好享受一下。"

我噎了芙芳。我们仨吵架打扰了隔壁芙芳家的亲戚，亲戚大妈蹑手蹑脚地推开我们屋的门，对屋里说了一句：

"芙芳，你找到住的地方没有，马上就要拆了，你得抓紧啊。"

芙芳听到后默不作声地继续看教程，燕蓉也是默不作声地又在梳头。

芙芳对镜子里的燕蓉说："走？还是留？说一句痛快的话？！"

"你俩有完没完，我走还不成？"我说。

"我问的是燕蓉！"

"甭指她说我，指我说她，有事情冲我来好了。"

"冲你来得着吗？你是谁？跟她有什么关系！"

忽然，燕蓉夺门而出。

燕蓉走后，芙芳嘴里依然嘟哝："你欠我的。你欠我的。"

"你脾气越来越大，我欠你什么？说，我还给你。"

"欠我一个孩子，你还给我！"

21

燕蓉走后不知去向，班也不去上了，芙芳家也没有见她再来过。起初芙芳并不在意。一周后，芙芳就开始焦躁不安了。

我跟芙芳无数次认错后，她才勉强批准我继续跟她住在一起。但芙芳变得很冷漠，晚上不准我碰她，各睡各的，我依旧睡在小厨房里。可是小厨房就那么一点屁大的地方，现在已经是深秋，晚上的秋风带着凉气冻得我哆哆嗦嗦睡不着觉。

有一天晚上，芙芳可怜我，让我回她的床上睡。芙芳这一举动，让我觉得春天就要来了，芙芳心里还是挺疼我的。我转天便对芙芳加倍殷勤起来，给她洗衣服和袜子，主动收拾屋子，晚上借亲戚大妈的锅给芙芳炒菜做饭……又过去两个晚上，第三个晚上，芙芳主动钻进了我的被窝。

转天早上，天气忽然转阴。芙芳挎着我的胳膊，我俩牵着手，一边说一边出家门走上步行街。刚到步行街上，我和芙芳就看见燕蓉站在街角等我们。快一个月没有见，燕蓉的面庞又消瘦了许多，芙芳怜香惜玉般看着燕蓉，燕蓉却单刀直入地对芙芳说：

"我想跟你谈谈。"

"有什么好谈的。"

"能不能让金刚先走？我想单独跟你谈。"

"我先走，我先走，你们俩谈。"

"你别走，她让你走你就走？"

"我不走你俩怎么谈？"

"要谈晚上谈，现在没有空。"

"行，晚上我找你。"

燕蓉说完转身就走了。

"一见到燕蓉你就那么没出息！"

"谁没出息了，真怕了你了。"

"再狡辩！"

我和芙芳今天都歇班，我们是要去学校找谢立群。其实找谢立群也没有具体的事情，就是多日没见他，我们都有点想他。

我和芙芳进了学校，怕遇见马千里和教务处主任，就直接去了拳击训练场。赶巧了，谢立群上午上完一节大课后，正跟一班子拳手研究下午打一场馆内赛。谢立群见我和芙芳来了，特别高兴，他让我脱掉上衣，赶快做做热身，为下午打比赛先恢复一下体力。

我说我哪儿还打得成，都多久没有训练了。谢立群说，唉，瘦死的骆驼比马大，你赶快去热身，一会儿叫你先上场打，看看我们新来的队员训练得怎么样。

我简直是赶鸭子上架，教练过来又指导我一番。别说，这一段时间没有跟芙芳做爱，身上攒了一身的劲儿，很快就恢复了体力，技术动作好像又都想了起来，跟一个队员练打靶时，力量和动作做得都很到位。

中午谢立群请我和芙芳在食堂简单吃了一口中午饭。下午比赛前，我又练习了一下躲闪和跳滑步。这是我第一次上拳台比赛，虽然对手都是刚来训练的同学，但那也不能掉以轻心，上次被小个子谢立群打倒就是一个例子。

其实我很担心这次再被对手打倒，因为有芙芳在场，我这么一个金刚之躯，被比我矮一半身材的小个子打倒实在是一件很没有面子的事情。所以开场后，我利用臂展长的优势，让对手靠不上前，而我的后手直拳又极具杀伤力。再有我的反架（左撇子拳手的站立姿势），让对手极不适应。我打出不少有效拳，最终那个拳手被我击倒。这是我练习拳击以来第一次将对手击倒，芙芳在拳台下面为我欢呼跳跃，见我打倒对方立马钻过护栏爬上拳台，抱住我又是亲又是吻。我还没有换好衣裳，芙芳就叫我快走。我问她干什么去？叫你走你就走。到底干吗去？做爱去。干吗去？小声一点，没有听见就不去了。去去去，我刚打完拳，升高的荷尔蒙正没有地方释放。必须去！说完，我就跟芙芳一溜烟地往家里跑……

傍晚天空放晴，秋老虎好像又卷土重来，夜里竟然比白天还要热和闷。我和芙芳在床上刚热完身，出了一身汗，就听见屋外有人推门。可能是燕蓉，我和芙芳迅速穿好衣服。果然是燕蓉。燕蓉手里提着好多水果和零食，还给我买了一包箭牌香烟。我和燕蓉打了一声招呼，谢了她给我买的烟，我拿着烟知趣地离开屋，说了一声我回家住一晚，咱们明天见。

只一个晚上，转天我再见到芙芳和燕蓉，她俩又像姐妹似的好成一个人。芙芳说咱们今天不去上班了，好久没有到水上乐园旁边的鱼宴饭庄吃鱼了，顺便看看摩天轮建好了没有。

我们又去学校把正在上课的谢立群叫出来，然后有说有笑地坐公交车去水上乐园。好长时间没有到这边来，水上乐园跟去年大不一样了，去年还是泥泞的小路，现在都已经铺上彩色的鹅卵石，拼成不同花色图案的路面。还有小桥、回廊、亭子，也都刷上新漆，在秋高气爽透明的空气里显得特别新，色彩特别艳丽。

水上乐园里的水是通向海河的，去年还觉得乐园里的水在流动，现在乐园里的水就像湖泊一样静止得像一面镜子。湖的周围，堤岸和斜坡，乃至小路两侧，只要有土的地方，全栽满了芙蓉花，现在这个季节正是梢头嫩绿，生机盎然，花团锦簇的时候。只可惜她们的寿命只能存活三季，到了冬季，她们就会扶疏枝干，花谢凋零。

而最壮观的还是我上次喝醉酒爬上去的摩天轮。现在再叫我上去我就不敢了。摩天轮也跟去年大不一样，去年摩天轮还是锈迹斑斑的样子，脚下到处是脚手架和吊车。如今的摩天轮，主干已经刷上白漆，我们在下面数了数，一共有48个包厢，每个包厢都刷上了不同颜色的油漆。此时，彩色的摩天轮就像一个巨大的风火轮，矗立在三岔河口的正中间，将海河下游流淌的水与上游乐园里面静止的水一分为二。

芙芳和燕蓉想要爬到摩天轮上面去。谢立群拦住她们说，你俩疯了，还没有开业呢。你们先别着急，我叔叔是摩天轮的监理，等"十一"开业了，让他跟管摩天轮的说一声，让你俩免费坐。

尔后我们在水上乐园里转悠，其实乐园也没有开业，也是谢立群跟乐园看门的大爷嘀咕了几句，才让我们进去。芙芳和燕蓉看见船，这回船可不是上次运送砂石料的铁壳船，而是正经供游客们划的小木船。它们全被缆绳拢在岸边，芙芳和燕蓉闹着要坐。我说我可不敢再坐了，我可不想掉到水里弄一身湿。

摩天轮谢立群不让她们爬，船我不让她们坐，芙芳和燕蓉无奈地挽着手在回廊小桥前面走，我和谢立群在后面跟着，转来转去，我们就转出了水上乐园。从早晨起来快到中午我们都还没有吃过东西，芙芳吵吵肚子饿了该去鱼宴饭庄吃鱼了。谢立群说，行，请客。

上次来鱼宴饭庄吃饭我们只点了一锅贴饽饽熬小鱼。芙芳和燕蓉研究菜单时发现，贴饽饽熬小鱼涨了近一倍的价格。谢立群说旁边的水上乐园和摩天轮开业在即，水涨船高嘛。既然我请客还是我来点吧，要不你们也不舍得点。芙芳按住菜单说，谁说我们不敢点。

鱼宴饭庄的确添了许多新菜品，价格自然也都涨了。鱼的做法，有清蒸、红烧、糖醋、干烧、油淋、罾蹦……再有鱼头火锅、鱼骨煲粥、鱼翅粉条，等等，不一而足，连鱼鳞都做出新的菜品。我兜里没装几个钱，看完价目表，心里有点打退堂鼓，我说咱们还是点一盘都爱吃的红烧带鱼吧，再加4碗米饭两瓶啤酒足矣。

后来我又多嘴说了一句，再给燕蓉点一条她爱吃的清蒸鳜鱼。芙芳马上霍然变色。燕蓉见芙芳脸色突变，慌忙解释说她早就不爱吃鱼了，尤其是清鳜鱼桂鱼。谢立群马上转移话题，说了一件他第一次进冷库被反锁在里面的趣事，但芙芳和燕蓉都没有被谢立群逗乐。其实我们心里都很清楚，过去那种心无芥蒂、无拘无束的感觉，早已经在我们心里荡然无存了。

燕蓉剩下半碗米饭吃不下，转身打开窗户，窗外连着水上乐园的湖，一只母鸭子领着一群小鸭子正在湖面上觅食。鸭子听见打开窗户的声音，便嘎嘎嘎地赶到窗户的下面。燕蓉一点点地把米饭丢进水里，鸭子们争相吃食。我的目光被这群鸭子吸引过去，如果我们是这群鸭子中的 4 只，无休无虑地在水中游，该多好啊。

22

当晚芙芳留燕蓉睡在她睡的床上，芙芳和我挤在厨房里的小床上睡。我把芙芳紧紧地搂在怀里，我们一直闭着眼，但我知道芙芳并没有睡着。

"咱俩结婚吧，我嫁给你。"

"干吗呀你梦游了吧，咱俩现在不是过得挺好。"

"你不想结婚？"

"想，但早了一点吧，再说我觉得你跟谁结婚还没有想好。"

"我想好了，就跟你。咱俩现在也算有一份稳定的工作，过简单的日子没有问题。"

"我看，你的想法恐怕太简单了，咱俩都被学校开除了你知道吗？"

"谢立群跟我说了，那又怎么样，条条大路通罗马。"

"可是咱们现在还小，干的又是小时工，咱俩一丁点积蓄都没有，拿什么结婚？"

"什么意思？你心里还装着燕蓉对不对？要不你娶燕蓉吧，她这么可怜。"

"拉倒吧你，你怎么又提这个，我要是跟燕蓉在一起早就在一起了，我俩没有缘分，你把心放肚子里吧。"

"你可想好了，缘分可以再来，免得后悔痛不欲生。"

"到底啥意思，什么后悔不后悔，我干吗要后悔？"

"我觉得燕蓉离不开你……"

"打住，咱不再提燕蓉了好不好，以后就咱们两人在一起，成双人对，比翼双飞。"

"这可是你说的，我告诉你一事情，你可要有心理准备。"

"啥事情你说吧。"

"最后通牒下来了。"

"什么最后通牒？"

"搬家，这个星期就必须搬！"

"这么快，梧桐柜五斗橱床锅碗瓢盆怎么办？"

"全不要了。所以，我再问你一句，你打算娶我吗？"

"我当然打算娶你。"

"那好，我能暂时住在你的家里吗？"

"当然可以，但是你家的亲戚真的不再借给你房子住了吗？"

"你懂得什么叫世态炎凉吗？"

"当然懂。如果你去我家里住，那燕蓉去哪里住？"

"你也给接回家住呗，一次娶两个老婆多好啊。"

"不敢不敢，有你一个老婆就够我受的了。"

"那你还问。我最后再问你一遍，你到底想把谁带回家？！"

"那还用问。"

我带芙芳回家了。

这是芙芳第一次踏进我的家门，事先我没有跟我妈说。我妈见我领一个女孩回家，我说是外地的同学，来家里暂时住一段时间（我妈不知道我已经被学校开除的事）。我了解我妈，表面上乐呵呵地向芙芳问长问短，实际上她心里明白是怎么一回事，而且绝对不可能答应让我以后娶芙芳这样一个大大咧咧的女孩做她的儿媳妇。

有一天，芙芳去上班，那天我休息，我骗妈说今天学校没有课，便在家里赖床不起。中午我姐来了，我在屋里听见我妈跟我姐说芙芳的事情。一会儿后，我出来到厕所里刷牙洗脸，我姐在一旁说：

"姐再给你介绍一个？"

"当姐的怎么教弟弟的，"我妈在屋里说，"甭听你姐瞎说，好好上你的学，毕业后叫你姐和姐夫帮忙给你找一个好工作，找媳妇的事以后再说。"

"我们毕业后包分配，不用姐找，再说不包分配，我自己也能找到工作。"

"弟弟，我们单位新分配来一个小姑娘，长得蛮不错。"

"不要，太忙，没有工夫相亲。"

"对，别听你姐姐的，搞对象分神，回头你毕不了业，分配不了工作，可就找不到对象了。"

中午吃饭时，我妈又唠叨我毕业分配的事，说国家马上就要不包分配了，可能就从我们下一届开始。我一边闷头吃饭，一边说我可能毕不了业了，还说我已经有了一份工作。

在快餐店打工也叫工作？姐说。我说怎么不叫工作，而且芙芳一直在接受老外的高级培训，可能还要到美国培训呢，回来就当店长。

晚上芙芳没有回来前，姐把妈接到她家里去住了。芙芳回来时听说姐把妈接走住一段时间，她美坏了。转天开始，我和芙芳准时下班后一起去菜市场买菜，回家后她给我做饭，我们两人好像真正过上了有家庭的日子。

但好景不长，一周后，我姐把我妈送回来，我妈见厨房里的油盐酱醋弄得脏兮兮的到处都是，厨房里的垃圾很久没有倒，灶台和地面也没有擦没有扫过，尤其动了她的炒菜的锅。我妈一下子压不住心中的怒火，晚上芙芳刚踏进家门，我妈就跟她吵起来，等我回来时，她们已经吵完，芙芳已经跑掉了。

我妈又跟我生了一通气，气得腰疼，躺在床上动弹不了。我不得不在家待着照顾我妈，我既上不了班，也没有办法去找芙芳。在家的这些日子，我整天想着芙芳要是来找我就好了。有一天我去菜市场买菜，老远看见一个女孩儿的背影挺像芙芳。我没有追上去看，因为她绝不可能出现在我家门口的菜市场。还有一次，我带我妈去医院做治疗，公交车上见到一个女孩儿和我对视半天，直到她先下车。这个女孩儿太像芙芳了……我是不是脑袋出了什么问题。

我姐在民政局工作，全市的婚姻介绍所全归他们民政局管。姐说过，可以给我介绍漂亮姑娘。我一边惦记着芙芳来找我，一边开玩笑叫我姐帮我物色几个好看的姑娘见面。姐对我说妈压根不喜欢芙芳，嫌芙芳没有家教、性格大大咧咧，不像一个正经人家的女孩子。我说你们甭管人家家境怎么样，人家靠自己奋斗现在过得也很好，快餐店的洋老板就看上她能干也能吃苦，弄不好人家在美国培训后留在美国当老板呢。再说，我有哪一点比人家好，爸妈离婚后爸爸失踪了，妈也下岗了，不也是在外面给人家打工吗，凭什么说芙芳不好？

姐劝我别把妈的话当真，姐一边劝，我却想起燕蓉，也许妈更喜欢燕蓉那种类型的女孩，温文尔雅，不爱说不爱笑。可是转念，我觉得燕蓉活得实在太憋屈，凡事都不说，有委屈自己扛。其实还是芙芳来得现实和真实，不管她对我有多胡搅蛮缠。

姐迅速给我介绍了一个好看的姑娘来我家跟我相亲（因为妈妈还下不了床我出不去门）。我妈顺便也看了，她躺在床上频频点头，我姐也很乐意，可是我真忍受不了这个姑娘，她虽然长得漂亮，却习惯性地流露出轻佻的口吻，以及罩在她眉梢里那种看不起人的劲头。

"姐，甭找啦，你不知道，我原先那股精气神儿，早被芙芳磨没了。"

有时我想起芙芳对我说过的话：除了我和燕蓉，你不可能再找到对象。这话听起来多叫人来气，可我就是不生气，当时我嘴上像抹了蜜，对芙芳发誓说：我金刚永远不会找别的女孩做老婆，除了你芙芳。

我没有再相过第二次亲，即便芙芳真像妈和姐说的那样不好，我也认了，毕竟我和芙芳的爱情已经开始，一时半会儿刹不住车。

　　没有等我妈彻底好利索，我就叫我姐回来陪我妈。这几天我实在按捺不住要去找芙芳。芙芳从我家跑走什么话也没有给我留下，我有些干着急和上火，我姐回家的当天，我就从家里跑出去找芙芳。

　　我先去芙芳的家。到了她家的楼下，我就傻了眼，没有想到芙芳家的楼拆得这么快，整栋楼的迎面墙都已经拆掉了，砖石瓦块就堆在楼前的空地上。我小心翼翼地踩着砖头瓦块走到楼里面，楼里面倒是豁亮了不少，因为楼后面的整面墙也都给拆除了。还好楼梯没有被拆掉，我沿着楼梯一层一层往上面走，看到每一户原先满满当当的家什，现在屋里都已经空空荡荡。我一直上到三楼，只有芙芳家里的家具、床和被褥，甚至唯一一件值钱的电视机，都还摆放在原处，最可惜的是五斗橱上面的那些老照片，它们还是老样子，只是每一张照片的镜框上落满了灰尘，像挨个穿上了一件灰色的棉衣摆放在那儿。

　　我在满是尘土的屋子里转了一圈，我已经看不到原先漏雨满是霉斑和雨渍的墙面和屋角，那个地方已经露天儿，而且屋顶上面帐篷的支架和帆布帐篷都悬空耷拉在露天处。这时我不慎打破了一个瓷娃娃罐，里面装的东西掉落一地，都是芙芳和燕蓉混放在一起的发卡、皮筋、化妆笔、口红、徽章、电池之类的小玩意儿。我收拾好这些小东西，然后把两张两个年轻的女人抱着孩子的照片从镜框中取出来，装进口袋，打碎的瓷罐就让它碎在地上，我没有去管它，反正整栋楼马上就要尘归尘土归土了。

唯一保存得比较好的是那间小厨房，也是我和芙芳和燕蓉都睡过觉的小卧房。整个下午，我都坐在厨房的小床上，不论醒着还是入梦，芙芳无时无刻不在我耳边厮磨，呢喃蜜语。有一刻，我的手伸进芙芳娇嫩的胸窝，手指像一条饥渴觅食的鱼，到处巡游。后来，她哭了，说我伤害了她的感情，她又要说什么，她从瓷娃娃罐里取出一把小刀，去割自己的手腕，我蓦地全身痉挛了，我夺过刀，接着她要走，我伸出另一只手抓她，抓了一个空，我醒了。

我擦去嘴角的口水，紧张地思索起来。如果凭直觉，她一定有重要的话要对我说。是什么话呢？

23

入夜时分，我慢吞吞地走下楼，慢吞吞地朝芙芳的快餐店走去。到了快餐店的门口，我问一个正在室外做卫生的员工，芙芳和燕蓉在吗？那个员工说她俩上夜班，待会儿就来。然后我没有进快餐店，而是坐在店门口的花坛边上，掏出烟一支接一支地吸。直到夜班上班的钟点，芙芳和燕蓉也没有出现。

我看着眼前络绎不绝的顾客进进出出，店里正在播放的各种产品的信息传到店外。透过落地玻璃窗，我看见许多顾客一边端着餐盘，一边在寻找座位。自开业以来，快餐店的大堂里座位一直紧张得很，饭点尤其座无虚席。

两个在大堂做清洁的员工出来跟我打招呼，芙芳店里的员工过去都跟我特别熟，这时店长出来问我，芙芳和燕蓉怎么没有来上班？我说我也在等她俩。店长哼哼了两声无奈地走回店里。过了一会儿，谢立群穿着军大衣打店里跑出来，一边点烟，一边对我说，听店长说你来了，怎么不进去？坐在外面干什么？

你说我能干什么？谢立群陪我吸了两根烟又回冷库去干活。临近午夜，芙芳嘴里哼着蔡琴的歌乐呵呵地，打远处走来。我谨慎地注视着她，然后拍拍屁股迎着芙芳走过去。

她一怔，转脸和其他人同事打招呼，想从我身边绕过去。我叫住她，她站住，不情愿地望着我。

"你迟到了，燕蓉呢？"

"管我迟到没迟到，问我还是找她？"

"怎么又跟我来劲儿？我当然找你，顺便问她一下。"

"她辞职了。不来了。"

"辞职了，什么时候的事，刚才店长出来还问你俩啥时候来？"

"刚辞的职。"

"刚？刚跟谁辞的职？"

"跟我，我是店长助理，有权批准员工辞职。还有啥问题，没有问题我进去了。"

"没有了，进去吧，我等你下班。"

"爱等等吧，我得一宿呢。"

芙芳说完，我没有吱声，重回花坛边上坐下。芙芳继续哼着歌走进快餐店，进了大堂，继续跟员工们有说有笑地打招呼。我想好了，我要在外面坐一宿耐心地等着芙芳下班。

芙芳进去没过多久，给我拿出一个大汉堡，在我面前一晃，说："饿了吧，给——"

"你明目张胆地往外拿？"

"谁说拿，我买的。"

"多贵啊，你涨工资啦？"

"说吧，有啥事，等我有事情吗？"

"等你就想问问你，这些日子你住在哪儿，我去过你家，都已经拆了。"

"你管我住哪儿，我爱住在哪儿住在哪儿和你没有关系。"

"怎么没有关系，你不是还要嫁给我吗？"

"谁说我要嫁给你。你娶你妈妈吧。"

"你别这样说话好不好，我妈妈这样做不对，但这不是我的意思。"

"什么不是你的意思？你有房吗有钱吗，你拿什么娶我？"

"咱们可以从头来，我一直在存钱，你不是也要去美国培训吗，回来就能当上店长，咱们以后会有钱有房的。"

"你不要无理取闹好不好，我还在上班，等什么时候你有钱有房再说。"

芙芳塞给我汉堡，转身走进快餐店，但最后她还是撂下一句狠话："抓紧分手吧，做好思想准备！"

不管芙芳怎么说，我在外面等芙芳等定了。

芙芳当然知道我还在外面等她。她时不时在大堂里溜达往外面张望。天快蒙蒙亮时，我已经困得不行了，烟头被我抽了一地。恍恍惚惚间，我听到快餐店里传来吵吵闹闹的哭声。我猛然清醒过来，推门走进快餐店。这时大堂里聚集了许多上夜班的员工，他们都凑到一块儿在看热闹。

声音是从二楼传下来的，起初声音不太清晰，只是哭声而且非常大，哭声里有含混不清楚的说话声。从哭声上判断，我觉得像芙芳的声音，因为我不是这家店的员工，也不好贸然上二楼看个究竟。这时谢立群从冷库里出来喝热饮，凑过来问我出了什么事情。我含糊地说不知道，好像是芙芳的声音。谢立群支起耳朵细听，果然听到就是芙芳的声音，哭声中含混着辩解声——

旋即声音越来越近，而且能看到芙芳的脚和另外一个人的脚在下楼。芙芳在前面一边后退一边小步地下楼，后面那个人是一个黄头发带金丝框眼镜脸颊非常消瘦的老外，我知道这个老外就是给芙芳做高级培训的亚太地区的督导。芙芳曾经跟我和谢立群提起过，这个督导非常厉害，他是亚太地区的总督导，也是大中国区的总经理。当时芙芳说得很兴奋也很幸福，等督导在国内给她做完高级培训课程，就带她去美国做经理级的培训，以后回来先当店长，之后就能升做区域的经理，到时全市的门店就全归她管理了。

可是现在这位芙芳心目中最崇拜的督导却一口一个"GET OUT"，正厉声厉色地轰芙芳出店，而且每说一句"GET OUT"，他的手指就一挥，意思是说叫芙芳快一点滚到店外面去。

芙芳一边后退着下楼，一边哭哭啼啼地嘴上说不是这样，我给你解释。可是这个老外就是不听，一步接一步地向下逼芙芳走。

我和谢立群看不过去，赶紧上楼拽芙芳下楼。芙芳挣脱我们不肯下楼，嘴上说我不能下楼我不走，走了就没有机会了，我一定要跟督导说清楚，我一定要说清楚。芙芳的嗓子都快喊哑了，可是督导就是不肯给芙芳解释的机会。

我和谢立群又是拽又是拉终于把芙芳拖到店外。一会儿工夫店长出来，跟芙芳说，回头你来办理离职的手续！说完店长转身走了。此时天光已经大亮，芙芳哭得稀里哗啦泣不成声，除了上一次被马千里羞辱后芙芳号啕大哭过之外，我还没有见过芙芳这样委屈地哭过。

芙芳的哭声把路人的目光吸引了过来。我抱住芙芳的头，把她的脸埋在我的怀里，芙芳的鼻涕和眼泪全抹在了我的身上。就算这样她还是哭得没完没了，上气不接下气。后来谢立群打了一辆黄大发，我和谢立群把芙芳拽到上车，谢立群让司机把我们拉到水上乐园，那里人少，谢立群说让她在那里尽情地哭，哭死了都没有人知道。

我们刚一进水上乐园的门，芙芳的哭声却戛然而止。秋意渐凉的早晨，水上乐园里面的水似雾笼罩在湖面和芙蓉花上。我和谢立群带着芙芳找了一个没有雾气的地方坐下。

　　"抱着我！冷。"

　　"不冷才怪。"我脱下外套披在芙芳的身上，然后使劲把芙芳搂在怀里。

　　"我想叫燕蓉过来，"芙芳冲着谢立群说，"你把燕蓉叫过来。"

　　"你守着芙芳，我把燕蓉带来。"谢立群说。

　　谢立群走后，我问芙芳到底出了什么事情？芙芳说等谢立群把燕蓉带来，我就把燕蓉交给你。我说你干吗说的跟生离死别似的。我说我心里早就没有燕蓉了，就连燕蓉都清楚我心里没有她了。芙芳说燕蓉一直央求我把你还给她，其实燕蓉比我有一百个心爱着你。我说我知道了，可是我爱的是你，我不可能再爱上燕蓉，而且我答应以后娶你就一定会娶你。可是你在写给燕蓉的信里和她在写给你的信里却不是这样说的。我说那都是过去的事情了。那不是过去的事情，这些事情就发生在前不久，其实在我看来就发生在眼前，你和燕蓉相好我们都心知肚明，她给我写的信里也说要让我好好地爱你。你知道她有多想你、爱你吗？我不否认，但她现在确实不如你重要，我要的是现在的结果，不是过去的结果，难道你跟我在一起不重要吗？你知道吗，燕蓉回家之后出了一件大事，她回来本想告诉你，想得到你的关心和爱护，但没有想到的是我把你给抢走了，所以她一直没有恢复过来，她现在忧郁得都快要不行了。我一边听芙芳说，一边从口袋里摸出从芙芳家带出来的照片，我可能猜出来了，我把照片交到芙芳的手里时说。照片的事才真正是过去的事情，你替我和燕蓉把它们烧掉吧。

这个时候，谢立群把燕蓉带来了。燕蓉看着芙芳惨白的脸和虚脱的模样，一下子抽泣起来。显然，谢立群已经告知燕蓉，芙芳被督导开除的事情。此时芙芳却没有再哭，反倒精神抖擞地站起身，牵上燕蓉的手，对我说带我上一个地方去。谢立群赶忙阻拦，你真的要带金刚去？你不是不想让他知道？再说金刚也上不去啊。我说哪里有我上不去的地方？他们一起抬起头，看竖在我们不远处的一百多米高的摩天轮。

24

距离今年"十一"庆祝前的一个月，摩天轮就每天都在试运转，摩天轮试运转时的速度非常非常慢，慢到如果不仔细看几乎都看不出来它在转。

当我们走到摩天轮的入口处，我在它的脚下抬头往上看。巨大的摩天轮不再像天空中的一只眼睛，现在我们好像是被一个钢铁怪物踩在脚下。48个包厢犹如怪物的48只脚，它每吭哧往前走一步就像要把我们在脚底踩一下。

这会儿谢立群正在跟他的监理叔叔和摩天轮的管理员说话。而后谢立群过来说，说完了，反正是在试运转，过两天"十一"

正式营业你们就不能上去了。一会儿你们就在摩天轮的包厢里待着，我先回店里看看，看看芙芳的事情有什么转机，我毕竟是工会主席嘛。

或许我的恐高是一种心理病。自从上次我喝醉酒爬上还正在施工的摩天轮后，我恐高的问题就被克服了不少。这次虽然我还要上摩天轮，但是只要不刻意地去想，我似乎就不怎么害怕。

芙芳和燕蓉让过一个包厢又一个包厢，我问她们为什么不上？她们说有自己的包厢。等待的时候，芙芳和燕蓉的手指一直紧扣在一起。我说等谢立群回来，再请你们吃一次鱼宴吧，给你俩好好补一补。

芙芳和燕蓉等的包厢这个时候转到我们面前，从外面看，包厢里面的空间跟芙芳家的小厨房大小差不多，包厢两侧有两张长条形的椅子，椅子上面各有两只睡袋，其中一只睡袋上放着燕蓉的书包和一些日用品。

燕蓉打开门，我们先后钻进包厢，可能是因为我的体积太大，包厢猛烈晃动了一下，我赶紧坐下来，随后问芙芳：

"你跑走了后就一直睡在这上面？"

"不睡在这儿睡在哪儿？我跟燕蓉睡在这儿总比寄人篱下睡在别人家里强。"

"天马上就要凉了，你们怎么能还睡在这儿？"

"我们有保暖睡袋。"

"有保暖睡袋也不行，刚才人家管理员说，'十一'之后你们就上不来了。"

"到时我们还有更好的地方去。"

"你们可以租房子。"

"租房子？我都被开除了，这个月的工资都不会给我，我拿什么租房子！"

"我和谢立群可以先给你们钱。"

"你们的钱我们不要，你们留着娶媳妇吧。"

"你和燕蓉总不能睡在大街上吧。"

"睡在大街上怎么了，睡在大街上也不让你可怜！"

说着芙芳从背包里倒出一大堆番茄酱，番茄酱是小包装买薯条配送的那种。接着又取出一个塑料袋，里面装着几个过了保质期的面包。芙芳递给燕蓉，燕蓉掐了一小口面包在上面挤上一小点番茄酱吃起来。

随后芙芳又从包里拿出一个带包装纸的汉堡，递给我。我说你怎么还有一个汉堡？芙芳说你放心吃吧，这个不是偷的，我趁打烊前打折一次给你买了两个。

我接过芙芳的汉堡，我拿在手里哪里吃得下去。我侧过脸，眼睛望向已经整修一新的检阅台，还有更远一点儿的大铁桥。此时此刻居高临下，我已经不再感到眩晕和恐惧，随之带给我的却是苍茫和空虚。

我们一直待在摩天轮的包厢里等谢立群归来。我们随摩天轮 360 度地在转圈，无论摩天轮转得快与慢，我们始终没有走远，始终在一个圆周上行进。

将近一天，我们仨谁都没有说话，我们都在默默地看着外面的风景，虽然我们看的方向不同，但我相信我们看到的景致相同，相同的苍茫大地，相同的河流与桥梁，相同的空气与时间，相同的爱情与悲悯。

我们呆呆地坐在时间上等时间流逝，呆呆地看着天色由明亮到昏暗再到黑暗，待华灯初上的那一刻，谢立群在下面挥手叫我们下来。我们等到包厢转到最低处，钻出包厢跟谢立群会合。谢立群马上对芙芳说：

"告诉你一个好消息，我跟督导和店长交涉了一天，他们搞清楚你拿的是过了保质期的面包和免费配送的番茄酱，最终同意不开除你，但是必须把你降为一般员工使用。我想，降就降呗，你可以从头再来，只不过这个月的工资只给你这么一点儿。"

谢立群张开手，手里只有100块钱。

芙芳说没事，一百块钱就100块钱，待会儿拿这100块钱我请你们吃鱼宴。

"但是还有一点，"谢立群又说，"芙芳的高级培训和出国的机会也没有了。"

"没事，"芙芳说，"从头再来，以后还会有出国的机会。"

"另外再告诉你们一件好事，"谢立群说，"今天晚上12点整，在检阅台那里试放烟花，还有大铁桥要试开启，游轮试鸣笛从铁桥下面经过……"

芙芳说好啊，我马上请你们去吃鱼宴，吃完了咱们就上摩天轮，居高临下肯定好看。

燕蓉脸上也挂出微笑。燕蓉看上去虽然比以前黑瘦不少，但显得有精神了。芙芳和燕蓉点了鱼，点的都是她俩最爱吃的清蒸鱼和带鱼。

吃完饭，芙芳和燕蓉手牵着手在前面走，我和谢立群在后面跟着。我觉得此时的夜景比往常好看百倍，也许跟我的心情有关，虽然芙芳和燕蓉好像已经走到谷底，但好像明天就会峰回路转柳暗花明。谢立群好像跟我有同样的心情，他小声地跟我说，他叔叔家有一间空房，已经说好了，同意借给芙芳和燕蓉住。我说太好了。谢立群说先别告诉她俩，回头给她俩一个惊喜。

等我们走到摩天轮的管理处时，一个管理员出来对谢立群说，咱们可说好了，这是最后一个晚上，从明天开始任何人都不准上，只能等"十一"正式运营时才准上人。

谢立群说您放心吧，我们明天一早就收拾东西走人，不会再给您添麻烦啦。

说完我们四个人正要进包厢，这时芙芳拦住我和谢立群说，你们先在下面等着，我和燕蓉换一身衣裳你们再上来。我说那就得等下一圈啦？芙芳说等一会儿呗，下一圈的时间又不长，这点儿耐心都没有。

说完，芙芳和燕蓉走进包厢，包厢像摩天轮的一只脚开始向上爬升。不一会儿的工夫，芙芳和燕蓉的包厢就要爬升到摩天轮的顶端。

我和谢立群兴奋地朝远处看，此时检阅台处放响了音乐，大铁桥已禁止任何车辆和行人通过，而且很明显地能看到，大铁桥中间的部分已经开始向上凸起，分离。

　　突然一束光焰射向海河的上空，紧接着第二束第三束光焰腾空而起，接二连三地在海河上空炸开礼花，礼花开出不同颜色和形状，焰火的花瓣交织交错向外如流星般划过黑暗，照亮徐徐开启的大铁桥。旋即大铁桥下面的游轮也拉响汽笛，高亢的汽笛声长长地沿着海河河道的流水逆行而上，而后在摩天轮的脚下停住，继而往上升，好像上升的一切必将会合，而往下降的却有两身衣裳，一身是猩红色 V 形的抹袖上衣，配一条短短的牛仔短裤，另一身是一件飘逸的苹果绿色的连衣裙，两身衣裳袖口里面伸出来的手联袂在一起，她们马上就要与上升的汽笛声会合，却又在会合的刹那间穿过汽笛声，在河面上制造出比汽笛声还要高亢百倍的声音，制造出比射向天空的焰火还要漂亮的水花。

复　活

没有人愿意出世，人人都是哭着来的；

没有人愿意来世，死后人人不愿复生。

这个世界就是这样，被爱与恨折磨，谁也躲不过，人人皆给后世留下旷世的虚无。

我人生已过半，逝去的皆逝去。脚下的路已没有多少可走，过往的岁月成为我灰暗的阴影。下面，我要在阴影里找一些事情干，干一些辉煌的事。

日子啊，让我知道人生不过时空上的一个点——人人在这个点上发芽，在这个点上熄灭和被摧残。

我没有再伤害自己，而是当自己为朋友为敌人——
到绝世孤独的那一天，我将一无所有、失去所想。

1

这一切并非我们故意所为，那时我们还很小，爷爷的死并没有人归罪于我们，但亦让我有一种说不出来的负罪感。我们爱我们的爷爷，我们何尝不爱他呢，之所以这样，完全出于我们想把爷爷永远留住。

爷爷的死成了我记忆里的一桩大事。等大人们跑到海边，早为时晚矣，邻居小叔已将船驶向大海的深处，我不确定那远方的黑点是否是小叔的船，当时，我只记得我的心七上八下像怀揣一只兔子。我们大家说好谁也不说，打死也不说，结果在大人们的一顿毒打下，我们都从实招来……至此，我想先提一下，我们是如何想到这么一个既让人悲催又叫人气愤的破点子的。

在我还不谙熟生命对我与世界有何意义的那年夏天，邻居小叔由于驳岸太猛，把他的大铁壳船撞得震天价响。当时我和山正蹲在四五十米开外的沙滩上挖一个地堡。轰隆一声，船撞在码头的声音传到我们的耳朵里，我和山撂下手里的活，抬头往码头那边瞧。船撞上码头后不停地在水面摇晃，之后见小叔从舵楼里出来，跳上码头给船系缆。小叔背对落日，肩头披着一层霞光，加之他一连串熟练动作，煞是好看。后来小叔跳下码头，朝我和山走来。我和山赶忙上前拦住小叔，怕他踩坏我们的地堡。

"你们俩在这儿干什么，昆仑和云朵他们呢？"我边搓手上的沙子边对小叔说："他们在家里玩呢。"正说着，我忽然看到小叔的船上出现一个人，那人正踩上船帮想跳船。"小叔，那人是谁？他在你船上！"话音未落，那人忽然大头朝下就栽到了水里。

跟着小叔就往回跑，边跑边叫我们回家去。我和山没听他的话，也跟着跑过去，还帮小叔把那人从水里捞出来。上了岸，那人成了落汤鸡，我和山好奇地打量他。这时小叔对我们说："他是我从海上救起的，现在我带他去大队，你们也快回家，天不早了，听见了没有。"确实，最后一道晚霞也消失了，柔和的月光洒在我们的周围。

小叔说完，便带那人朝大队方向走去。我和山小声嘀咕，要不要回去告诉爷爷？我俩一边嘀咕一边借着月光往回走，此时，上涨的潮水已淹没了我们的地堡，我和山深一脚浅一脚地走上没有水的缓坡后，才放眼望了望小叔，小叔已带那人消失在防浪坝背后。

我和山的肚子早就饿透了，恨不得马上回家填饱肚子。回到家，推开院门我问云："爷爷好了吗？能下地了吗？给我们做饭了吗？饿死我们了！"云没好气地从厨房探出头来埋怨我俩说："谁让你俩回来得这么晚！""是你不让我俩在家添乱轰我俩走的，现在倒怪起我们。"我气哼哼地说。"是我让你俩走的，但也没叫你俩回来这么晚，家里的事什么也不管！"云没好气地说。然后又问我看见昆仑了没有？我说没有。山在一旁逗朵，抢走了她的布娃娃，惹得朵大喊大叫。"别让她叫了，都叫一天了，烦死人了。爷爷一直没有下地，所以也没有做饭，你俩就吃窝窝头吧。"云说。"啊，我们走了，爷爷一直躺着？"山说。"就是嘛，爷爷倒是不咳嗽了，却躺了一天都没有动地界。"云说。这时，昆和仑从外面跑回来听了一半话便插嘴说："啊，你们说什么，爷爷死啦？！""你才死了！"山说。昆和仑见我和山正吃窝窝头，他俩也去厨房拿，然后一人举着一个往嘴里塞。"你们快去看看爷爷吧，"小妹朵说，"爷爷都睡了一天了，我怎么叫他他都不理我……"

2

"那你就继续叫，我们可不去，"昆和仑异口同声地说，"我们困了要回屋去睡觉。"

"让他俩睡去，"我说，"咱们去。"

我们走进爷爷屋，来到爷爷的床前。我们每人都叫了声"爷爷"。爷爷双目半睁半闭，没有一丝亮光从眼睛里露出来。我们无可奈何地立在床边，"爷爷不醒我们怎么办呢？"朵说。"没有办法，爷爷不醒咱们一点办法都没有，"山说，"咱们还是睡觉去吧，也许爷爷明天就好了。""明天爷爷准能醒吗？"朵又说。"那哪儿知道。"山说。说完我和山睡觉去了，只剩下云和朵留在爷爷身边，不知她俩什么时候睡的。

转天大早起来，我和朵第一个跑到爷爷身边。爷爷跟昨天情形一样，保持一个姿势好像压根就没有动过。爷爷像个死人纹丝不动地躺着，眼睛还是半睁半闭始终盯着屋顶。朵拉住我的手，离床半米她就不敢再往前走了，而且小声地对我说："真臭，爷爷可真臭。"的确，爷爷身上的臭味可真是够臭的，我捂住鼻子，朵也捂住了鼻子。爷爷那张可怜的小脸，面部仅存的一丁点儿肉，就像窗户纸一样薄。其实爷爷脸上本来肉就不多，加上昨天滴水未进，显得更加消瘦惨淡了，还有这两天也没有人给他刮胡子，胡子茬密密匝匝落在他两腮，显得他老态龙钟。爷爷的眼窝是他脸上陷得最厉害的地方，比起两块高高凸起的颧骨，就像怪兽一般可怕。我相信爷爷还没有死，在非常近的距离，我依然感觉到他的那么一点点微弱的气息和体温。

我和朵看爷爷的时候，山从背后突然冒出来说："爷爷真的没死吗？""去去去，不要说爷爷的坏话，"我说，"你自己看看就知道了。""我不去。"山边说边往后退了一步。为了显示我不害怕，我壮着胆子低下头贴近爷爷的脸，看爷爷的眼睛到底还能看到人否。朵的小手一直牵着我："你要干什么？""我看看爷爷是睡着了还是醒着。"

原定是爷爷带领我们爸妈（奶奶留下了照看我们）去天津办理房产继承手续，还要把房子收拾一番，秋后我们就可以搬过去住。没承想，临行前三天，爷爷的老病咳嗽又犯了，吃了药也不见好转，而去天津的船票都买好了，只得让奶奶和我们爸妈先走，爷爷留下来照看我们。

奶奶和我们爸妈走前，叮嘱我们要照看好爷爷，云是大姐，帮助爷爷给我们做饭。昆、仑、山、海也要照看好小妹朵，不要让她乱叫，也不准带她跑出去瞎玩。奶奶和我们爸妈走后的当天晚上，朵就占领了奶奶睡觉的位置，睡前还给爷爷捶了背。不承想，转天一大早，天蒙蒙亮的时候，我们就听见朵的叫声。朵的叫声就像穿糖葫芦似的，穿过我们好几间屋（我们四间房是相通的），吵得我们不得安宁。

　　我是第一个跑进爷爷屋的，当时朵只穿了件小褂和小内裤，身子蜷成虾米形状，躲在床角樟木箱子的旁边。这时，其他人也都跑了进来，我们看见可怜的爷爷，直挺挺地仰面朝上，嘴角污秽不堪，好像还尿了床，下半身的被褥全给他尿湿了，散发出阵阵的骚气……我们知道爷爷生病了，可是云还是把我们轰了出来，她嫌我们碍手碍脚什么忙也帮不上。云光想着自己逞能，显得自己有多能干。只可惜呀，云白忙活了一天，爷爷愣是没有下成地，我们走时啥样子回来还是啥样子，真不知云一天都在忙些啥。不过，云挺身而出伺候爷爷也是为我们好，谁让她是大姐呢。

　　我们该拿爷爷怎么办呢？没人再提议出去玩，我们整天跟小大人似的愁眉苦脸，光想着该把爷爷怎么办？而且每过一个钟头，我就去看爷爷，看他怎么样了，有一次，我好像看见爷爷深陷的眼窝里存着一汪水。我想象不出爷爷透过这汪水能看到什么？还有一次，爷爷的嘴巴动了两下，喉咙里咕噜咕噜发出一连串古怪的声音，爷爷好像在说话，可爷爷说的是什么话，我无论如何也听不清楚。再有一次，也是让我心惊肉跳的一次（长大后才知道这是爷爷咽气前的回光返照）——

"爷爷的胳膊抬起来啦！"我喊大家过来看。接着，爷爷伸出手示意我抓住。我抓住了，然后使劲儿拽爷爷的胳膊，想把他拽起来，床铺在我和爷爷的较劲中，嘎吱嘎吱响了半天。

等大家都进来了我反倒泄了劲，一松手爷爷刚抬起的半边身子又躺了回去。"爷爷是要够东西，"云说。我们看到爷爷的手指向立在床脚边的拐杖。"他想要拐杖，"云又说。"爷爷想下地，"山说。云马上把拐杖递到爷爷手上。接着，云就上前去扶爷爷，我也准备配合云一起拉爷爷起床。就在这个关头，爷爷不知是哪儿来的劲头，挥起拐杖就给云来了一下，拐杖打在云的眉骨上，疼得云捂着眼睛痛苦地大叫。爷爷毕竟是一米八几的大块儿头，俗话说，瘦死的骆驼也比马大，所以爷爷抡起拐杖的力量还是蛮大的。云挨打后，拐杖也落到了我的身上，昆见事不好，大喊一声：

"大家快跑！"

爷爷一边挥舞拐杖，一边打喉管里冒出怪声。最后，拐杖被他打飞了，险些打碎衣柜上的镜子。

"爷爷疯了！"仑大喊。

当时的情景，我们真以为爷爷疯了，他说不出话来，嘴角直抽搐，眼睛里满是血丝。还有，他皮包骨头的脑门上，青筋暴露，跳个不停。再有，他吓人的枯脸，由青变紫，变成了凶神恶煞的模样。云最倒霉，一只手捂眼，另一只手在爷爷把拐杖扔出去的一刹那，也被爷爷攥到了掌心里，爷爷的手可不是一般的手，像老虎钳子似的，抓住人就不放。

云可遭了罪，又惊又吓，又哭又闹，我和山上前去掰爷爷的手抠爷爷的手指，我们越抠，爷爷攥得越紧，云就越喊疼……其实爷爷打人的毛病并不是初犯，过去他同样用拐杖打过奶奶，有一次还把奶奶打到了海里。而每次打完奶奶，等清醒了，爷爷却不认账……长大了我才知道，当初爷爷得的是老年痴呆症，之后又中了风。

云疼得哇哇直叫，山咬了爷爷的手，爷爷才松手。后来这情形总是反复无常，一旦我们靠近，爷爷就想抓住我们，要不然他就老泪纵横地呜呜哭。爷爷哭的时候，让我们又不忍心又不忍睹。从小我们就是爷爷看大的乖孙子和乖孙女。平时，他从来不爱搭理我们爸妈，只围着我们转，我们也只围着他跑，他脸上总是堆满笑容。爷爷瘫在床上，我们都特别难过，那时我们虽说小，但我们懂得，爷爷恐怕再也起不了床、下不了地了。

大概三天后，我们以为奶奶和爸妈他们该回来了，可是他们没有回来。奶奶和爸妈啥时回来，只有爷爷知道，可是爷爷说不出话来。我们也只能耐心等待，盼望大人们早点回来。这天傍晚，爷爷又发出恐怖的哀叫声，那声音好像发自肺腑，爷爷肯定有话想说，却说不出来。我们听到声音都围拢过来，却没有人敢靠前。后来，我们见爷爷把自己的脑袋摇得像拨浪鼓。我们不知这是何因，好长时间他才停下来，紧接着，大颗大颗的汗珠从他的头顶滑落……我们都慌了神，云拿来热毛巾去擦，猛然间，云的手腕又给爷爷抓住了。这次我们都有了心里准备和经验，并没有慌张，而是一同上前去拉去拽。由于我们用力过猛，突然把爷爷拉到了床下。

"把爷爷的手捆上！"昆叫道。仑蹲在地上摁住爷爷附和道："快拿绳子来！"

云和朵说不行，不能捆爷爷。山去院子里找绳子，我在一旁不知说啥好。山找来一小股绳子，交给昆，昆和仑七手八脚把爷爷的手捆在胸前。爷爷仰面躺在地上，神志已不清，昆和仑对爷爷下此不仁不义之手，我却没有阻拦，长大以后，我懊悔至极。

当时，让我唯一感到害怕的是，等大人们回来，一定得把我们往死打。可是，眼下确实没有更好的办法来解决爷爷发疯的问题，所以，先把爷爷捆上，等他好了再说。

把爷爷捆上之后，我们把爷爷重新抬回到床上。之后，云给爷爷擦洗一番，就去给我们做吃的去了。又一天上午，云突然告诉我："爷爷咽不下米汤了，爷爷可能快要死了。"云边说边抹眼泪。"那我们该怎么办？"我说。"不知道。"云说。"那我们研究一下吧。"我说。下午，云把大家叫到院子里的葡萄架下，我们坐在凉席上，我向大家宣布爷爷可能快死的消息。没等说完，朵就哇哇地哭开了，其他人都愣在那里。

当时，在我们幼小的心灵里，爷爷俨然成了一个活受罪的人。爷爷爱我们，我们也爱爷爷，所以，我想，我们不能无动于衷地让爷爷活受罪地死去。工夫不大，我们便认真地讨论起不能让爷爷死的事。

接近午夜，我们的讨论变成了争论，昆和仑的想法是让爷爷早点死免得活受罪，昆和仑的言论惹起众怒，我和山坚决反对并反唇相讥说他俩是要谋杀爷爷，云和朵也说他俩这样做是犯罪……最后，我提出个主意：咱们确实不能眼睁睁看着爷爷活受罪，让他死可以，但不能让他真死，而是让他假死，你们明白我的意思吗？昆说："不明白，假死也是死。"仑说："跟谋杀一样，咱们一样得坐牢。"而后，我们又对谋杀、真假死和坐牢的事争论半天。

"如果让爷爷假死，爷爷会疼吗？"朵问我。"不会疼。"我认真地说。

……

我们孙子辈的，爷爷最疼爱我和朵，我和朵也最爱爷爷。为阻止爷爷再次发疯，我想好了，先得把爷爷弄昏过去，等大人们都回来了，再想办法让爷爷醒过来。我主意已定，至于怎样把爷爷弄昏过去，我也想好了，接着便对大家说："听我的，都听我的，我有一个好主意。"

3

大家都不说话了，安静下来听我讲好主意。我要讲的好主意，不是我瞎编的，而是爷爷去过西洋，回来给我们讲的海外奇谈。爷爷说外国人特别爱搞发明创造，不像咱们中国人无为而治什么都顺其自然。比如说，谁都想长生不老吧，咱们老祖宗秦始皇那会儿就搞长生不老之术，可到现在也没搞出来，可人家外国人就搞出来了，他们发明了一种把活人冷藏起来的技术，说是千八百年后要是那人想活，把那人解冻了就能活……

"海，这哪儿是你的好主意，明明是爷爷给咱们讲过的故事。"昆喊道。"我说呢，听着耳熟，对，爷爷讲过的。"仑也说。"我没说是我出的主意，明明是你们没有想到嘛。"我说。"对，海说得对，是他先想到的，谁让大家没有想到呢？"山为我撑腰说。

后来，朵说了句："海哥，你是想把爷爷冻起来吗？那样会把爷爷给冻死的。"朵一说完就引起大家新一轮的唇枪舌剑——云最后提议说还是把爷爷送去医院比较妥当。昆和仑的意思是你们要送就你们送，他俩可没工夫。我和山也不同意把爷爷送到医院，因为到医院里头爷爷准死。山比较赞同先把爷爷冷冻起来的说法，等大人们回来再把爷爷解冻也不迟。

我们一直争吵争吵再争吵，每个人的嗓子眼儿都吵得冒烟了，最后，云才妥协地问我：

"冷冻，想怎么冷冻，咱家又不是外国，光听爷爷嘴上说把人冻起来，咱们拿什么把爷爷冻起来？！"

"冰啊，咱家船上尽是冻鱼的冰。"

"冻鱼的冰！咱家的船都上交大队了，哪儿还有冰，咱要搬家了，你又不是不知道。"

"我怎么不知道，反正咱家没冰，别人家也有冰。"

"糊涂蛋，咱这里要建军港了，就剩咱一家没搬家呢，哪儿还有别人家？"

"小叔家，小叔还没搬家呢。"山在一旁帮我说。

"小叔就一个人，什么家不家的。"昆嘻嘻哈哈地说。

"反正不行就不行，反正不能把爷爷冻起来！"朵噘着小嘴气哼哼地说。

……

"我们还是告诉别人吧。"朵回屋找来布娃娃抱在怀里说。

"那可不行，要是告诉别人，"我吓唬朵说，"十里八村的人都来看热闹，他们会认为是咱们把爷爷给害死的，那可就麻烦了，警察会把咱们全给绑起来，然后送进监狱，等着挨枪子儿。你想让警察叔叔抓吗，然后再把你给毙了？"我盯着朵的眼睛说。看上去，朵叫我说得有些害怕了。

"别吓唬朵。朵乖，回屋睡觉去，别听你海哥吓唬你。"云说。

"反正不许朵告诉别人，要不然咱们真会完蛋，"我说，"别人真会以为是咱们干的。"

"谁都不告诉，"云含含糊糊地说，"要是爷爷真冻死了，咋办？"

云说完，昆和仑也嚷着说："海想出的主意，我俩可没同意，爷爷要是真死了，可跟我俩没关系。"

我一听就火了："谁说跟你俩没关系，爷爷变成这样说不定就是你俩搞得鬼呢！"

"对，就是他俩给害的，我做证。"山支持我说。

"你做个屁证，凭什么说是我俩害的，我还说是你俩害的呢！"昆说。

"是不是你俩把爷爷绑起来的！"山说。

"是你找来的绳子！"仑说。

"反正不能把爷爷一直捆着，捆着也会死，还会变臭。"我说。

云忽然喊道："海，你到底想把爷爷怎么样？！"

"你们就相信我吧，"我说，"这样弄肯定没事，要不人家外国人好好的就把人给冻起来啦？所以，咱们爷爷准保没事，一定能活过来。"

云不再矫情了，进屋去看爷爷，爷爷好像睡着了。云走出屋又去了厨房，在水槽里用水冲脸，把头放在冷水龙头下，直到头发都浸湿了，然后她把头发上的水绞了绞，并把脸上的水擦干。当她回来时，水珠滴在了肩膀上。她在原位置坐下，说："如果我们不告诉别人，我们就听你的，你再好好想想。"云说的时候眼圈红红的。

下面我该做什么怎么做？我心里盘算着，云肯定了我的想法，我反倒没了主意。我不自觉地叹口气。山在一旁装作替我认真思考的样子，然后说："我们一定要封锁消息不能让任何人知道。"

"别废话了，咱们不说谁能知道，"我说，"再说，别人家都搬走了，小叔也没回来，不会有人知道的。"

夜里非常闷热，我们话说得又多，昆和仑跑进厨房撬下两块冰，捧在手上给自己降温。我们家世世代代是渔民，国民党时期，六爷在天津混上个粮食专员，至此我们家开始发迹，摇身一变成了渔业资本家。新中国成立前夕，六爷逃到台湾，六爷在天津置办的房产留给了我爷爷，再有我们当渔业资本家时养的七条大铁壳渔轮全给政府没收后，再分配时只还给我们家两艘。要不是我们全家要搬到天津去住，这两条渔轮也不可能再次上交。船上交前，爸妈把船上的冰和鱼提前卸到了厨房里，昆和仑从厨房里取出冰给自己降温，一下子激发起我更多灵感——

"为什么把爷爷冷冻后，爷爷不会死，你们想明白了吗？"我又挑起这个话题。

"会死的，爷爷说的外国事全是瞎编的，哄咱们玩的。"云固执地说。

"快说吧，卖什么关子。"昆不耐烦地说。

"下面我给大家讲一个道理——其实这个道理是我臆测出来的，但我还是相信，这样做，爷爷不会死——"你们看，活蹦乱跳的鱼虾要是给冻在冰里会死吗？"

"那是鱼虾呀。"朵眨着小眼睛从屋里出来说。

"我是说，鱼虾待在冰里会死吗？"

"当然会死，它们都待在冰里了怎么不会死。"朵又说。

"朵，你别插嘴，听大人们说。"我说。

"是呀，朵说得没错，海说得也对，鱼虾待在冰里有可能会活也有可能会死。"昆的观点，活活能把人气死。

"要是化冻的话，"我说，"活蹦乱跳的鱼虾肯定还能活。"

"可是爷爷不能活蹦乱跳呀。"朵说。

"朵你闭上嘴好不好，不准你说话！"我说。

"怎么会，别瞎说了，你见过冻死的鱼虾还会活？"云皱眉疑惑地说。

"没见过，"但我又说，"你想啊，冬天冻在海面上的鱼，一化冻不就又游走了吗。"

"你见过化冻的鱼游走啦？净瞎编，瞎编，鱼准是沉水底了，给大鱼吃了。"昆乐着说。

"小妹说得对，鱼虾是鱼虾，爷爷是爷爷，"云带着哭腔说，"爷爷快要死了，又不是活剥乱跳的鱼虾，你怎么保证把爷爷冻起来以后还能活过来？"

"要不这样，"我也有点嘀咕地说，"咱们先试试看，别冻时间太长了。"

"不管怎样，主意是你出的，爷爷要是真死了可不赖我们。"云带着红眼圈说。

"好好，不赖你们就不赖你们，保准没事，放心吧。"

"不疼不痒，也不会流血，就是有一点凉，其实海说的没错，爷爷不疼就不会死。"山说。

"凉怕什么，大热天的，不凉，人还不得臭死了。"仑说。

"好，那你们把爷爷冻起来吧，要是万一——你们就赶紧化冻。"云说。

"等奶奶回来，再给爷爷化冻……"朵眯着小眼好像说了句梦话。

云还是有点犹豫："要不咱们还是把爷爷送医院吧？"

"送医院可就糟了，一是得花光咱家所有钱，二是爷爷肯定就活不成了。姐，不要犹豫了，等奶奶和爸妈回来了再把爷爷送医院也不迟。"我说完，昆、仑、山都同意我说的，只有朵睡着了没同意也没反对。

"好，我们举手表决，"我说，"不同意的举手，并说明原因。"……

"好，没有，"我宣布，"通过！鼓掌，鼓掌！"

夏天天亮得早，天蒙蒙亮时，除我之外其他人都睡着了，朵抱着她的布娃娃最早进入梦乡。昆、仑、山东倒西歪地躺在葡萄架下面的凉席上。只有我一个人还睁着眼思忖：没有人再反对把爷爷冻起来，只要爷爷能复活，一定比以前活得更久。天光大亮时，云把朵从凉席上抱回自己屋里的床上睡，自己也和衣倒在朵身边。昆、仑、山已睡成死猪模样，踢都踢不醒。我还没有睡，心里盘算下一步怎么做？

4

早上持续高温、燥热。我和朵手牵手来到海上，我们脚下没有船，不是坐船来的；我们身上没沾水，不是游泳来的。风好像把我俩吹到了海上。海上与岸边景致不同，气象万千。海上的海，辽阔、湛蓝，一眼望不到边际。天上的云，静如画；海上的浪，美如花。一抬手就能够到云，一垂手就能采到花。哎呀，我和朵多么的小，像飘在蓝空与海洋的风筝。鸟儿在我们头顶飞，鱼儿在我们脚下走……我俩与鸟儿一同俯身，鱼儿就上钩；我俩与鱼儿一起探头，就捉到鸟儿……我和朵美得不得了，好像梦想成真好似梦里是实。

忽然，有声音传来叫我和朵，忽然，我们看见爷爷乐呵呵地朝我们走来。大海无涯，"爷爷你是从哪里来？"我痴痴地问。爷爷的话离我们越来越近，问我和朵："你俩咋来的？"我俩告诉爷爷我们想他了。爷爷笑了，我和朵也笑了。接着我和朵便围着爷爷让他给我们讲大海的故事……

"这亿万年的沧海啊，"爷爷给我们讲，"海底有一只老神龟，生来就不动，鱼儿们都是自己往它嘴里送。这老神龟光吃不屙得有好几万年哪。有一天它突然闹肚子，放了一个响屁。嗬，它放个屁可不要紧，要紧的是把大海整个翻了一个个儿……大海翻个个儿就咆哮——咱们渔民可遭了殃，船沉的沉，人死的死……"正说着，天空堆满鱼鳞般的云片，光线立即变得柔和，使人能望到更远的天际。此时，一片蔚蓝的海面突然变幻成一片或一缕缕的靛青，好像是鱼群脊背折射的光。而且，如丝如缕的水脉骤然掀起并落下如珠似玉的水花，"'龙兵过'来啦，快看！"

一群群鲸鱼，排着井然有序的队伍，一个个从水底跃出，又一个个自由地落下。它们推开的水波由宝蓝向黑蓝过渡。转瞬间，天上鱼鳞般的云片的边缘，也如丝丝银线渐渐转淡，而后悄然消逝——"那是不祥的预兆啊。"爷爷忽然说。我和朵的手攥紧拳头，而后被爷爷的大手抓住，牢牢地攥进他的掌心。船倏然晃动的一刹那，爷爷跟着上身保持挺立，双腿像两根粗壮的桅杆稳稳地劈开，双足的脚尖勾住帆桁上的绳索，这使他的躯体牢牢与船身衔接成一体，任风浪随意倾斜摇摆，都不会使他坠入水中。而我和朵似乎在爷爷大手强有力的提升下，双足纷纷脱离水面，我们的脚刚离开水面，倏然间，脚下的海面便搅起骇人的涡流。

"看，海流子有多猛……这就是黑潮黑水流。"爷爷唏嘘道。

坦白说，我只见到漩涡没看见爷爷说的黑水流，这巨大的漩涡早已让我眼晕目眩了。此刻爷爷迎风改变帆樯的阻力，瞬间阻力变为动力。爷爷靠扭动帆樯上的桁索调整航向。风持续在吹在吼，浪打在我们身上硬生生地疼。紧接着，一堵高大的水墙悄然向我们袭来，朵第一个回头看到，"爷爷——快看——"朵惊呼。

谁见过海平面一端翘起、一端徒然下陷？谁能相信，永远不可能塑化的海水会骤然凝结并坚挺地昂然推进？当时我以为是我的眼睛出现了错觉，其实不然，那是真的，我不由张大了嘴，而爷爷却毫不犹豫地大角度旋转舵轮，朝水墙迎头扑去……

我以为要完蛋了，山一般的水墙打我们头顶向我们轰然砸来，紧接着更加令人恐怖的三角浪向我们袭来，三角浪比腰跨浪、点头浪甚至排浪的破坏能力要险恶数倍，一旦袭击到人的身上绝对让人疼痛难忍……果不其然，经过一通恶风大浪的洗礼，不到半个时辰，爷爷偌大的渔轮左右两端的缆索的卡环均已崩断，甲板上的缆索和护板被海浪刮出细绒般的纤维毛茬，那后网台上如山的渔网已无踪无影，就连网台的台板也被风浪掀得干干净净。再有排山倒海的巨浪从船头一直扫荡到舵楼顶棚，顶棚已如斩首般荡然无存，舵楼的木楞框架也被海浪击成稀巴烂的模样，更为骇人的是，船一侧的干舷已被豁开十余米的大口子，口子周围的船骨也被扭曲撕裂着……

我迷迷糊糊地一次又一次感到，巨浪猛烈砸在我身上和头顶，耳边爆发出振聋发聩的喊声，那呼啸的喊声快要把我的耳膜刺穿了，但我心中相信：爷爷我们死不了对吧，我们要把你冻起来，你也死不了，一定能复活……

我猛然醒来，云在我耳边大喊大叫比我刚才遇到的风浪还猛还急，山的拳头重重地落在我的身上和头顶。啊呀，刚才我在做梦吗？真是又真实又惊奇！云和山搅了我的好梦，他俩拍着我的脑瓜说："海，不要叫了，快醒醒，快去看看爷爷吧。"

5

我揉着迷怔怔的睡眼问："我睡着了吗？"山说："你睡着没睡着自己不知道？"云说："快去看看爷爷吧。""叫昆去，"我说，"我想再睡会儿。""不行，大家一块儿去。"云说。说着，山把昆和仑从屋里也喊醒了。

昆和仑一出来就问："爷爷死了没有？"

"你俩为什么总惦着爷爷死！"云说，"爷爷对你俩这么好。"

"不是，我俩是问爷爷死了没有，是怕他死。"昆仑一同解释说。

"反正你俩没安好心，总想叫爷爷死。"我气愤地说。

"凭什么是我俩想叫爷爷死？你才想呢！"仑说。

后来，我们一起走进爷爷屋，去看爷爷。爷爷双手绑在胸前，一动不动地躺在床上。由于连日来没有开窗户，屋里臭气熏天无法待人。我们一个个捂住嘴和鼻子，见爷爷还在微微喘气，知道爷爷没有死，我们又赶紧逃出屋，稍作喘息之后，便开始研究如何用厨房里的冰冻住爷爷。

往爷爷屋里运冰简直小事一桩，不过像老鼠运大米一样简单。但是如何将这些冰像冻住鱼虾一样，把爷爷冻在里面，这可难倒了我们。爷爷毕竟不是鱼虾，怎么能让爷爷钻到冰里面去呢？再有，要是冰化了怎么办，爷爷屋里热得很，冰是很容易化掉的。之后，我们又想，要不先把冰化成水，让爷爷待在水里面，可是怎样再让水冻成冰？现在又不是冬天。我们绞尽脑汁想了半天，看来都行不通，后来山想出个妙法：在爷爷身上搭个冰屋。但这个想法叫仑否决了，因为没有那么多的冰。之后昆也出了个点子：把爷爷装进床上的樟木箱子里，再往箱子里装冰。但云立马反对，说，对爷爷太残酷，不行！

接着我们的小妹朵也想出个点子，她说："把爷爷放在院子里的葡萄架下面，然后在葡萄架下面盖上冰，爷爷就死不了了吧。"小妹的主意听上去不错，转念一想，冰在外面放久了，太阳一出来就全化了，还是不行。"要不咱们在葡萄架下面挖个坑，把冰放进去，让爷爷躺在冰上，这样行吗？"没想到我们的小妹朵的想法层出不穷，昆和仑又跳出来反对："那不成，爷爷不成了土地爷了吗，再说挖坑的事我们干不来，叫山和海干去，他俩是能手，我俩没那工夫费力气。"

最后大家的想法山穷水尽后，我猛然想出个主意，说："要不咱们把爷爷运到小叔的船上吧，小叔船舱里全是冰，跟冰窖似的，保准爷爷死不了。"这主意让大家沉默了一会儿，然后纷纷表示同意。云说："小叔的船不是开走了吗，又回来啦？""嗯，是啊，我忘记告诉你们了……"山见我要把小叔叮嘱我俩的事说漏，故意踩了我一脚，然后抢着说："小叔是回来了，又上大队办事去了。"

我小声跟山嘀咕说："要是小叔回来发现了怎么办？""不能让他发现啊，咱们不说他怎么会发现？"山说。

说到这儿，我们便开始分工，分工又遇上麻烦：让云搬她说搬不动，让朵弄那儿她说害怕，让昆和仑干，他俩要滑头一齐说拉肚子要跑茅房去屙屎。我和山一气之下把所有活硬派给大家，说不干也得干，不干不行！

运爷爷的活就要开始了，此刻我们的爷爷是多么的憔悴，他目光呆滞，嘴角涎着口水，浑身散发着臭气，我们真不忍心碰他一根手指头。我们重新来到爷爷的床边，每人抓住他身下被褥的一角，然后开始数："一、二、三……"爷爷的身体连同被褥被我们拖动了。我觉得自己最卖力气，可能其他人也这么认为。我们一鼓作气把爷爷抬到了地上。其实爷爷并没有想象的那么重，我们好像没费多大劲儿，就把爷爷从床上抬了下来。"你们看，爷爷不重吧，"我说，"咱们抬得再快点可能更省劲儿。""把爷爷抬到院子里再休息吧。"山说。"抬吧，别歇啦。"仑着急说。随后我们又揪起自己这边的被褥，一鼓作气地把爷爷抬到了院子里的凉席上。当我们把爷爷摆在凉席上的一瞬间，我们都有了一种胜利在望的感觉。

"爷爷可真沉。"昆说。"爷爷不沉，可是爷爷睁着眼睛哪！"朵说，说完躲在我的身后。

有那么一瞬，我觉得即便爷爷睁开眼睛也是在睡觉，或者说，爷爷睁开眼睛是看看谁在抬他吧。

"别看爷爷睁着眼，其实他是在睡觉，"我说，"朵，别怕。"

山朝我的脚踝猛踢了一脚，示意我不要乱讲，昆和仑溜到爷爷眼前，用手在爷爷鼻子前面晃晃，然后自以为是地说："爷爷是不是死了？"

"不嘛，不……"朵拖长声音尖叫着，然后哇哇地哭开了。云的眼泪顿时跟雨帘似的噗噗噗地往下掉。

"别听昆和仑瞎说，不可能。"我说。

"谁说爷爷死了。"山也说。接着山蹲下来动了动爷爷的胳膊。我也蹲下来，手凑近爷爷的鼻子。爷爷的手忽然动了一下，"你们瞧，你们瞧，"我长吁一口气，"爷爷还活着，谁说他死了。"接着爷爷半睁半闭的眼皮突然间向上挑了一下，眼角忽然朝我们斜视过来，脸上露出怪异的神情。

我们休息了一会儿，照之前所说，我们又齐心协力把爷爷抬到院外。我们家距码头并不是很远，出了院门，外面有一道防浪坡，坡上种着一排排小树，穿过小树林便是沙石滩和细沙滩，码头就在眼前了。

我们抬着爷爷直奔小树林，中途我看见一地正在使劲儿绽放的野花丛，这片场地一直是云带朵过家家的地方。野花丛和小树林毗邻，这次我们好像有了经验，竟然把爷爷一鼓作气地抬过了小树林，快下坡道接近沙石滩我们才停下来，在此正好能看到我和山挖的地堡。我们一停下来，我便仔细瞧小叔的船，看了半天，山凑过来说："船上没有人，小叔好像没在。"我说："是。"

6

大家都坐在小树林的坡道上休息，山看到船上没有人反而嘀咕起来，不住地说："小叔在没在船上？海，你说小叔在没在？"我不耐烦地说："没在，没在，小叔肯定没在船上。"山又往船上看了一会儿，才确信小叔没在。可就在山犹疑之际，我忽然发觉地堡那边有动静，开头我还以为地堡早就给潮水淹没冲毁了……我叫大伙先别动，我和山去侦察一下。果不其然，我和山跑到地堡前，发现有个跟我们年岁相仿的小男孩，正撅着屁股从地堡里往外掘泥沙。我喊道："嘿，小孩儿，你在干什么？"小男孩抬起头瞅瞅我和山，表示不认识，露出不愿搭理我们的样子。

"嘿，小孩儿，我弟问你呢，这地堡可是我俩先挖的！"山对小男孩说。

"我不认识你们。"小男孩闷头干活说。

"嘿，我们还不认识你呢，你到底是谁？快说！"山呵斥道。

"你是哪儿来的小野孩儿，跑我们这里来干吗？"我也呵斥道。

这时，云喊我和山回去抬爷爷，我和山大声应了一声，让他们再等一会儿。

"快说你到底是谁？"我命令道。

"不说就把你活埋了！"山狠狠地说。

"你们是谁，凭什么先问我？"小男孩不含糊地说。

"此山是我开，此路是我栽，要想在此玩儿，就得先说你是谁？！"我怒目道。

小男孩见我厉害起来，马上服软说："我跟我爸一起来的，他去你们队上办事去了，一会儿就回来。"

"哦，那还差不多。"山说。

"知不知道你破坏了我们的地堡，所以你现在必须听我们的！"我又严厉地说。

"怎么听你们的？"

"你得为我们干活。"

"干什么活？"

"一会儿你就知道了。"

这个小男孩长大了可不是一般的人，他是我军一名非常有名的军事工程专家。当然那都是后话，现在他可是我们的壮丁。

"看，我们逮着个什么。"我和山押着小男孩给大家看。

"是个小男孩。"朵说。

"他现在是咱的壮丁了。"山得意地说。

"你知道我爸是谁吗？"小男孩不服气地说，"我爸可有枪，你们要敢欺负我，他准把你们都崩了。"

"真的呀，"我笑着说，"你爸要是把我们都崩了，我就先把你扔海里喂乌龟。"

"嗒嗒，你叫我过来干什么？"小男孩气馁地说。

"因为你破坏了我们的地堡，所以你得帮我们抬爷爷。"我直截了当地说。

"抬你们爷爷去哪儿？"

"那你管不着，"我说，"关键是你得先为我们干完活，才能放你走。"

"行啊，但我爸一叫我，我就得走，"小男孩镇定地说，"因为我爸特厉害，谁不听他，他就打谁，到时候，哼哼，肯定也会打你们。"

"嗒嗒，这个嘛，"山说，"你别吓唬人，我们人多，还怕他打，我们还打他呢。"

"真的，"小男孩认真地说，"反正到时你们放我走，他就不会打你们。"

"行，好吧，"我说，"其实要你也没啥用，就是叫你帮我们抬一下爷爷，一会儿就完事。"

"对了，我警告你，"我补充道，"你必须得保密，要不你爸准找不到你。"

小男孩听完脸色煞白地说："我只能为你们干一小会儿，我爸没准一会儿就来找我，只要你们放我走，我保证什么都不说，谁说谁是乌龟王八蛋。"

之后，小男孩吃惊地看了看躺在地上的爷爷，又说："把你们的爷爷抬到哪儿？"

"你帮着抬就是了，不要多问。"山命令道。

接下来小男孩乖乖的，我们让他怎么抬他就怎么抬，他不再言语。虽然小男孩不再说话，但我一看他就是个机灵鬼，我们说什么他都认真听往脑袋里记，而且他中间插了一句话，吓了我一大跳，他说："你们想把爷爷抬船上去，因为那里有冰，对不对？"

我们一早就开始搬爷爷，现在都快晌午了，太阳就挂在我们头顶上，热得我们大汗淋漓。我感觉剩下的时间不多了，其实我是怕被别人看到，尤其是给小叔看到就麻烦了。我没工夫再跟小男孩搭话，随他怎么想怎么猜，反正我们得尽快把爷爷运上船，先冻起来再说。

空气又黏又湿，能让人攥出水来，大海似给太阳蒸发掉了似的。我们一个个热汗淋漓呼哧带喘，我们的爷爷还是保持先前平躺的姿势，浑身没流汗，好像只有他一个人没感觉到热。我们还是每人抓住被褥的角或边，即便多个小男孩加入，也没觉得减轻多少分量，倒是爷爷把我们的胳膊腿脚弄得发软发抖。"再歇会儿吧。"刚走几步，云就嚷着要歇。我飞快地说："不行！快走，不能歇，要不爷爷就给热死了。"

我的话挺管用，我们没再驻足，而且小男孩真是出了一把力，还劲头十足地说："帮你们把爷爷弄到船上其实不太难。"小男孩的话挺给大家鼓劲的。

小叔的船近在咫尺，却让我们走了好长时间。快到时，山先上船把渔网扔下来甩在码头边上。这时，爷爷也被我们抬到了码头边缘。此时，我忽然觉得平时看上去不怎么高的船樯，一下子如山高，好在我们有渔网就什么都不怕了。随后，我们就事不疑迟地把爷爷胡乱装进渔网，大家便开始拽拉搬抬。工夫不大，我们就把爷爷弄上了码头，移到了船旁。爷爷一靠近船，我就松了口起，因为干舷只比码头高出一臂的距离，只要我们一波人在船上接，一拨人在码头上送，一切就万事大吉了。

"快把爷爷弄上船呀！你们几个男生傻愣着干啥。"云见我们不紧不慢就急着催我们。

"等一下嘛，"昆说，"都留给我们干，你光图轻松哪！"

"要干就一块干！"仑帮腔说。

我正想为云辩解，但从码头迈向船帮的一刹那，竟脚底打滑，一下子从码头和船樯的空档掉进了海里。待我满身是水地爬上岸时，大家都哄笑我说："海啊海，只差一步，爷爷没掉到海里，你却成了落汤鸡，搞什么搞呀。"

7

我们把爷爷抬上船时，我看到爷爷身上湿漉漉的，被褥上沾了大大小小黄褐色的斑迹，还有一大片尿液的痕迹。大家伙搬抬时都很卖力气，可爷爷就像一大块死沉死沉的鹅卵石，当我们把爷爷抬到离船一步之遥的时候，我觉得力气全用光了，全身都没了感觉。

"我们一口气把爷爷抬上去，不能停，要不爷爷就会掉下去。"山大声招呼大家，并且叫大家快点抬。这时，我忽然看到船上有起重机连接的吊杆，忽生一计，"用吊杆吊爷爷吧？""行，"山马上说，"先把吊杆转过来。"我登上船跑去转吊杆，剩下的人把爷爷撂在离船最近的地方。吊杆连接着索具和吊钩，我把吊杆转向山，山伸出一只手拽住索具，另一只手把吊钩钩在装爷爷的渔网上。

"昆仑你俩可别撒手啊，"说着我和山一个去压住吊杆的末端，一个继续去拽索具，爷爷被吊杆装置晃晃荡荡地吊到了船上。接着，昆和仑指挥小男孩抓住渔网，一起用力把悬空的爷爷往船中间推。云和朵在一旁喊："小心，小心。"

当爷爷还差半米落在甲板上时，朵发出一声惊呼："不行啦，爷爷快要掉下来啦，快来人哪！"原来就在昆和仑及小男孩推渔网的一瞬间，渔网跑偏，爷爷的头和半个身子从渔网里漏了出来，倒栽葱般地撞在船舷上。爷爷的脑袋撞在船舷上发出沉闷的响声，委实吓了我们一跳。好在爷爷一直处于昏迷状态，我们赶紧七手八脚地把爷爷重新装回渔网。直到我们把爷爷悬空移到甲板中间的舱口处，才把爷爷放下来，之后我们便围在爷爷身边坐下休息。

同时，我们也让爷爷休息一下，后面我们就考虑该怎样把爷爷运进底舱。此时太阳已西斜，远处天边黑云密布，现在已没有了中午灼热的日光浴，微风偷袭进我们的衣领和裤管，很快把我们潮湿的身子吹干。此刻，爷爷双目紧闭，外面的世界好像与他无关。云和我对视一下眼神，从云的眼神里我看到她的凄迷与无望。当大家再次起身要抬爷爷时，朵脱下自己的小褂，盖在爷爷头上。昆和仑差点没笑出声来，山把朵的小褂往下拉了拉，露出爷爷的眼睛和鼻子。昆和仑终于抑制不住地大笑起来。小男孩也笑了，云紧咬牙关，死死盯了他们一眼。这时，我撩开舱盖，舱底的鱼腥味扑面而来，我和山憋住气先后跳进底舱，接着让上面的人把爷爷顺下来，我们在底下接住。当我接住爷爷的身体时，我感到爷爷的心脏跳得飞快，也许是他已预感到我们要把他冻起来的缘故，谁要是知道自己马上会被冻起来，谁不心跳加速呢？

越到关键时刻，我越走神，竟然想到爷爷年轻时跑船去日本时尿床的事，有一晚他住进横须贺的一家小酒店，睡了一晚，早上醒来发现自己尿床了，这下坏了，脸丢到了国外，还不叫东洋人笑掉大牙？后来爷爷灵机一动想出个妙法，他让服务员送来一壶茶，人家刚走他就把茶泼在了他尿床的位置……我之所以想到这些，完全是因为看到爷爷的被褥全给他尿湿了，这让我为爷爷感觉莫名的难受。山一边和我抱住爷爷往舱里抬，一边高兴地说："海，咱们马上就要大功告成啦。"

直到现在，我还在为我的计划一定能成功而确信无疑。"等爷爷好了咱们就立功了，"我对山说，"反正已经这样了，咱们也没啥退路了。"

"船里有好多冰呀，咱们把所有冰都堆在爷爷身上，爷爷肯定死不了啦。"山说。

天不早了，我们马不停蹄地把一块块冰移开，然后把爷爷放在原先放冰的位置，就开始往爷爷身边堆冰。大块儿沉的冰放在爷爷身体两侧，轻的小块儿的则堆在爷爷身上。我们还把爷爷的嘴和鼻子留出来，这时爷爷的脸色苍白得可怕。最后，我们又在冰的上面随意放了几只装鱼的木头箱，和一些无关紧要的网具，这样小叔只要不挪动冰，就不可能发现里面藏着人。

活干完了，我们的身心都松弛下来，不知其他人怎样，反正我的小腿疼得要命，而且身上还非常臭，臭味可能来源于爷爷。朵跟大家一通瞎忙，我看她不时地在闻自己的小手，然后皱着眉头做出想吐的样子。我叫云领朵回家把手洗干净。云和朵走后，昆、仑、山、海，我们四个就脱得精光，跳进海里去洗海水澡，直到天黑水凉，我们才上岸。云和朵一人换了一身干净衣裳，回来时给我们带来了窝头和咸菜，我们便狼吞虎咽地吃开了。

"小男孩跑哪儿去了？"云问我。

"早跑了，可能找他爸去了。"我说。

"他要是告密怎么办？"云说。

"不会的，小毛孩连话都说不利索告什么密。"我说。

之后我把朵叫过来逗她玩儿，伸出手让她闻。她说："臭鱼味儿，你没有洗干净。"我也闻了闻，手指甲里面全是泥，连我自己都恶心……傍晚下了雨，而且下得特别大，雨水是世界上最干净的水，我脱掉衬衣及鞋和袜子，站在甲板上去淋雨。云他们都跑到舵楼里去避雨，我一边淋雨一边大喊大叫，他们透过舵楼窗户问我叫什么？我一下子把裤头脱掉朝他们扔去。

"哈哈哈——"传来他们的笑声。

8

当晚我们都睡在小叔的船上。夜里雨不下了，我仰面躺在甲板上看星星，看久了明亮的星星，眼前就仿佛有无数条铺着青石板的小径，直接通往那并不遥远的星辰。夜空里的那些云，仿佛是通往星辰小径两侧的假山石……忽然我的思路又回到我身下那个逼仄暗如坟墓的底舱，爷爷正躺在冰冷的底舱里与魔鬼讨论着死亡？我一边想一边揉着惺忪的睡眼从甲板上爬起来，身边万籁俱寂，云和朵在舵楼里睡熟了。我对山的后背说了声去撒尿。他哦了声，然后说："我也去。"

这一夜出奇地静，刚躺下一会儿我就似梦非梦地见到朵搂着爷爷哭，云也跟着哭，后来哭声传染了大家，我们都哭了，寂静的夜里哭声连成一片。我难过的原因是不想成为杀害爷爷的凶手，哭着哭着我好像睡着了，我想我不能在梦里再折腾了。就在这时，山在背后对我说："你听，是不是云在哭。"的确，云小声的哭声从舵楼里传出来，传来的还有她与朵的对话声："爷爷会不会在咱们睡觉的时候死去？"透过月光照出的窗影，朵冲云使劲地点点头。然后云又说："要是爷爷真死了就感觉不到冷了。"朵喃喃地不知跟云说了些什么。过了一小会儿，我饿得受不了了便朝舵楼里喊："还有吃的吗？我饿了！"云探出窗棂说："朵还剩下半个窝头，你吃吗？""吃！"说完，我跑到舵楼底下伸手去接……我一边啃着窝头一边想起了小叔。

小叔这会儿在哪儿呢？那个被小叔带走的人又是谁？小叔回来要是发现我们的爷爷，再喊来警察，那我们可就完蛋啦……我一夜都在想这些事，不知不觉天亮了，早上起来我对眼前的一切忽然感到陌生与茫然。海风吹乱我的头发，我激灵了一下大脑才恢复知觉。就在这时，我听到海上传来与现实不符的声音，那声音由远及近，我举目观望，远处一艘小炮艇正朝我们这里驶来。

"山，山，快起来，有船来了——"云和朵听见我的喊声，从舵楼里冒出四只眼睛，朝我手指的方向望去。接着，我下意识地回头望望盖住底舱的舱盖，还好，严丝合缝没有任何破绽。在小炮艇开来之前，我和山又迅速检查了我们周围的情况，一切还好，我们放下心来，才由半蹲姿势直起身子。小炮艇离我们还有一段距离时，我佯装镇定地朝小炮艇挥了挥手，我叫山也挥挥手，还叫他露出点儿笑容，因为我知道对方一定在用望远镜看我们。不管怎样，当时我脑子里一片空白，一无所想。

9

当人感觉到大难临头时，血一定是往头顶上涌的，所以一瞬间我感到头昏眼花、头重脚轻，呆在原地动不了。天知道我是如何把云和朵从舵楼里面叫下来的。昆和仑一早跑走了，不知去向。现在能派上用场的只有云和朵，我叫云和朵观察"敌情"。我和山掀开舱盖跳到底舱，因为我很怕这来历不明的炮艇会把我们的船连锅端掉，所以我得救出爷爷跟我们一起走。

底舱还是我们昨天折腾完的样子，只是舱里除鱼腥外还多了一种难以形容的怪味，我和山一齐捂住鼻子，绕冰转了一圈，看它们化了没有。爷爷躺在冰里似乎完好无损，是的，爷爷跟昨天一样眼睛是闭着的，只是离我们远了一点，我们够不到他的鼻子，所以没法知道他还有没有呼吸。我还是以前那种想法，只要爷爷现在没有痛苦，等活过来的时候就不会有痛苦。

"爷爷真是在假死吗？"山问我。

"真中有假，假中有真，这都不懂——鱼冻在冰里能活爷爷就能活。"我信心十足地说。

"那咱们怎样叫爷爷现在活过来？"

"是呀，咱们现在又没有炉子，有炉子暖和了爷爷就能活过来。"

"咱现在该怎么办？"

"看来叫不醒爷爷了，咱们把冰再往他身上撂一些，别人就看不到了，总不会有人来扒冰吧。"

"我想也是。"

小炮艇抵近时，轰隆轰隆的响声比我们家的机帆船声音大多了。小炮艇的轰鸣声越来越近，我的心都提到了嗓子眼。接着，我听见从小炮艇上传来说话的声音。山手脚麻利地把舱盖盖严，我和山所幸猫在底舱见机行事。

那声音从甲板上面传到下面：

"小姑娘你们在船上干什么，就你们两人吗，爸爸妈妈在哪儿？"

"爸妈没在，我们在这里玩，就我们俩，她是我妹妹。"

"哦，刚才我还看见两个男孩朝我们挥手，他们躲起来了吧。"

"没有，是我俩朝你们挥手，就我们俩，你们准是看错了。"

"不会看错的。"

"你们是谁，是好人还是坏人？"

"小姑娘，不要害怕，我们当然是好人，我们可是人民海军叔叔。"

"我们不信，你船上有炮，会开炮打我们的船。"

"小姑娘，我们船上当然有炮啊，但那是打国民党反动派的，咱们老百姓的船我们不会打的，而且我的爸爸和爷爷也都是渔民。"

"哦，那你们来我们这儿干什么？"

"我们是来找人的，正好问你们认识不认识。"

我和山猫在底舱听得真真切切，当我听那人说要找人，我的头都大了，该不会是来找爷爷的吧，想到这儿，我浑身惊出一层冷汗。不能再等了，趁云还没回答，我掀开舱盖双手一撑跳上甲板，山也跟着上来，我俩一左一右护在云和朵的两侧。

"你们找谁，跟我说，不关她俩的事。"

"就是嘛，俩小鬼，明明看见你俩挥手，转眼就不见了，俩小鬼躲底舱里啦？"

"明知故问。你们到底是来修军港的还是来找人的？"

"哦，修军港你们也知道啊。"

"当然知道，全村人都搬走了，我们怎么不知道。"

"那你们怎么不搬呀？"

"等奶奶和爸妈回来我们就搬到天津去。"

"哦，原来是这样，建军港的事不归我们管，我们是来找人的，他叫黄海生，你们认识不认识？"

"当然认识，你找我们小叔干啥？"

"哦，他是你们的小叔呀，那可真巧啊！"

"他去大队办事情去了，不知道什么时候回来。"

"哦，原来是这样，我再问你，你们看见有一个人跟你们小叔在一起吗？"

海军叔叔的问话让我和山一惊，因为云和朵没见过那人，所以只有我和山张开大嘴支支吾吾起来：

"你怎么知道的？我、我，我们没见过，小叔说不准告诉人，我们也是听别人说的，我们啥也没见过，你说对吧山？"

"我弟弟说得没错，我们啥也没见过，你去问别人吧。"

"呵呵呵呵，两个小鬼，说了谎鼻子就长长，你俩摸摸鼻子。"

我和山摸了摸各自的鼻子，说："呵呵，你骗人，没长长。"

"不信你们等着瞧，等你们小叔回来了就长长。"

那人说完，我寻思我们也只能听天由命了，我觉得那人心里什么都清楚。

"好，我相信你们，俩小鬼，咱们军民一家亲嘛，我们走了，你们去玩吧。"

"哦，对了，咱们一家亲，我有好吃的送给你们吃。"

朵听说有好吃的，立马笑开了花，云也露出了笑容，只有我和山傻愣在那儿，不知他要送给我们什么好吃的，再说，他们要是不走怎么办，会不会发现我们的爷爷，那可就糟了。

工夫不大，两个年轻水兵抱着一堆东西从他们船上递给我们。我们把东西撂在甲板上，原来是几只糖水橘子罐头和用笼屉布裹着的食用冰。"哈哈，太好啦，我们有罐头吃啦，有冰吃啦——"我们个个脸上笑开了花。

海军叔叔也在笑了，山对海军叔叔说：

"能再给我们一些冰吗？"

"可以啊，你们要多少？"

"再来两大块。"山边说边比划冰的大小。

"呵呵，要这么大块的冰啊，你们能啃得动？"

"我们敲碎了吃，你就给我们吧。"

"好，能吃就给。"海军叔叔说着就吩咐一个小水兵去拿。

可想而知，山要冰自然是给爷爷准备的，要是爷爷身上的冰化了，我们可以用这些冰来做补充。小水兵又给我们送来了好多冰，都没有山比画的那么大，但我们还是高高兴兴地收下了。再后来小炮艇开走了，我们一直目送它走远，直到轰隆轰隆的声音消失殆尽。

我一直在想海军叔叔找我们小叔干什么？想着想着，我又开始担心，小叔要是回来发现我们的爷爷该怎么办，我们怎么解释？……不能再想了，再想冰就要化了，我和山抓紧往船舱里运冰，朵一个人待在边上去吃糖水罐头，朵吃的是那么认真和津津有味。我和山七手八脚地把新冰铺在爷爷的身上。之后我又仔细地看了一下四周，小叔船的底舱与我们家船的底舱略有不同，我们家船的底舱全是打通的，小叔船的底舱却被木板隔出许多隔断，本来逼仄的底舱被隔断隔开后更显逼仄不堪了。

看着看着，其中有一个隔断引起了我的注意，我看到这个隔断里放着一个上了锁的大号铁皮柜。我想把它打开，却找不到钥匙。山说："算了，别看了，能有啥值钱的东西？""没值钱东西还上锁？""没值钱东西就不能上锁？""没有就不能上锁！""没有也能上锁！"我和山差点为能不能上锁打起来，后来我们发现不远处还有一个相同的铁皮柜，就没有挂锁头，"喏喏喏，瞧瞧这个吧，好奇心害死人。"我和山打开铁皮柜的门，里面除了一些工具和几只锁具外，确实没有什么值钱的东西。"你看，没值钱的东西吧。"再后来，我和山把小叔的底舱侦察了个遍，实在没发现什么好玩和值钱的东西才回到甲板上。

10

我们无聊地坐在舱口守着。我们一整天都是在甲板上度过的，天气变得越来越热，热得我们看到的东西都是乌涂涂的。当一个人盯一个物件盯久了，就像我一直盯着舱口，就觉得舱口的下面不是底舱，而是一口深不见底的枯井，让人有跳下去的欲望。昆和仑总是神不知鬼不觉来了又走，什么活也不干，云为此跟他俩吵架。昆和仑满不在乎地说这些事他俩管不着，因为不是他俩的主意。我本来想趁安静的时候补一补觉，可他们一吵，就让我烦得要命，其实我潜意识里烦的是，不知小叔回来会怎么样？昆和仑跟云吵完架又没了踪影。朵靠在一堆渔网上，反佛在给她的布娃娃穿衣裳、脱衣裳，有时候还莫名其妙地咯咯笑几声。山坐在舵楼顶上，头顶烈日，两腿中间护着一堆鹅卵石，把它们一个个往海里投。山挺生昆和仑的气，气哼哼地嘴里不时冒出脏话。每当太阳轰然升上天空的时候，朵就说有一种怪味儿从舱口钻出来，云说根本没有什么怪味儿，是朵小脑袋瓜瞎想出来的。朵听完，见姐姐不高兴，小眼睛就滴溜溜乱转，欲言又止。后来云说如果你们谁说有怪味儿，就说明你们不爱爷爷。朵就开始哭鼻子，云就牵着朵回家去洗澡。我好像适应了被太阳蒸烤的感觉，一直坚守原位，我倒要看看自己有多坚强。

下午，朵换了一身干净衣裳回到船上。朵回来后不声不响地坐回原位置嗑自己的手指甲，时不时还抽噎几声，可能是云回家后说了她，她还在委屈。云说昆和仑就在葡萄架下面玩掷刀，一点忙也帮不上。接着就呵斥朵，不准她嗑指甲。山见我愣神看大姐训小妹，山就对云说了些什么，然后又看我，我愣神已出神入化，他们的声音我没听到，却有如看到。

不知何时我开始哆嗦起来，不知哆嗦了多久，但我觉得哆嗦得并不厉害，所以没有人发觉。"咱们可以搞个仪式什么的，比如说……"由于我和山没有阻止大姐训小妹，此时朵泪眼汪汪地看着我们。云越过山的头，冷冷地看着我。突然间，我感到他们的怨气都冲我来了。我起身绕到前甲板去看远方的落日。

"我们应该给爷爷举行个仪式，否则咱们对不住爷爷。"晚上，我嘴里嚼着窝头对大家说。

云的意思是等大人们回来了再说。而且她觉得根本没有举行仪式的必要，爷爷又没死。

　　"谁说人死了才举行仪式，活着就不能举行？"我想让大家振作起来，同时让自己重新获得大家的信任。

　　山把手放在我的肩上，我觉得他的手冰凉，我俩就像一个天上的月亮和一个水中的月亮，彼此心照不宣地看看对方。云和朵回舵楼睡觉前，说："要不叫昆和仑回来，咱们一起商量一下给爷爷举行仪式的事。"我把手扶在自己的头顶，吸了吸鼻子。"他们一回来，咱们就告诉他们仪式的事。"云点点头哄朵睡觉去了。我和山默不作声地坐回原位，后来不知怎地，我慢慢悠悠地哭了起来。"都是我的主意，"我伤心地哭着，感觉受到了众人的欺骗似的，"其实云说得对，应该把爷爷送去医院。""大人们一回来，咱就告诉他们。"山安慰我说。

　　爷爷的呼吸会不会把冰化掉？我睡得不踏实，夜里总想去看爷爷。我真心想把爷爷从冰里扒出来，跟爷爷说，对不起都是我的错。我是在梦里吗？冰裂开一道细纹，爷爷睁开一只眼，看了看我又闭上了。我离那些冰越来越近，我傻乎乎地呼出热气想把冰化成水。当我把最大的一块冰化掉后，又一块冰从天而降般盖在爷爷的身上。天知道这些冰都是从哪里来的？爷爷的眼睛再次睁大，透过冰，爷爷的眼球放大数万倍。天哪，一只两只三只四只……无数只黑眼球白眼球都盯着我看。因为爷爷死了，我想，所以爷爷的眼球变大了，而且都变成了冰晶。我无法相信，冰是水做的，爷爷是有血有肉的人啊，人怎么会变成冰，冰怎么会化成水？难倒真是我错了吗？

"是我杀了你吗？爷爷！"夜里，我的喊声混在了潮汐声里。

"你又在做梦啦，海，快醒醒，醒醒。"山拿个手电筒照着我说。

"别乱照，别人会看到的！"

"越来越大了，"他飞快地说，"你猜刚才发生了什么？有一条裂缝，在船舱里。"

"你是说有一条裂缝？"

"是，没错！"

我担心爷爷身上的冰会化掉，果不其然，我的预感得到了现实的验证。山带我来到底舱，山手里的手电筒一照，一道光亮正好打在爷爷身上冰的裂缝上……

"不能等了，明天咱们就给爷爷举行仪式，你看出海前都举行仪式，就是为了保平安，所以咱们也给爷爷举行仪式，准保爷爷平安不死。"为能让云听见，我大声疾呼。

11

仪式在转天上午举行。连日的烈日被乌云遮住，显得我们的仪式庄严肃穆。山一早把在家里睡懒觉的昆和仑叫回船上。仪式由我来主持，大家都要按我说的去做，如果有谁反对就给我滚下船，而且爷爷不是他的爷爷。我的想法是要把仪式办得像模像样。仪式前我叫大伙到船头列队，我一个人跑进舵楼，号令大家说:"桅杆就是一炷香,咱们每个人叩拜时我就拉一长声汽笛……"

"为什么你去拉汽笛?"昆说。

"哥,应该你去拉。"仑说。

"凭什么让你哥去拉?"朵噘着小嘴跺着小脚说,"应该让我姐姐去拉。"

"没有你们女人的事。"昆说。

"哪家祭拜时让女人参加?"仑说。

朵不服,云说:"朵,咱不跟他们矫情,不理他们,爱谁拉谁拉。"

"云,还是你来拉吧,"我说,"要不就没人拉了。"

"好,让她拉就让她拉,下不为例。"仑说。

之后,云和朵上舵楼把我替换下来。再之后昆、仑、山、海,我们四个人在船头按岁数大小排好队。接下来先磕头的是昆,再之后是仑,因为他俩是嫡孙(大奶奶一脉所生,大奶奶去世得早);后面是山和我,我和山是庶孙(山和我、大姐云和小妹朵是现在的奶奶一脉所生)。云和朵看着我们在下面行礼,她俩在上面拉响汽笛,汽笛声悠扬长鸣,在阴霾天空的衬托下尽显晦涩幽怨。

后来不知是谁挑起的话茬,我们由谁干得多干得少,听谁的不听谁的,变成等大人们回来后,你家分多少房产我家分多少房产。中间,昆和仑还说他们的奶奶是大奶奶,我们的奶奶是小奶奶,我们便回击说他们的奶奶早死了,现在我们的奶奶才是大奶奶……最后，我们四个由口水战变成了拳头战，从船上一直打到船下。

就在我和山要与昆和仑同归于尽的时刻，"不好！有人来啦！"朵的小眼戏贼，大老远就瞅见有人来了。

"谁？"我们停下手，跑回船上，半蹲在船舷下面露出半张脸往远处瞧。

"走在前面的是小叔，"山说，"最后面好像是俩民兵，中间的好像是跟小叔走的那人。"

"现在又回来了。"我说。

"可不是。"山说。

"你们说的是谁呀，怎么回事？"云小声问。

"不要多问，"我说，"小叔不让说。"

说完，我命令大家："小叔过来，咱们就装作来他的船上玩，其它什么都不要说，说了咱们可就完蛋啦。"

"我们藏起来吧。"朵害怕地说。

"来不及了，再说这是他的船，咱藏哪儿去。"山说。

"那你们害怕什么呀？"朵又说。

"你说呢？"我说，"你这个小糊涂蛋，怕他看见咱爷爷呗！"

"哦，对了，"朵说，"咱爷爷还在下头呢。"

"少说话，快和你姐姐待着，什么话也不许讲，记住，装哑巴！"

"你只要对我好，我就装哑巴什么也不告诉小叔。"

"小叔走后，我加倍对你好，行不行？"

"行，这还差不多。"

当时的气氛紧张得我都快要憋死了，大家都大气不敢出一声，昆和仑说了句不行了，憋不住了，就跳下船往家里跑。我和山任由他俩逃走，免得他俩走漏风声。到现在为止，我们并没留下什么可疑之处，只要我们不说，谁又会知道我们的爷爷就在我们的脚下？而且之前我和山还帮助过小叔，果真让小叔发现了，他也不会害我们，不会叫警察来抓我们的。

我们眼睁睁地看着小叔和民兵押着那人走过来。

"嗬，你们都在这儿，咋不在家玩儿？"小叔问我们。

"我们！我们……"朵支支吾吾，云一下捂住朵的嘴。

"朵你别瞎说话，我们就在这玩儿，爷爷在家挺好的啥事也没有。"我说。

"知道啥事也没有，那也快回家去，"小叔说，"哦，对了，你俩可立了大功！"

"啥？"山说，"啥大功？"

"那还用问，"我说，"小叔押着的那个人准是坏人呗。"

"他干了什么坏事？"山问。

"嗒，这个得跟你们保密，"小叔说，"你们不能在这玩儿了，回家去。"

"小叔，你们是要把坏人枪毙吗？"山问。

"快回家去，不要多问。"小叔说。

这时俩民兵已把那人押上船。我和山巴头探脑想看清坏人长啥样，其实帮小叔的那天晚上，我和山压根就没瞅清那人的模样。现在我和山终于看清，原来那坏人是个女的，难道女的也有坏人？我和山露出一脸迷惑，问小叔：

"小叔，"山说，"她是个女的，怎么变成女的了？"

"谁说他是男的？"小叔说，"她原来就是女的。"

"女人不能上船！"我说。

"为啥不能上船？"小叔说。

"女人上船是要翻船的！"我说。

"嘿，海，你小小年纪还挺封建。"小叔说。

"是爷爷说的。"山说。

"那等我去找你们爷爷问问是不是他说的。"小叔说。

"就在这儿。"朵插嘴说。

"谁就在这儿？"小叔问。

"朵，你净瞎说，爷爷在家呢！"我说。

朵挨我说后一脸哭相，她说："你不是说我不说你就对我加倍好吗？你骗人！"

"是呀，可是你说了，"我说，"爷爷刚才来了不是，又走了不是。"

"嗯，爷爷刚才来了又走了。"朵带着哭腔承认说。

……

小叔上船后并不着急走，他叫民兵把那人押进底舱。云在一旁搂住朵的小脑袋瓜说："小叔，人、人别押进底舱，那、那里……"小叔没在意云说的话，而是问了句："怎么有股怪味儿，你们闻到没有？"我使劲摇摇头，但我能感觉到自己的脸在火烧火燎地发红发烫。小叔看我的表情很古怪，然后又吸了一口气，他说："嗯，其实气味也不是很大。"这时，山忽然假模假式地从船尾跑过来，说：

"是一堆臭渔网的臭味，都招苍蝇了。"

小叔嗯了一声就不理我们了。云领着朵走到右舷，避开小叔的视线，然后很长时间没敢说话。

我和山也没敢再说话，小叔觉得我们有点儿不对劲，就说：

"怎么啦，都打蔫啦？"

"我们不想走。"朵说完，我们都愣住了，小妹在关键时刻说了句让小叔匪夷所思的话。

没等小叔开口，俩民兵就说："你们必须走，我们一会儿有任务。"

而后小叔说："对，你们快回家去，一会儿接我们的船来了我们就走，你们也快回家去，待会儿你们的爷爷又该找来了。"

"等我回来给你们带好吃的东西。"小叔补充说。

"糖水罐头。"朵说。

"咦，你咋知道？"

"你看水里。"云说。小叔扒船舷往下一看，海面漂着几只我们吃光的铁皮罐头盒。

"有人来过，"小叔急忙说，"啥时来的？"

"昨天，你不在，"山说，"他们还送给我们好多糖水橘子罐头。"

12

　　傍晚时分，小叔怎么哄我们我们也不肯回家。太阳落山后，月亮没有出来，天空大块大块的云朵黑压压地堆积在我们头顶上空。小叔和两个民兵在船尾窃窃私语，之后两个民兵下到底舱，我和山也尾随他们钻进底舱。

　　"去去去，快回家去，不要捣乱。"一个民兵说。

　　"我们没捣乱，"山辩解说，"你们待在上面多好！"

　　"待在上面坏人谁来看？"另一个民兵说。

　　"我们帮你们看。"山说。

　　"那可不行。"一个民兵说。另一个民兵说："这儿怎么这么臭呢？"

　　"闻见了，是特别臭。"

　　"我说吧，不让你们待在这儿，多臭啊，能熏死人呢。"我得意地说。

　　"什么臭了，我去看看。"一个民兵说着就要去查看。

　　"甭去了，臭鱼烂虾呗。"我说。

　　"不行，你们哪儿也不能看。"山双臂一横，拦住他们说。

　　看完就露馅了。我心里七上八下地想。这时小叔又喊两个民兵上去。我和山才松了一口气，跟着就听见小叔对民兵说，船来了，马上走！我和山急得差点没晕过去。小叔要是把船开走了，我们可怎么办？爷爷可怎么办？奶奶、爸爸、妈妈回来了，问爷爷去哪儿了，我们可怎么交代？

底舱弥漫的臭味越来越重，我和山谁都不敢再去看爷爷。我猜，冰上的那道裂缝恐怕早已裂得不成样子，或者全都化成了水。而此时，我和山无论如何再也想不出更好的点子，我们只得听天由命了。

"山、海，快上来，我们要走了，"小叔在甲板上面喊，"爷爷找你们来了，叫你们快回家。"接着小叔的声音给轰隆轰隆开来的小炮艇的声音盖住了。我和山立马钻出底舱跑上船头，眼见两个民兵接过小炮艇上的水兵丢来的缆绳，正把缆绳往小叔的船柱上套呢，这明明是要把小叔的船拽走啊。我和山呆若木鸡地看傻了眼。

"那儿，那儿，浪，海浪——"山一边喊，手一边指向远处。

一分钟前还平静的海面突然间掀起滔天巨浪。巨浪掀起的高度有如一面城墙的高度。暴风雨跟着就狂泻起来……这一切似乎是在一瞬间发生的。

"小叔，浪太大了，你们走不了了……"我朝小叔喊道。

小叔命令民兵把我们赶下船。小炮艇牵着小叔的船，不消一刻钟的工夫，就在波峰、波谷的颠簸间驶远了。我和山、云和朵被赶下船后，冒着倾盆大雨站在码头上，眼睁睁看着小叔的船把我们的爷爷载向大海的深处。可想而知，当时我们的心情是个啥滋味——无奈与不可名状的恐惧一齐涌上心头。接下来，一连三天我们爸爸、妈妈和奶奶还是没有回家，这三天我们每天都来到海边伫足观望——期待、盼望、祈望小叔快点把我们的爷爷送回来……有一天早上，云给我打来一盆洗脸水让我洗洗脸，无意间洗脸盆里映出爷爷的脸，他看着我，我欲哭无泪地说，爷爷，对不起，我们是想让你活，不想让你死……我的泪一滴一滴掉到洗脸盆里，爷爷的脸立马呈现出瓦楞般的模样，在我眼前摇来晃去……之后，我的脉搏越跳越快，我的身体也越转越快，时空打我身边飞快流逝，直到——

云第三次说："我们早该告诉人。"

我说："要是我们告诉人，爷爷还会死吗？"

我必须说，没有人会理解我的用意，不管他们会把我怎样。

云早看穿我的心，我知道她的目光和我，早就穿透葡萄架上的光，穿过那一地野花、那小树林和沙滩，穿越到一望无际的海上。

多年后，我开车带小叔重回海边，那里早已是一片戒备森严的军港。离军港越近，我仿佛越听见山在拼命地呼喊——

"奶奶回来了，爸妈回来了，他们都回来了——"山的喊声带着恐惧和希望。

……

整个事情就这样结束了，我们挨了爸妈的一顿毒打。至于小叔把爷爷拉到了哪里，我们一概不知。我们所订立的攻守同盟，形同虚设，一顿毒打之后，我们就全招了，至于爷爷去了哪儿，我们确实不知道。

暮年的小叔告诉我：那天他刚出海就遇到风暴，接着就发现有落水者抓着木板在海上求救。小叔把落水者救上船，开头并不知情，送到大队经审讯后才得知，原来落水者是国民党派遣回大陆，打算刺探我军修建军港情报的特务……后来海军政治部电报（小叔船底舱那个上锁的铁皮柜里是一台发报机）要求小叔将这个特务带回海军政治部审理，这才出现小炮艇来接小叔和特务的情景。小叔从来没有说，但我早就猜到，小叔也是特务，但他是我党我军一名光荣的特务。